김구용의 시간과
그의 타자들

김명인 지음

김구용의 시간과
그의 타자들

김명인 지음

시를 쓰는 입장에서, 김구용의 낯선 말들은 매혹이었다. 한동안 그 매혹에서 빠져나올 수 없었다는 것을, 그래서 그의 시와 시론, 그리고 삶을 더 알고 싶었다는 것을 먼저 고백해야겠다.

김구용의 낯선 말들은, 기존 우리 시에서 보기 힘든 풍경이었다. 그것이 단순히 낯선 말로만 그친 것이 아니라, 일관된 의식과 현실과의 맹렬한 대결 속에서 나왔기 때문이다. 하지만 그의 낯선 말들은, 왕왕 '난해'라고 치부되었다. 이는 젊은 시인들을 향해 '난해시'라고 치부하는 지금의 모습과 여전히 비슷하여, 그에 대한 반감이 있었음 또한 고백해야겠다.

이 고백들과 동시에, 김구용의 '낯선 말'과 '난해'가 이 지난한 작업 후에 투명해졌다는 것을, 그가 너무나 투명한 사람이었다는 사실을 알게 되었다는 것을, 그리하여 그 매혹이 점점 휘발되었다는 것마저도 고백해야겠다.

하지만, 김구용의 시는 여전히 내게 질문을 던지고 있다. 고개를 살짝만 틀어 바라봐도, 그의 시는 새로운 의미와 해석의 영역을 향하여 시의 몸을 열고 있다. 그리하여, 다시금 오랫동안 그를 놓지 못할 것이라는 깨달음도 얻었다는 사실을 마지막으로 고백해야겠다.

김구용에게 따라붙은 것은 난해이다. 난해성은 그 자체로 다양한 연구적 시각을 열어주지만, 만약에 그것이 현실과 역사와의 상보적 관계없이 구성된 것이라면 이에 대한 연구는 당대적 지평으로 안착하지 못한다. 하지만 김구용에 대한 기존의 연구들은 이 난해의 장막에 얽힌 채 그 구성 원리에 천착한 탓에 현실과 연관된 논의가 부족했다. 이 난해, 그 자체에 대한 논의들은 결국 김구용의 시를 기교를 위한 기교로 자리매김하게 만들 뿐이다. 이 연구를 시작하면서 생각한 문제의식 중 하나이다.

김구용이 시의 형식적 실험에 매진하기 시작하던 시기는 1950년대부터이다. 등단 전이나 초기에 보여준 전통적인 선시풍의 시 세계에서 벗어나 탈구적인 변화를 보여준 것이다. 이는 김구용이 보여준 난해의 실험이 당대의 유행이나 사조에 따른 것이 아닌, 1950년대가 지니고 있던 근대의 비극과 그 잔재들에 의한 것임을 방증한다. 하지만 1960년대 중반 이후 김구용은 다시 전통적인 사구체의 형식으로 전회하는 모습을 보인다. 한 시인에게서, 이처럼 과격하다고 할 수 있는 변화가 일어난 원인이 무엇일까. 이를 알고 밝히고 싶었다. 이것이 두 번째 문제의식이다.

이에 대한 답을 얻고자 시간의식과 타자성을 중심에 두고 김구용의 시를 읽기 시작했다. 먼저 김구용의 시간의식을 밝히기 위해서, 시간의식에 있어서 주체의 경험을 중심에 놓고 파악하는 현상학적 시간을 방법론으로 삼았다. 김구용의 시와 시론이 주관적인 체험을 근간에 두고 있기 때문이다. 특히 파지와 회상이라는 후설의 논의를 중점적으로 살폈다. 파지와 회상은 지속과 일회성이라는 차이점을 지닌다. 회상이 망각되어 있던 기억을 일회적으로 복원하는 행위에 불과하다면, 과거를 소환하여 붙잡아 두는 지향적 의식작용인 파지는 지속성을 통하여 아직 존재하지 않는 미래까지도 불러온다. 그리고 미래를 열어주는 지향적 의식작용을 예지라고 한다.

하지만 김구용의 시 세계를 후설의 논의를 통해 일별하는 데 있어 논리적 한계에 봉착했다. 그의 논의들이 주관성을 중심으로 한 방법론이기 때문이다. 이는 결국 타자가 배제된 주체 중심의 시각 때문에 파지를 통하여 소환된 미래 또한 주체의 지향에 따른 미래일 뿐이다. 이와 같은 현상학의 한계는 김구용이 시의 형식적 실험을 멈추고 그 내용과 형식에 있어서 불교적 세계관을 구성한 후기 시로의 변화를 충분히 설명하지 못한다. 특히나 그 실험성이 극에 달했던 소위 중편 산문시들이 미흡하나마 점차 타자를 향하여 열리는 형태로 흐르고 있다는 것은, 이 변화를 주체 중심의 현상학적 시간의식으로는 파악할 수 없음을 증명한다.

여기에서 미래를 열기 위한 또 하나의 가능성을 말한 레비나스가 떠올랐다. 레비나스는 진정한 미래를 발견하기 위해서는 주체의 마음이나 의식을 넘어선 곳에서 찾아야 한다고 주장한다. 그리고 그것은 바로 타자이다. 타자를 통하여 주체는 미래를 만나게 되고, 이 미래는 인간들 사이의 관계이며 곧 역사이다. 그리고 김구용의 '난해'한 중편 산문시와, 비교적 덜 '난해'한 후기 시에 보이는 중요한 변화의 지점은 곧 이 타자와의 관계설정에 있음을 발견했다. 전자의 타자가 주체화된 타자라면, 후자의 타자는 주체의 바깥에 존재하는 타자였다. 그들과의 만남을 주체의 환상이 아닌 실제적 체험으로 구성하고 있는 것이다. 타자를 통한 레비나스의 시간론을 통하여 미래에 대한 김구용의 사유 양상을 살펴봄으로써, 그 한계와 의의를 밝힐 수 있다.

마지막으로, 이 글을 마무리하기까지 도와주신 분들이 떠오른다. 시를 쓰고 시를 공부하는 이가 갖춰야 할 엄격함과 섬세함을 알려주신 고 홍정선 선생님, 늘 격려를 건네며 앞으로의 공부와 삶의 지도를 그리도록 조언해주신 김동식 선생님, 부드럽고 낮은 문턱으로 늘 함께 논의할 시간과 공간을 내어주신 최현식 선생님, 서툴렀던 연구의 갈피를 잡아주신 정과리, 오형엽 선생님께 감사드린다.

무엇보다 늦되고 모자란 사람을 기다려주고, 지지해주는 나의 부모님과, 딸, 사랑하는 아내에게 미안함과 고마움을 보낸다.

삶은 이어질 터니, 시도 이어질 터이고, 내 쓰기 또한 이어질 것이다.

서론

1. 문제 제기 및 연구 목적

김구용은 1922년 경북 상주군 모동면 수봉리에서 태어났다. 본명은 영탁 (永卓). 등단 당시 필명은 '수경(水慶)'이었는데 이후 '구용(丘庸)'으로 바꾸었다. 이 이름은 공자의 이름 '구(丘)'와 중용(中庸)의 '용(庸)'에서 따온 것이다. 필명에서 알 수 있듯, 김구용은 자신의 시 세계가 동양사상에 그 근원을 두고 있음을 필명에서부터 주장하고 있다.

김구용은 1949년, 『신천지』 10월호에 산문시인 「산중야(山中夜)」 등을 발표하며 문단에 나왔다. 그런데 김구용의 시 세계는 시의 기법 변화에 있어그 낙차의 폭이 매우 크다는 특징을 보여주고 있다. 연대기적으로 그의 작품 세계를 일별하자면, 동양적 색채가 짙은 등단작을 포함한 초기작들과 과격한 실험성을 드러낸 소위 중편 산문시', 그리고 1960년대 후반에 보여준 선시풍의 작품들로 정리할 수 있다. 이중 김구용의 시 세계를 살피는 데 있어

---

1 김구용의 산문시 중 그 분량이 중편에 달하는 것들을 중편 산문시라 지칭한 것은 이건제이다. 본고에서도 이 용어를 사용한다. (이건제, 「공의 명상과 산문시의 정신 – 김구용의 초기 산문시 연구」, 송하춘 · 이남호 편, 『1950년대의 시인들』, 나남, 1994, 참조)

서 가장 많이 언급되고, 본고에 있어서도 중요하게 다루어야 하는 것은 중기에 해당하는 중편 산문시이다. 이 중편 산문시들은 단편소설을 상회하는 방대한 분량, 연이나 행의 구분이 거의 없이 쓰인 완전한 산문 형식, 한자어나 조어 등의 빈번한 사용 등의 형식적 특성이 있다. 이런 형식적 특성은 일반적으로 동양사상을 시화(詩化)하는 기존 텍스트들의 형식과 거리감을 내재하고 있다. 즉, 김구용에게 있어서 이 산문시적 실험은 특별한 지적 작업의 소산인 것이다.

그 지적 작업은 한국전쟁의 체험을 시작점에 두고 있다. 먼저 김구용은 한국전쟁이 발발한 1950년부터 휴전이 체결된 1953년까지 총 57편의 작품을 썼다. 그런데 그중 산문시는 44편. 김구용은 한국전쟁이 끝난 후 『문예』 1953년 2월호에 산문시 「탈출」을 발표하면서 본격적으로 작품 활동을 개진했으며, 그에게 1956년 현대문학사가 제정한 제1회 신인문학상 시 부문을 수상하게 한 작품들 또한 「위치」 등 여섯 편의 산문시[2]이다. 그 때문에 김구용이 미학적 · 형식적 고투를 견지해온 시기에 있어 가장 괄목할 만한 성과를 거둔 것으로 산문시, 소위 중편 산문시를 꼽을 수 있다.

그렇다면 첫 번째 질문을 던질 수 있다. 김구용에게 산문시란 어떤 의미인가. 김구용은 그의 시론에서 "현대문학은 '형태'를 무시하고 재래의 사고와 방식을 파괴하면서까지 시는 소설로 소설은 시로 접근하려는 기세를 보인다."[3]라고 말하고 있다. 즉, 김구용에게 산문시는 현대를 인식하고, 그것을 표

---

2 심사대상에 오른 시는 「위치」(『현대문학』, 1955년 2월호)를 비롯하여 「슬픈 계절」(『현대문학』, 1955년 6월호), 「그네의 미소」(『시정신』 제3집, 1955), 「그리운 고백」(『협동』, 1955년 2월호), 「육체의 명상」(『현대문학』, 1955년 11월호), 「잃어버린 자세」(『사상계』, 1955년 8월호) 등이다. 이 중 수상작은 「위치」, 「슬픈 계절」, 「그네의 미소」이다.

3 김구용, 「현대 시의 배경」, 『김구용 문학 전집 6:인연』, 솔, 2000, 391쪽.

출하려는 문학에 있어서 당연한 결과물 중 하나였다. 그리고 이것은 단순히 문학적 방법론의 변화 때문이 아니라, "비시(非詩)의 시, 말하자면 현대 시의 비극이 필연적으로 (표현 없는 사고가 있을 수 없듯) 다른 형태를, 즉 자기 몸에 알맞은 의상을 갖추게 되었다. 이 비극의 초점은 다못 단순치 못하고 모든 것이 복잡하다는 데서 기인하고 있다."[4]라는 데서 알 수 있듯, 현대가 만들어낸 결과물이다.

여기에서 또 다른 질문이 나온다. 김구용이 생각하고 있는 '현대', '현대시'란 무엇인가. 먼저 이를 긍정적으로 파악하자면, 산문시라는 장르적 선택은 김구용이 가지고 있는 현실 인식의 소산이라 볼 수 있다. 그 때문에 김구용의 산문시가 가지고 있는 독특한 감각은 곧 김구용의 현실 인식과 맞닿아 있는 셈이다. 특히 난해하기로 정평이 난 김구용의 시 세계를 살피는 데 있어 무엇보다 선결되어야 할 것은, 모든 시인의 시 세계를 살피는 데서도 마찬가지이겠지만, 바로 그의 현실 인식이고, 그 길목에 있는 것이 산문시를 선택할 수밖에 없었던 김구용 자신의 내면이다.

이와 같은 시각을 확장하면, 자연스럽게 김구용에게 따라붙는 '난해'의 문제에 닿는다. 김구용의 '난해시'가 단순한 예술적, 혹은 기교적 고찰의 결과가 아니라 그가 온몸으로 통과해낸 한국의 비극적 근대와의 고투 과정의 결과라고 파악하는 것이다. 앞서 언급했듯 김구용의 시는 형식상에 있어 시조에서 산문시, 장시, 연작시의 형태를 거쳐 다시 전통적 형식의 사구체시로 변모했다. 이를 시의 주제적 측면에서 보자면, 이형기의 지적[5]처럼 불교적 관

---

4   위의 글, 386쪽.

5   이형기, 「한등기」, 『신천지』, 서울신문사, 1950. 3. 67~68쪽.

조가 바탕이 된 서정 세계로부터, 허물어져 가는 인간상에 대한 냉혹한 비판과 응시로의 변모를 품고 있다 할 수 있다. 형식적 고찰과 정신적 고찰 사이에서 어느 것이 먼저일는지는 김구용 본인만이 알 터이지만, 일단 긍정적으로 파악하자면 시의 두 극점 사이에서는 후자가 먼저일 것이라고 판단 가능하다. 이는 곧 김구용이 보여준 "산문에 무조건 항복"하는, "반미적(反美的) 내지 반예술적(反藝術的)인 성분의 시"[6]로의 형식적 선회가, 한국 근대를 지배한 식민지와 한국전쟁이라는, 한 개인이 감내하기 어려운 비극과 그에 따른 고통과 증상의 최대치라고 이야기할 수 있다.

문제는 그것이 시의 정신적 고찰에서 비롯되었다고 하더라도 형식상에 있어서 '최대치'라는 점이다. 김구용 시의 난해성은 중편 산문시란 지칭에서 알 수 있듯, 그 방대한 길이뿐만 아니라, 추상명사의 빈번한 사용, 통사의 왜곡과 해체, 한자어 및 조어의 사용 등 어떤 과잉에서 기인한다. 이와 같은 과잉은, 의도된 과잉이라 할 수 있고, 김구용은 그 과잉의 최대치로 스스로 시 세계의 방향을 튼 셈이다.

부정적인 관점에서는 김수영이 지적한바, 김구용의 난해시는, 난해를 위한 난해, '난해의 장막'[7]에 불과하다고 파악할 수 있다. 이 관점에서 보자면 김구

---

6 유종호, 「불모의 도식-상반기의 시단」, 『문학예술』, 문학예술사, 1957. 7. 189~192쪽.

7 김수영은 1964년, 『사상계』 12월호에 「'난해'의 장막-1964년의 시」란 글을 싣는다. 이 글의 성격은 '1964년의 시'란 부제에서 알 수 있듯, 한 해의 시를 총평하는 것이었다. 여기에서 김수영은 그해 문예지들이 시론에 지면을 많이 할애하면서 "'난해시'의 계몽 주간"이 되었고, 결국 "현대 시론의 패션쇼"에 불과했다고 비판한다. 특히나 그의 비판은, 점점 난해해지는 '현대시', 즉 '난해시'에 있었다. 김수영은 소위 난해시를 쓰는 시인들에게 시론이 없다는 것을 지적하고, 시론이라 나오는 글 또한 난해하여 "쥐꼬리를 문 쥐의 쥐꼬리를 문 쥐가 되고 말았다"라며 원색적으로 폄하하기까지 한다. 그리고 그 대상이 되는 것은 김구용과 전봉건이다. 특히나 김구용이 『세대』지 3월호

용에게 현실 인식은 존재치 않는다. 김수영의 언급을 따르자면, 김구용에게는 현대시라면 따라야 할 '필연적 시론'이 결여되어 있다. 시론이 있다고 하더라도, 그 역시 안이하고 평이한 수준에 머물러 있다. 이는 동등한 밀도를 지녀야 할 시와 시론이 균열을 보이고 있다는 점에서 포착 가능하다. 김구용을 비롯한 전봉건, 조향 등 1950년대 한국전쟁의 직간접적 영향으로 시 형식의 과잉을 추구했던 시인들에게는 한국전쟁을 일반화시켜놓고 있다는 일관된 공통성이 있다. 그들의 시 세계 내에서 한국전쟁은 일반화된 전쟁으로 그려지고, 그 안에서 한국전쟁이 지닌 근대적 특수성의 맥락은 표백된다. 그 자리를 대신하는 것은 보편적 층위의 전쟁이고, 그 극복 기제로서의 휴머니즘이다. 왜 김구용의 한국전쟁은 '한국'이 없는 전쟁으로 자리할까? 그리고 그것의 원인은 무엇이고, 그것이 김구용의 시 세계에 끼친 영향은 무엇일까? 이는 김구용이 인지하고 있는 '현대' 속에서 그 답을 찾을 수 있을 것이고, 그 답은 김구용에 대한 김수영의 비판에 대한 반론이 될 수도 있을 터다.

하지만 김구용에 대한, 그리고 그의 '난해'와 그것을 뒷받침하고 있는 현실 인식에 대한 이와 같은 시각들에서 놓치고 있으며, 동시에 이 모든 문제

에 발표한 「자연과 현대성의 접목」을 두고 "시의 기술은 양심을 통한 기술인데 작금의 시나 시론에는 양심은 보이지 않고 기술만이 보인다. 아니 그들은 양심이 없는 기술만을 구사하는 시를 주지적(主知的)이고 현대적인 시라고 생각하는 모양이다. 사기를 세련된 현대성이라고 오해하고 있는 모양이다."(김수영, '난해'의 장막-1964년의 시」, 『김수영 전집 2:산문』, 민음사, 2018, 364쪽.) 라고 비판한다. 또한, 김수영은 「요동하는 포즈들」에서도 김구용의 작품을 비판하고 있다. 김구용이 그동안 "1930년대의 오소독시컬한 쉬르엘알리슴의 시를 그대로 본받은 것 같은 작품"을 써왔고, "블루 프린트가 내다보일 정도의 직수입적인 작품 형태를 강행"했기에 "순진하고 생경했다"(김수영 「요동하는 포즈들」, 『김수영 전집 2:산문』, 민음사, 2018, 592~593쪽.)라고 말하고 있다. 김수영이 보기에 김구용의 실험은 '난해의 장막'에 싸인 사상이 없는 포즈에 불과한 것이었다.

에 앞서 선결과제로 놓여 있는 것은 그의 시가 급격하게 변화하게 된 변곡점이다. 왜 이러한 급격한 변화가 한 시인의 시 세계에서 일어났는지를 파악하려면, 단순히 시인 개인의 인식적 전환에만 기인한 것이 아니라, 그를 둘러싸고 있는 역사적 · 사회적 변화와 함께 살펴야 한다. 이는 탈구에 가까운 기법적인 전환에도 불구하고 그의 중편 산문시들 속에서 불교적 맥락이 주요한 소재로 자리하고 있다는 것, 또한 김구용이 살아온 시대가 식민지 근대와 한국전쟁으로 이어지는 근대적 비극과 함께하고 있다는 것에서 그 필요성을 느낄 수 있다. 앞서 언급했듯 전기적으로 알 수 있는 불교와의 친연성으로 시작된 전통에 대한 김구용의 감각은, 한국전쟁의 간접적 체험과 근대적 도시 공간의 체험을 통하여 시 세계의 기법적 전환으로 이어지며, 1960년대 후반에 이르러 다시금 불교적 세계로의 귀환으로 그려진다. 그리고 이는 전통과 현대, 과거와 현재의 시간 흐름 속에서 만들어진 것이다.

그 때문에 김구용의 시 세계가 보여주는 변곡점들을 살피는 데 있어 가장 먼저 파악해야 할 것은 그의 시간의식의 변화이다. 이는 김구용의 현실 인식의 근원을 추적하는 준거 틀이 될 것이다. 이를 통하여 그의 현실 인식이 어떤 과정을 통하여 형성되었는지를 밝힘과 동시에 그 근원이 말년에 이르기까지 그의 시 세계에 미친 영향을 추적함으로써 1950년대 한국 현대시에 있어 새로운 지평과 그 한계를 가늠케 할 것이다. 특히나 김구용을 비롯한 동시대의 시인들이 겪은 식민지와 해방, 한국전쟁과 분단으로 이어지는 굴곡의 근대는, 이들의 시 세계의 여정에도 영향을 미치고 있음은 말할 나위가 없다. 근대를 거쳐 온 이들의 '산 체험(lives experience)'은 그들에게 있어 시간 인식의 변화를 가져올 것이다. 그중 김구용을 중점적으로 살핌으로써, 현실과 맞서는 또 다른 방식을 발견할 것이다.

2. 연구사 검토

김인환은 시조와 현대시의 관계를 따지며 이상의 시가 시조에서 가장 멀리 떨어져 있으면서, 동시에 시와 비시(非詩)의 경계에 있다고 지적한다. 그때문에 한국의 현대시는 이상을 넘어서 갈 수 없다고 말하고 있다. 실험파 시가 성공하기 위해서는 이상의 시보다는 시조에 머물러야 한다며, 이 사실을 김구용도 김수영도 충분히 체득하지 못하고 있다고 덧붙인다.[8] 앞서 그는, 조금 단순화된 구도이지만, 서정주-신동엽-김춘수-김수영을 예술파-현실파-형식파-실험파로 나누어 보았는데, 이 구도 안에서 보자면 김구용은 실험파에 속해 있다. 다른 글[9]에서는 식민지 시대의 주류로 소월을, 비주류로 이상을 들고, 해방 이후 소월파와 이상파 모두 주류가 되었다고 말한다. 그리고 이를 좌와 우로 나누어 소월 좌파로는 신동엽, 소월 우파로는 서정주를, 이상 좌파로는 김수영, 이상 우파로는 김춘수를 꼽는다. 이와 같은 맥락 속에서 김구용은 실험파에서 이상 우파로 나아가지만, 70년대에 이르면 소월 우파에 가까운 모습으로 변모한다.

변모의 과정을 단순히 물리적 시간에 따른 노화로 치부할 수도 있겠으나, 이는 김구용이 보인 치열했던 시적 모색과 투쟁의 과정을 무시한 사후 편의적인 시각이다. 김구용이 후반기 시들에서 보여준 시 형식 실험성의 급격한

---

8 김인환, 「이상 시의 문학사적 위상」, 『형식의 심연』, 문학과지성사, 2018. 189~197쪽 참조.
   김인환에 의하면 시조가 현대시로 넘어가는 데 있어 두 가지 면을 염두에 두어야 한다. 첫째는 율격이다. 시조는 운이 아니라 율격으로 종지법을 표현하는데, 이상의 시에 이르러 이것으로부터 가장 먼 곳에 다다랐다고 지적한다. 다른 하나는 유사성에서 상호작용으로의 변모이다. 즉, 율격과 유사성이라는 시조의 인력으로부터의 변모 과정이 한국 현대시의 흐름인 것이다.

9 김인환, 「한국 시의 과잉과 결여」, 『형식의 심연』, 문학과지성사, 2018. 166~178쪽 참조.

퇴락의 원인을 시적 직관이 고갈되었기 때문이라 단언하는 것은 명백한 이유가 되지 않을뿐더러, 손쉬운 결론이기 때문이다. 거기에는 분명 논리적 맥락이 존재한다. 그리고 이에 대한 증거는 김구용이 남긴 시 텍스트 외의 시론과 대담 등에서 추론이 가능하다. 하지만 기존의 연구들은 이 변화의 맥락보다는, 그 기법의 현란함과 동양적 사상에만 치중하고 있다.

먼저 김구용에 관한 연구는 서평이나 월평 등이 대부분이었으나, 2000년대 초반에 들어서 그 연구가 활발하게 진척되고 있다. 최근 들어 김구용에 관한 연구가 개진되고 있는데 있어 이숙예의 논문이 그 역할을 하고 있다. 이후 김구용에 대한 단독 논문으로 석사 논문이 2편에서 5편으로, 박사 논문이 4편으로 증가했으며[10], 학술논문 또한 다양해지고 있다. 이는 2000년대의 경우 난해함으로 특징지어진 김구용의 시 텍스트가 접근을 거부했기 때문이고, 2000년대 이후 한국시의 전면에 새롭게 등장한 새로운 시의 흐름에 맞물려 김구용의 시가 재평가되었기 때문이다. 즉, 시에 있어서 과감한 형식실

---

10 김구용에 대한 논문은 아래와 같다.

이동이, 「『송백팔』의 불교적 영향」, 전북대 석사, 1981.

강성민, 「김구용 초기 시 연구」, 동국대 석사, 1999.

이숙예, 「김구용 작품집 '詩' 연구」, 중앙대 석사, 2001,

장종권, 「구용 김영탁 시 연구-시집 『시』를 중심으로」, 성균관대 석사, 2004.

박선영, 「김구용 시 연구」, 성신여대 박사, 2005.

이숙예, 「김구용 시 연구-타자와 주체의 관계 양상을 중심으로」, 중앙대 박사, 2007.

민명자, 「김구용 시 연구-시의 유형과 상상력을 중심으로」, 충남대 박사, 2007.

김청우, 「김구용 시의 정신분석적 연구-시집 『詩』의 욕망 구조를 중심으로」, 전남대 석사, 2011.

박동숙, 「김구용의 생성 시학 연구」, 서울시립대 박사, 2015.

윤선영, 「김구용 시의 시각 구조 연구-시선/응시를 중심으로」, 고려대 석사, 2016.

이진숙, 「김구용의 「구곡(九曲)」 연구-불교적 사유의 형상화를 중심으로」, 아주대 박사, 2018.

남현지, 「1950-60년대 난해시 담론 연구-김구용 시에 대한 비평적 쟁점을 중심으로」, 동국대 석사, 2019.

험 양상이 전면에 등장하면서, 김구용이 다시 호명되고 있는 셈이다. 학위논문뿐만 아니라 2000년대 이후로는 학술논문 또한 증가하는 추세다.[11]

지금까지 이어진 김구용에 관한 연구는 그 때문에, 시의 형식과 기법에 대한 것들이 많을 수밖에 없었다. 즉, 난해하기로 정평이 난 김구용 시의 비밀을 벗기고자 하는 것들이다. 먼저 이형기는 비록 서간문의 형식이지만, 김구용의 시에 대해서 처음으로 객관적 평가를 했는데, 서정시의 세계에서 산문시로의 변모에 대하여 긍정적으로 바라보고 있다.[12] 조지훈의 경우 서정시에는 고평을, 산문시에는 비판을 가하고 있으며,[13] 유종호 역시 김구용의 산문시에 대하여 신랄하게 비판한다.[14] 박제천의 경우 김구용의 산문시 「소인」이 노장사상에 그 연원을 두고 있다고 밝히고 있다.[15] 김춘수는 김구용의 형식적 실험이 서정시의 한계를 넘어서고 있다고 지적하며, 이는 서정시의 위기

---

11 이와 관련된 논문은 아래와 같다.

　　김양희, 「전후 시에 나타난 '여성'과 '사랑'의 의미-김구용과 전봉건의 시를 중심으로」, 『어문론
　　　　총』 제65집, 2105. 9.

　　-----, 「김구용 시 연구-1950년대 시를 중심으로」, 『한국시학연구』 제25집, 2009.

　　이수명, 「김구용 시의 무장소성 연구」, 『한국문학논총』 제68집, 2014.

　　민명자, 「김구용 시의 물 이미지 고찰」, 『한국언어문학』 제58집, 2006.

　　-----, 「金丘庸의 산문시 고찰-시집 『시』를 중심으로」, 『어문연구』 제49집, 2005.

　　고명수, 「존재의 질곡과 영원에의 꿈-김구용의 초기 시에 대하여」, 『동국어문학』 제13집, 2001.

　　송승환, 「김구용의 산문시 연구-부산 피란 체험과 「불협화음의 꽃 Ⅱ」(1961)」, 『한국문예비평연
　　　　구』 제54집, 2017.

　　-----, 「김구용의 산문시 연구」, 『어문논집』 제70집, 2017.

　　-----, 「김구용의 「꿈의 이상」에 나타난 환상 연구」, 『우리문학연구』 제44집, 2014.

12 이형기, 같은 글.

13 조지훈, 「2월의 시단」, 『현대문학』, 1955. 3.

14 유종호, 「불모의 도식-상반기의 시단」, 『문학예술』, 1957. 7.

15 박제천, 「구용 시에 대한 회상과 감상」, 『구용 김영탁 교수 정년기념문집』, 구용 김영탁 교수 정
　　년기념문집 간행위원회, 1987.

를 반영한다고 말하고 있다. 하지만 다른 글에서는 시 형태의 한도에 대해서 우려를 하고 있다.[16] 즉, 김구용의 실험정신을 높이 평가하면서, 그의 산문시를 고평하지만, 극단적 형태의 산문시에 대해서는 우려를 표하는 것. 이처럼 김구용의 산문시에 대한 평가는 서로 다른 양상을 보이는데, 이는 박목월, 김종길 등에게서도 마찬가지이다.[17] 김현은 김구용의 「3곡」을 보며 초현실주의적 기법을 주목하면서, 성공한 작품이라고 평한다. 텍스트를 치밀하게 분석한 이 글에서 다만, 김구용이 "놀램을 위한 놀램"의 양상이 보이기 때문에, "장식적 놀램의 세계에서 빨리 빠져나와야" 한다고 지적한다.[18] 홍신선은 비교적 김구용에 대하여 다양하게 글을 썼다. 먼저 시집 『시』를 중심으로 난해성과 은일의 자세를 지적하며 실존의식, 불교적 상상력을 살피기도 하고[19], 내면 심리 묘사 양상을 살피면서, 그것이 전쟁의 내면화를 보여준다고 지적하기도 한다.[20] 이숙예는 석사 논문에서 김구용의 『시』를 중심으로 역설과 환유, 추상명사 주어, 부적격 문맥 등 다양한 방법론을 살펴보고 있다. 동시에 실존과 기아, 성 문제 및 수금 의식 등 주제론적 접근 또한 꾀하고 있다.[21] 이후, 박사 논문에서는 김구용의 시 세계 전반을 다루면서, 타자와 주체의 관계 양상을 중점적으로 살피고 있다.[22] 장종권은 이상과의 영향 관계 속에서

16   김춘수, 「형태상으로 본 한국의 현대시」, 『문학예술』, 1956. 4.
     ----, 「언어-신년호 작품평」, 『사상계』, 사상계사, 1959. 2

17   박목월, 「유월의 시단」, 『현대문학』, 1955.7.
     김종길, 「김구용의 삼곡」, 『시에 대하여』, 민음사, 1986.

18   김현, 「놀램과 주장의 세계」, 『문학과지성』, 일조각, 1979. 봄호.

19   홍신선, 「시의 논리 현실의 논리」, 『동악어문논집』, 제35집, 동악어문학회, 1999.

20   홍신선, 「실험의식과 치환의 미학」, 『한국시의 논리』, 동학사, 1994.

21   이숙예, 「김구용 작품집 '詩' 연구」, 중앙대 석사, 2001.

22   이숙예, 「김구용 시 연구-타자와 주체의 관계 양상을 중심으로」, 중앙대 박사, 2007.

거울 모티프와 여성상의 대비 등 김구용 시의 초현실성을 살피고 있다.[23]

이처럼 김구용 시 세계의 기법에 관한 연구들은, 그의 시 세계를 전반적으로 살피기보다는 대개 일정한 시기를 취사선택하여 이루어지고 있다. 이는 김구용 시의 난해성이 지남철의 역할을 하며 연구의 시각을 선취하기 때문이다.

다음으로 살펴볼 것은 주제적인 측면에 집중한 연구이다. 윤병로는 김구용의 시가 관념적 이데올로기를 극복하여 휴머니티를 표현했다고 보고 있다.[24] 성기조는 김구용의 시 「탈출」을 분석하면서 전쟁의 실상을 드러냄과 동시에 동양적이고 불교적인 정신을 담아내고 있다고 지적하고 있다.[25] 박선영은 김구용의 시가 카오스의 풍성함을 보여주고 있다고 말하면서, 불교적 사상을 바탕으로 무한과 생명, 생성을 나타낸다고 평하고 있다.[26] 이건제는 「소인」 이전의 작품들을 살피면서 김구용의 시 세계에서 불교적 휴머니즘을 보인다고 한다.[27] 하현식은 김구용 시의 일반적 특성을 살피는데, 선적 직관과 인식을 통하여 비논리성과 정신적 경이, 언어의 결합과 효용, 이미지의 환상성을 획득하고 있다고 보고 있으며, 이를 통하여 시적 진실을 반영한다고 평하고 있다.[28] 김진수는 『구곡』을 다루면서, 김구용의 시가 참된 나를 찾아가는 정신적 구도의 여정이라고 평하고 있다.[29] 조연정은 김구용 시집 『시』를 대상으로 자아실현의 양상에 주목하고 있다.[30]

---

23 장종권, 「구용 김영탁 시 연구-시집 『시』를 중심으로」, 성균관대 석사, 2004.

24 윤병로, 「인간애로 감화시키는 중후한 시」, 『구용 김영탁 교수 정년기념문집』, 구용 김영탁 교수 정년기념문집 간행위원회, 1987.

25 성기조, 「김구용의 시 「탈출」과 6 · 25의 실상」, 『시문학』, 시문학사, 1993

26 박선영, 「생성의 축제, 무한 생명을 향한 길-김구용론」, 『현대시학』, 2004. 10.

27 이건제, 송하춘 · 이남호 편, 「공의 명상과 산문시의 정신-김구용의 초기 산문시 연구」, 『1950년대 시인들』, 나남, 1994.

28 하현식, 「선적 인식과 초현실 인식」, 『현대시학』, 1985.4.

29 김진수, 「불이(不二)의 세계와 상생(相生)의 노래」, 『구곡』(김구용 전집 2권), 솔

30 조연정, 「김구용 『시』에 나타난 '자기(Self)' 실현의 의미 」, 『관악어문연구』, 제27집, 2002.

김구용에 관한 연구는 이제 다양하게 시도되고 있지만, 대개 김구용의 난해성을 밝히는 데 집중되어 있으며, 주제적인 측면에서도 불교적 사유에 관한 연구로 흐르고 있는 공통적 특성이 있다. 물론 김구용의 시에 있어서 그가 만들어 놓은 난해의 장막 속을 들여다보는 것은 중요하다. 하지만 그것을 위하여 시의 구성, 다양한 기법, 조어 및 한자어 등을 밝히다 보면, 정작 그 기법, 즉 기교를 받치고 있는 정신을 놓치기 마련이다. 그렇다고 한들, 그 정신을 불교적 사유만을 통하여 밝히다 보면, 다시금 난해의 장막 앞에서 멈추게 된다. 특히나 중편 산문시라 일컬어지는 김구용의 대표작 「소인(消印)」, 「꿈의 이상」, 「불협화음의 꽃 Ⅱ」는 단순하게 불교적 사유를 표현하고 있다고 볼 수 없으며, 이 세 텍스트 간의 변모 과정에 대한 좀 더 다각적인 연구가 필요하다. 그래야지만, 후기 시에서 보여준 변화의 원인을 감지할 수 있다. 또한, 김구용의 산문시들은 전후 현실에 대한 대응이었기 때문에, 하나의 세계로 수렴시키기 어렵다. 그 때문에 김구용의 시 세계를, 특히 김구용의 시적 형식실험에 매진하였던 시기의 시 세계를 살펴보는 데 있어서 중요한 것은 김구용의 시론이다. 시와 시론이 서로 상보적 관계를 유지하면서, 동시에 어떤 지점에서 어긋나기 시작하는가를 살펴보았을 때, 김구용 시의 난해성이 밝혀질 것이다.

다음으로는 본고에서 김구용의 시 세계를 살피는 방법론적 틀 중 하나인 시간 인식에 관한 연구이다. 먼저 이승훈은 시간의식에 대하여 총론적인 성격으로 접근하였다.[31] 그는 현대에 있어서 문학과 시간의 사회적 의미가 강조되는 원인으로 네 가지를 들고 있다. 첫째, 근대의 핵심은 시간성에 있기 때문에, 점차 시간의 사회적 의미가 강조되었다. 둘째, 시간이 측정되기 시작

---

31   이승훈, 『문학과 시간』, 이우출판사 1982.

하면서, 삶에 있어서 규격화가 생성되었다. 셋째, 문학적 연구방법에서도 시간의 개념이 내재적 연구방법에 의해 강조되었다. 즉, 문학적 구조의 요소들과 시간성의 관계가 부각된 것이다. 이로 인하여 '의식의 흐름', '자유연상' 등 현대문학의 대표적 기법 등이 설명 가능하다고 하였다.

심재휘는 백석, 이용악, 유치환, 서정주 등 1930년대 시인들의 시간의식과 시간성을 논하고 있다.[32] 베르자예프의 시간론을 통하여, 우주적 시간, 역사적 시간, 실존적 시간으로 시간을 분류한 후, 이를 중심으로 각 시인의 시간의식과 시간성을 검토했다. 심재휘의 경우 시간의식과 시간성을 구분하고 있는데, 전자를 통하여 시의 주제를, 후자를 통하여 시의 기법을 논하고 있다. 양자 사이의 구분이 모호하기는 하지만, 근대시 초창기 시인들의 시간의식 및 그 지형도를 살피고 있다는 데에 의의가 있다.

송기한은 서정주, 박인환, 전봉건 등 1950년대 시인들의 시간의식을 살피고 있다.[33] 근대적 시간에 따라 변화하는 시간의식의 양상을 분석을 통하여, 근대적 시간성의 부정적 양상이 드러난 1950년대의 미학적 근대성을 탐구한다. 하지만 전통지향의 서정주와 모더니즘 계열의 박인환, 전봉건을 대립함으로써, 모더니즘 시인들 간의 비교가 심도 있게 논의되지 못했다. 또한, 1960년대 한국시의 흐름을 이어가는 김수영과 김춘수에 대한 논의가 없기 때문에, 1950년대를 전체적으로 포괄하지는 못하고 있다.

남진우는 김수영과 김종삼을 비교하면서, 근대적 시간에 대응해 나가는 미학적 차이를 조명하고 있다.[34] 폭력적인 근대성의 위기에 대응하는 미학적

---

32 심재휘, 『한국 현대시와 시간』, 월인, 1998.

33 송기한, 『전후 한국 시에 나타난 시간의식』, 서울대 박사, 1996.

34 남진우, 『미적 근대성과 순간의 시학』, 소명, 2001.

순간의 응전력을 상상적 도정과 귀향적 도정으로 나누어 살피고 있다. 이는 그간 미진했던 모더니즘 시에서의 시간의식 연구를 심화했다는 데 의의를 둘 수 있다.

이기성은 박인환, 김춘수, 김수영 등 1950년대 모더니즘 계열의 시인들을 중심으로 시간의식을 연구하고 있다.[35] 각 시인이 지닌 시간의식을 연구하고, 이를 통한 시의 기법을 파악하고 있다. 각 시인이 시간의 해체와 정지, 생성의 의식으로써 근대적 시간에 대한 미학적 저항 양상을 보이며 이는 각각 제의와 해탈, 사랑의 시 쓰기로 나아감을 밝히고 있다. 1950년대와 1960년대의 한국시의 연계성 속에서 살피고 있다는 의의를 둘 수 있다.

이와 같은 연구작업에도 불구하고, 1950년대 시는, 서구적 모더니즘을 표피적으로만 수용한 포즈에 불과하여, 모더니즘의 세계관 형성에는 실패하였다는 의식이 따라붙고 있다. 하지만 이와 같은 기존 인식은, 서구의 모더니즘을 전범에 두고서 1950년대의 한국시를 평가한 것이라고 볼 수 있다. 이를 따르게 될 경우, 모더니즘의 개념이 단일하게 규정되고 추상화되기 마련이다. 식민지 근대, 한국전쟁이라는 왜곡된 물적 토대와 비극 속에 놓인 우리의 시적 현실에서 갖게 되는 생산적인 함의를 살펴볼 수 없게 된다. 그 때문에 1950년대 한국시는 그것이 처하고 있던 역사적 맥락 속에서 재구성되는 역동적인 개념으로 파악해야 한다.

본 논문에서는 1950년대 한국시를 살펴보았을 때, 특히나 시간의식을 바탕으로 근대성의 위기를 성찰하는 미학적 원리를 밝히는 기존 연구에서 다소간 소외되었던 김구용의 시간의식을 파악하고자 한다. 전체적인 시력을 바탕으로 한 김구용에 대한 평가는 괄호 안에 두고, 먼저 그의 시간의식의

---

35   이기성, 「1950년대 모더니즘 시의 시간의식과 시쓰기」, 이화여대 박사, 2001.

변모와 그에 따른 동양의식을 중점에 두고자 한다. 이는 사회역사적 조건으로써 근대성에 대항하고자 하는 또 다른 형태를 그가 동양의식과 그것에 대한 철저한 기교적 · 이성적 사유 및 기술로서 증거하고 있기 때문이다. 1950년대 모더니즘은 한국전쟁에 의한 시간의식의 굴절 속에서 성립되고, 이에 따른 굴절된 시간의식은 근대성에 대한 반성적 의식과 맞물린다. 이는 김구용의 경우, 시인의 사명으로 표현되며, 그것은 동양성의 재현으로 나타난다. 이와 같은 동양적 특성을 김구용 개인의 시 쓰기와 동시대적 관점 속에서 두루 살펴봄으로써, 김구용의 독자성을 가늠할 수 있으며, 동시에 1950년대 모더니즘을 보다 넓은 관점에서 파악할 수 있는 계기가 될 것이다.

3. 연구방법 및 범위

김구용의 시 세계에는 편차가 존재한다. 첫 번째 편차는 연대적 순서에 따른 작품의 밀도에서 발생한다. 김구용이 그의 시와 시론에서 중시한 것은 현대가 가져온 비극으로 인한 체험이다. 이 체험의 밀도가 높았던 1950~1960년대 시 세계는 이와 함께 형식적 실험에도 매진하는 경향을 보여주고 있다. 하지만 체험의 밀도가 옅어지면서, 시의 실험성, 그 난해성 또한 동시에 옅어진다. 그 때문에 김구용의 시를 살펴보는 데 있어 가장 중요한 지점은 바로 체험의 밀도, 즉 그들이 겪은 고통의 '산 체험'이고, 이를 구성할 때 존재하는 배경으로서의 시간 인식이다.

두 번째 편차는 시와 시론에서 발생한다. 김구용은 시론을 통하여 현대의 고통을 극복하기 위한 시적 방안, 현실적 시각들을 수차례 피력했다. 그런데 그의 시론들은, 그 내용의 평이함을 떠나, 중편 산문시들이 보여주고 있는 시 세계와는 다른 양상을 향하여 촉수를 대고 있다. 앞서 언급한 김수영의 지적처럼 김구용의 시론은, 고통의 체험이 내장하고 있는 밀도를 고도화하려는 그의 시 세계와 어긋나는 양상을 보인다. 그리고 밀도를 대신하여 채우고 있는 것은 바로 동양이다. 김구용이 시론에서 말하는 것들은 대개 서양과 동양이라는 이항 대립적 사고 속에서, 복잡하고 난해한 현실은 서양으로, 그에 대한 해법은 동양으로 구성된다. 많은 연구가 지적했듯, 김구용의 시 텍스트가 현실을 반영한 난해성을 바탕으로 구성된다고 보았을 때, 시 텍스트는 서양을, 그리고 그것에 대한 극복을 주로 피력하는 시론은 동양을 향하고 있다고 일차적으로 파악할 수 있다. 주체성과 이성을 중심으로 한 서구 문명의 폐해를 극복하기 위한 방안으로 반복되어 진술되는 동양에 대한 김구용의 인식은, 세계를 바라보는 김구용의 시각을 투명하게 반영하고 있다. 그리고 이 투명성은 난해의 장막에 가리어진 시 세계를 좀 더 명징하게 증거하고 있다. 그러나 한 시인의 시와 시론이 한 몸을 이루어 하나의 세계를 구축한다고 할 때, 김구용의 경우는 좀 더 커다란 낙차를 보여주고 있다. 이 시와 시론 사이의 낙차를 본 것은 김수영일 것이다.[36]

동양으로 통칭할 수 있는 김구용 시론의 정신주의적 성격이 그의 시와 낙차를 만들어내며 묘하게 갈라지는 지점에는 사회적인 것이 가질 수밖에 없는 물질성이 배제되어 있다. 그리고 그것을 대신하는 것은, V장에서 밝히겠지만, 바로 시인으로서의 사명감이다. 김구용은 "우리가 사는 이 현실보다 난해한 것은 없다는 정신적 체험을 안다면"[37] 시는 응당 난해해질 수밖에 없다고 말하기도 하고, "시의 심도와 중압은 난해성으로 나타난다. 그것은 난

---

36   김구용에 대한 김수영의 비판은 각주 4 참조.

37   김구용, 「현대문학과 체험」, 『김구용 문학 전집 6:인연』, 솔, 2000, 396쪽.

해한 현실을 이해한 까닭이라 할 수밖에 없다."[38]라고도 한다. 이는 현실적 순간을 시라는 텍스트로 영유하는 데 있어서, 그것의 정확한 반영을 주장하는 것이다. 김구용에게 난해성은 곧 현실 반영의 증거이고, 난해성의 밀도는 곧 현실 반영의 밀도로 발전한다. 이와 같은 논리 속에서 현실의 반영체로서의 시를 추구하는 것은 김구용에게는 시인의 소명인 셈이다.

이와 같은 소명의식은 비단 김구용만의 특징은 아니다. 이는 1950년대에 활동했던 문학인들이 동시대의 문학을 언급할 때 자주 명명하는 것들로서, 구상은 '초토의 시'[39], 고은은 '폐허의 문학'[40], 이어령은 '화전민의 문학'[41], 고석규는 '여백의 사상'[42] 등을 들고나왔다. 즉, 이 시대의 문학인들의 내면을 지배하고 있는 것은 "절대적인 상실감과 전적인 무(無)에서 새롭게 시작해야 한다는 사명감 내지 소명의식이다."[43] 식민지 근대와 전쟁이라는 비극과 그로 인한 폐허를 겪으면서 이 세대들에게 문학은 자기를 증명할 수 있는, 그리고 이를 바탕으로 근대의 악몽을 벗어날 수 있는 유일한 수단이었다. 이 유일성은, 비개성적인 허무주의, 비논리적 감정의 극대화, 난해시의 범람 등 등 자연스레 다양한 과잉으로 치닫게 마련이다. 김구용 역시 이와 같은 동시대적 흐름 속에서 시작 활동을 펼치며, 그 개인적 시사를 보았을 때, 탈구에 가까운 기법적 변화를 보였다.

그런데도 김구용이 보여주는 또 다른 독특한 지점은, 근대적 비극에 대한

---

38   김구용, 「눈은 자아의 창이다」, 『김구용 문학 전집 6:인연』, 솔, 2000, 432쪽.

39   구상, 「초토의 시」, 『구상문학선』, 성바오로출판사, 1975.

40   고은, 「폐허와 진실」, 『1950년대』, 청하, 1989.

41   이어령, 「화전민 지역」, 『저항의 문학』 증보판, 예문사, 1965.

42   고석규, 「지평선의 전달」, 『여백의 존재성』, 지평, 1990.

43   남진우, 『미적 근대성과 순간의 시학』, 소명출판, 2001, 17쪽.

과잉적 반응의 이면에 있는 사명의 영역으로서 동양과 전통에 대한 믿음 또한 과잉이라는 것이다. 김구용의 시적 실험은 서양과 동양을 과잉으로써 양극단에 위치시키고, 그것을 자신의 시로써 보여주고자 한 것이라 할 수 있다. 이 과잉의 연쇄와 이율배반 속에서 김구용이 근대성의 핵심에 닿았는지를 가늠하기 위해서는, 그의 시뿐만 아니라 시론 및 산문을 함께 아울러 살펴봐야 한다. 또한, 시 세계를 통하여 살펴보겠지만, 그의 극단적인 기법 실험이 단순히 실험을 위한 실험이 아니라, 이를 통하여 불교적 전통의 세계관 완성을 향한 구도자적 자세를 견지하고 추구했음을 증명해야 한다. 그 때문에 김구용의 시론 및 동양의식을 통하여 보다 소상하게 살펴봐야 할 것은 그의 중편 산문시들이다. 서양을 바탕으로 한 현실에 대한 밀도 높은 반영체로 구성한 그의 중편 산문시들이, 동양과 아무런 연계 없이 이루어져 있다면 그 자체로 이미 실패한 실험으로 전락하기 때문이다. 결국, 이 실험의 성공 여부를 따지는 것이 김구용을 살피는 데 가장 중요한 지점인 셈이다.

이를 바탕으로 파악하건대 1950년대 문학사에서 김구용을 다시 자리 잡게 함에 있어 살펴봐야 하는 것은 다름 아닌 시간의식[44]이다. 그의 시와 시론 속에서 전통과 근대가, 과거와 현재가, 그리고 그것을 상징하는 동양과 서양이 서로 응전하고 있으며, 소명의식 속에서 미래적 조망을 김구용 스스로 가늠하고 있기 때문이다. 시간의식을 살피는 것은, 김구용의 시 텍스트가 있는 그대로의 현실을 기록한, 단순한 반영체로서의 시가 아니라, 전통과 동양이라는 원본적인 풍경 속에서 작동하고 있다는 가정 속에 놓여 있다. 과거-현

44　시간의식(Zeitbewußtsein)이라는 용어는 후설에 의하여 본격적으로 사용되기 시작했다. 시간의
　　식은 기본적으로 인간이 경험하는 내재적 시간의 지향성(inner Zeitbewußtsein)으로 객관적 시
　　간과 체험의 대상을 구성하는 근원적 근거가 된다. (에드문트 후설, 이종훈 옮김,『시간의식』, 한
　　길사, 1998, 22~44쪽 참조.)

재-미래라는 시간의 상호 연관 속에서 김구용의 시 세계를, 특히나 그의 중편 산문시들을 보다 소상하게 파악함으로써, 그가 보인 편차들을 메울 수 있기 때문이다.

이에 본고에서는 김구용의 시와 시론에서 나타난 시간의식을 중심으로 그의 동양에 대한 양가적 인식을 밝히면서, 그것이 시 세계의 급격한 변모 속에서 작동하는 양상을 파악하고자 한다. 김구용의 시 세계를 시간의식을 중심으로 살펴봤을 때, 기법의 과잉과 정신의 과잉이, 그리고 그것의 토대가 되는 근대성과 근대성의 부정성을 극복할 기제인 동양의 과잉이 철저하게 내적 체험을 바탕으로 구성됨을 알 수 있다. 이 내적 체험은 김구용의 시간의식을 자연적 시간이 아닌 내재적 시간으로 이끈다. 자연적 시간과 구분되는, 내적 경험의 시간이 김구용의 시와 시론의 주춧돌 역할을 하고 있으며, 동시에 한계로 작동하고 있다. 즉, 내재하고 있는 원본적 체험들이, 그것이 지닌 시간성을 지금의 현실 속에 드러내는지, 아니면 관념적인 조작에 의한 변양된 체험으로서 그 시간성이 증발되어 있는 상태인지를 가늠해야 한다는 것. 이에 앞서 살펴봐야 할 것은 시에 있어서의 시와 시간과의 관계이다.

고대의 시간은 천체의 운행에 기초를 둔 객관주의적 시각 속에 인지되었다. 플라톤 또한 "시간을 수에 따라서 움직이는 영원의 모사"[45]라고 했다. '영원의 모사'라는 표현에서 알 수 있듯, 플라톤에게 시간은 일종의 이데아를 지향한다. 아리스토텔레스는 시간에 대하여 "앞과 뒤를 고려하는 가운데 움직이는 물체의 운동에서 〈수적으로〉 헤아려진 것"[46]이라 정의하고 있다. 이

---

45 플라톤, 박종현 · 김영균 옮김, 『티마이오스』, 서광사, 2000, 102쪽.

46 아리스토텔레스, 『자연학』(신상희, 「아리스토텔레스의 시간 이해에 대한 현상학적 이해」, 『시간과 존재의 빛』, 한길사, 2000, 33~34쪽에서 재인용

는 시간을 자연적 시간의 부단한 연속체로서 과학적으로 파악한 것이다. 외적인 사물들이 변화하고 운동하는 전후의 계기를 좇으며 이동하는 질서가 곧 시간인 셈. 즉, 아리스토텔레스에게 시간은 운동의 흐름 가운데 헤아리는 것이다. 한스 메이어호프는 플라톤과 아리스토텔레스 등 고대에서 보여준 시간에 대한 "과학적인 분석은 객관적으로 타당할지라도 주관적인 시간 경험과는 상당히 동떨어진 것"[47]이라고 평하고 있다. 첨언하자면 시간에 대한 철학적 논의들은 대체로 과거, 현재, 미래라는 삼분법을 통하여 구분되며, 문학과 연계하면, 역사, 기억, 변형 등과 대응할 수 있다. 이를 시간적 표지와 문학적 표지로 분류하여 상호 간의 연계성을 살피는 것은 자연스러운 일이다. 물론 이를 위해서는 양자의 관계가 포함의 관계이거나 혹은, 중간자에 의한 매개에 의한 관계라는 인식이 필요하다. 그 때문에 시간과 문학 간의 관계를 면밀하게 살피기 위해서는 아리스토텔레스의 자연적 시간 이해가 아닌 다른 시간 의식, 즉 경험적 시간 의식이 필요하다.

먼저 시간을 과학적 견지에서가 아니라 정신, 혹은 영혼과의 관련 속에서 파악한 이는 아우구스티누스다. 후설은 "시간의식의 분석은 기술적 심리학과 인식론의 매우 오래된 교차점이다. 여기에 놓여 있는 극히 곤란한 점들을 깊이 깨닫고 이러한 문제에 필사적으로 각고의 노력을 기울였던 최초의 사람은 아우구스티누스였다."[48]라고 지적하며, 폴 리쾨르 또한 "플라톤에서 플로티누스에 이르기까지 시간에 대한 고대의 이론 중 그 어느 것도 그처럼 예리하게 이론을 전개한 바가 없다는 점이다."[49]라고 지적했다. 이처럼 아우구

---

47 한스 메이어호프, 이종철 옮김, 『문학과 시간의 만남』, 자유사상사, 1994, 22쪽.

48 에드문트 후설, 이종훈 옮김, 『시간의식』, 한길사, 1998, 53쪽.

49 폴 리쾨르, 김한식 · 이경래 옮김, 『시간과 이야기 1』, 문학과지성사, 1999, 30쪽.

스티누스는『고백록』을 통하여 시간에 관한 고전적인 탐구 양태를 넘어 시간을 지각의 한 양태로 파악하고 있다.

> 미래도 현재도 존재하지 않으며 또한 세 가지의 시간-과거, 현재, 미래가 존재한다는 것도 옳지 않습니다. 실상 이것들은 마음속에 이른바 세 가지 형태-과거의 현재, 현재의 현재, 미래의 현재-로 존재하는데 나는 마음 밖에서는 어디에서도 볼 수 없습니다. 즉 과거의 현재는 기억이며 현재의 현재는 직감이며 미래의 현재는 기대입니다.[50]

아우구스티누스는 과거, 현재, 미래라는 계기적 순서에 따른 시간관을 부정하고 있다. 계기적 순서에 따라서 시간을 기술하던 고전적 · 객관적 방식을 벗어나 과거-현재-미래를 동시에 조망할 수 있는 경험적 시간관을 제시하고 있다. 그는 현재를 세 가지 상이한 양태로 분별함으로써, 현재에서도 경험되고 인식되고 있는 과거와 미래를 이야기한다. 과거는 현재의 기억 경험이고, 미래는 현재의 기대나 예측인 것. 여기에서 아우구스티누스는 과거-현재-미래라는 시간이 가진 흐름이라는 속성을 강조하는 것이다. "흘러가는 무엇이 없을 때, 과거의 시간이 있지 아니하고, 흘러오는 무엇이 없을 때 미래의 시간도 있지 아니할 것이며, 아무것도 없을 때 현재라는 시간도 있지 아니할 것이다."[51] 흘러가는 시간이 있어야만 과거의 시간이, 미래의 시간이, 또한 현재가 있다는 것. 이 흐름은 곧 경험한 시간을 뜻하며, 경험적 시간관을 제시한다는 것은 시간에 관련된 일련의 측정 또한 거부하는 것이다. 이에 대하여 폴 리쾨르는 "지각하고 비교하고 측정하는 것에 대한 이의 제

---

50   아우구스티누스, 김평옥 옮김,『고백록』, 범우사, 2008, 290쪽.

51   위의 책, 290쪽.

기는 시간의 측정과 관련해서 감각적이고 지적이며 실천적인 우리의 활동에 대한 이의 제기다."[52](강조는 원문)라고 첨언한다. 이와 같은 시간관은 문학이 시간을 다룰 때, 선조적 재현에 초점을 맞추는 것이 아니라 시간성 자체를 심화시키는 것이 필요함을 역설한다.

이처럼 시간을 과학적 측정의 영역이 아닌, 인간 의식의 내적 현상과 연관 지으려는 아우구스티누스의 시간 개념은 근대와 현대의 철학자들에게 많은 영향을 끼친다. 무엇보다 시간을 의식의 내재로 돌리는 이와 같은 태도는, 반드시 어울리는 것은 아니지만, 현상학적 태도와 연관된다. 시간을 기억과 직감, 기대라는 심리적 범주를 통하여 분석함으로써, 의식의 지향성을 통해 시간적-지각적 통합성에 관심을 가지는 현상학적 입장과 일정 부분 교집합을 이루기 때문이다.

시간을 지각의 한 양태로 자리 잡게 한 아우구스티누스의 시선은 시와 어떻게 관계를 맺을까. 기본적으로 시는 자아와 세계의 동일성을 핵심으로 하고 있다. 이는 경험의 총체로서의 자아가, 그 배경의식이 되는 시간과의 관계 속에서 일부를 이루고 있음을 말한다. 문학과 시에서의 시간은 "사적이고 주관적이며 심리적 차원의 것"[53]이기 때문에, 시의 시간은 시인 개인의 체험을 통하여 구성되고, 이 체험은 응당 역사적 사건 및 비극 등 객관적인 시간과 화학작용을 이룬다. 동시에 객관적 시간에 대한 주체의 감각 및 정서, 생각 등의 반응을 거쳐서 드러난다. 한스 메이어호프는 "문학 속의 시간은 인간적 시간(le temps humain), 즉 경험의 희미한 배경 일부를 이루고 있거나 혹은 인간적 삶의 조직 속에 들어와 있는 바로서의 시간이다. 그것의 의미는

---

52 폴 리쾨르, 앞의 책, 37쪽.

53 소광희, 『시간의 철학적 성찰』, 문예출판사, 2001, 443쪽.

그러므로 이러한 경험 세계의 맥락 속에서나 혹은 이러한 경험들의 총체로서의 인간적 삶의 맥락 속에서 찾아져야 한다."[54]라면서, 문학에 있어 시간을 척도하는 데 있어 가장 중요한 것은 바로 경험의 총체로서의 주체의 의식임을 말한다. 이러한 시간은 사적이고 주관적인 시간 혹은 심리학적인 시간인데, 이를 서정시로 확장하면, "서정적인 것의 주체(Theme)로서 지나간 일들은 회감(回感)의 보물"[55]이라는 슈타이거의 논의를 통해 확장할 수 있다. 그는 "회감(Erinnerung)은 주체와 객체의 간격 부재에 대한 명칭일 수 있으며, 서정적인 상호 융화(Ineinander)에 대한 명칭일 수 있다. 현재의 것, 과거의 것, 심지어 미래의 것도 서정시 속에 회감될 수 있다"[56]라고 한다. 즉 자아와 사물의 상호동화가 가능해지는 순간이 곧 회감이라는 것. 결국, 아우구스티누스나 슈타이거에게 있어 시간은 과거와 현재, 미래로 구분되어 나뉘는 것이 아니라, 동시에 조망할 수 있다. 이것이 가능한 것은 경험의 총체인 서정적 자아에 있다. 이 부분에서 서정시와 시간의 관계를 함께 논의할 수 있는 타당성이 획득된다.

이처럼 시에서의 시간의식을 파악하는 데 있어서 주체의 경험을 중심에 놓음으로써 시의 시간을 현상학적으로 파악할 수 있는 지평을 열 수 있다. 이는 앞서 언급한 바와 같이 아우구스티누스의 시간관으로부터 연원하는 것이다. 아우구스티누스가 의식 구조가 이미 시간화되어 있음을 밝혔다면, 이를 내재적 시간으로 규정하고 현상학적으로 분석한 이는 바로 후설이다.

그런데 이에 앞서서 김구용이 지닌 불교적 사상 및 그 시간관들이 현상

---

54 한스 메이어호프, 앞의 책, 20~21쪽.

55 E. 슈타이거, 이유영 · 오현일 옮김, 『시학의 근본개념』, 삼중당, 1976, 88쪽.

56 위의 책, 96쪽.

학과 어떻게 교차할 수 있는지를 간략하게 살펴야 한다. 현상학과 불교, 특히 유식 불교는 유사한 문제의식을 가지고 있다. 양자 모두 대상 세계의 실체적인 독립성을 인정하지 않으며, 현실적으로 '지금' 진행되는 의식에 바탕을 둔다. 그 때문에 현상학과 유식 불교 모두 자기 자신의 의식을 추적한다고 볼 수 있다. 이를 조금 더 면밀하게 살펴보면 대상에 대한 태도에서 찾을 수 있다. 후설은 현상에 대하여 주관(ego cogito)-의식작용(cogitatio)-객관(cogitata)의 삼각관계를 이루고 있다고 이야기한다. 즉, 의식작용으로서 현상은, 객관을 향한 주관의 운동인 것이다.[57] 후설은 이 운동성을 지향성이라고 설명한다. 즉, 대상은 현상을 뜻하며, 현상은 지향성에 의해 설명되는 것. 결국, 후설의 현상학은 주관과 객관을 통일적 관계로 이해하고 있는 현상일원론인 셈이다. 대상에 대한 현상학적 관점은 유식 불교에서도 나타난다. 먼저 불교에서 삶의 문제는 고집멸도(苦集滅道), 이 사성제(四聖諦)로 나타난다. 근본적으로 고통(苦)을 안고 태어난 인간은, 삶의 다양한 양상이 곧 영속하는 실제적 존재로 알고 집착(集)하게 되는데, 이를 끊고 팔정도를 수행하여(道), 집착과 고통에서 벗어나야 한다는 것(滅)이다. 결국, 고통은 집착에 의하여 생겨나는데, 이 집착은 모든 존재가 무상하다는, 실재가 없다는 진리를 깨닫지 못하기 때문에 발생한다. 인간은 관계에 의해서만 존재하는 것이고, 이것이 연기이다. 유식 불교에서는 모든 존재가 연기에 종속됨으로써 공(空)이지만, 연기의 관계를 가능하게 하는 것으로서 식(識)을 말하고 있다. 이 무상과 연기를 인정하지만, 삶의 과정에서 변하는 것으로서 있는 그 무엇을 바로 식(識)이라 하는 것이다. 유식 불교는 결국 "'식의 있음의 방식'을

57　W. 마르크스, 이길우 옮김, 『현상학』, 서광사, 1990, 50쪽 참조.

논하는 것"[58]이다. 이 논의에 따르면 대상이라는 것 또한 마음에 있어서 식의 분별작용이다. 이는 식일원론(識一元論)이다. 현상과 식 모두, "자신의 의식 작용(見分) 안에 대상의 표상(相分)을 포함하고 있는 통일적인 의식작용"[59]인 것이다. 이는 결국 세계에 대한 인식을 의미한다. 현상학과 유식 불교 모두 "세계를 인간 주관의 능동적 구성작용에 의해 구성된 산물, 현상으로 간주"[60]하는 것이다. 이는 양자 모두 세계의 객관성을 자아를 통한 주관성에 의해서 구성하는 관념론이라고 파악할 수 있다. 이와 같은 태도는 자아 바깥의 실체적 존재를 인정하지 않는 태도이며, 우리가 대상이라고 인식하고 있는 것들이 인식 작용에 의하여 만들어진 것이라는 공통점이 있다. 여기에서 양자가 강조하는 것은 선험적 자아와 아뢰야식으로서, 이는 통일적인 의식이자 모든 대상에 대한 근거이다. 이것들은 그 스스로 대상이 될 수 없는 것으로써, "구체적 대상(물리적 대상 및 심리적 대상)을 인식할 때 더불어 의식되는 존재이며, 근원적 체험이다."[61]

현상학에서의 체험은 원본적(originar)이고 단적인(schlicht) 체험, 즉 순수한 체험으로서, 자연적 태도로부터 해방된 것이다. 후설은 이 체험을 통하여 개별자로서의 실재를 정립한다고 주장한다. 이 체험들이 "시공간적인 거기 존재하는 자(Daseiendes)"로서, 실재의 자족성과 내용을 지닌 존재로서 정립하게 한다고 주장한다.[62] 이 체험에 대한 인식은 시간의식을 살피는 데 있

---

58 최인숙, 「현상학과 유식학에서의 자기의식의 의미」, 『현상학과 현대철학』, 32집, 2007.2, 14쪽.

59 최인숙, 위의 논문, 16쪽.

60 한자경, 「후설 현상학의 선험적 주관성과 불교 유식 철학의 아뢰아識의 비교」, 『현상학과 현대철학』 9집, 1996.9, 188쪽.

61 최인숙, 위의 논문, 32쪽.

62 에드문트 후설, 최경호 옮김, 『순수 현상학과 현상학적 철학의 이념들』, 문학과지성사, 1997, 87쪽.

어서 중요한 기준 중 하나이다. 후설은『시간의식』을 통하여 현상학에서 시간의식을 본격적으로 논하고 있다. 일차적으로 시간의 체험을 통해서 "시간성(Zeitlichkeit)"을 의식하는 방식에 관심을 둔다.[63] 이를 위해 후설은 현상학적 시간을 살피는 데 있어서 "주의 깊게 주목해야 할 것은 단일의 체험류(순수 자아의 체험류)에 있어서의 모든 체험의 통일적인 형식인 현상학적 시간과 "객관적인" 시간, 말하자면 우주적인 시간 사이의 구별이다"[64]라고 지적하면서 시간을 절대적이고 보편적인 시간인 세계시간(Weltzeit)과 그와 대립되는 경험적 세계의 객관적 시간을 지칭하는 내재적 시간으로 나누어 파악하고 있다. 그런데 후설이 중시하는 시간은 세계의 실제 시간이나 객관적으로 측량 가능한 불가역적인 물리적인 시간이 아니다. "현실적 사물, 현실적 세계가 현상학적 자료가 아니듯이 세계시간, 실재적 시간, 즉 자연과학이나 또한 영혼적인 것(Seelisches)에 관한 자연과학으로서의 심리학의 의미에서 자연의 시간 역시 현상학적 자료는 아니다."[65]라는 후설의 논의에서 알 수 있듯 내재적 시간의 범주에는 객관적 시간은 배제되어 있다. 이 객관적 시간은 모든 존재하는 것들이 시간의 범주 안에서 정립되는 시간으로, "세계시간", "실재 시간"이라고도 칭한다. 모든 것들이 시간의 범주 안에 있다는 것은 시간이 존재에 선행한다는 것을 뜻한다. 이는 더 나아가 대상과 그것을 인식하는 주체가 시간 안에 실재한다는 것이고, 시간상으로 존재하는 인식 대상만을 주체가 인식한다는 것이다. 그 때문에 이를 위해서는 주체에게 시간의식이 선행되어야 한다.

63　에드문트 후설, 이종훈 옮김,『시간의식』, 한길사, 1998, 64쪽.

64　에드문트 후설, 최경호 옮김,『순수 현상학과 현상학적 철학의 이념들』, 문학과지성사, 1997, 306쪽.

65　에드문트 후설, 이종훈 옮김,『시간의식』, 한길사, 1998, 56쪽.

여기에서 후설이 주장하는 시간의 분류 중 내재적 시간이 드러난다. 후설은 내재적 시간이 객관적 시간을 의식할 수 있게 만드는 근원적 시간이라고 말한다. 그런데 후설은 이 근원적 시간이 '주관적 시간'이라고 지적한다. 이는 시간 인식이 개별적 차원에서 이루어짐을 뜻하는 것이다. 후설은 "순수한 시간의식의 내재적 시간"[66], 즉 내재적(immanent) 시간의 흐름으로써, 이를 통하여 근원적 시간에 접근하고자 한 것이다. 결국, 시간을 의식한다는 것은 주체가 개별적인 내재적 시간을 통하여 외부에서 벌어지는 시간적 흐름을 지각한다는 것이다. 후설은 이를 조금 더 세분화하여 설명하고 있다. 주체가 지각한다는 것은 주체가 어떤 대상을 지향하고 있는 "지향작용(intentio)"이고, 주체가 지향하는 대상은 "지향적 대상(intentum)"이라고 한다. "지각하는 과정에서 지각되는 어떤 객체를 지향하는 의식 활동"[67]이 곧 지각이다. 또한, 이 내재적 시간에서 다루어지는 지향적 대상을 '시간 객체'라고 칭하면서 "지각의 흐름 속에서 시간적인 것으로서 지각된 객체"[68]라고 한다.[69]

이처럼 후설은 시간을 절대적이고 보편적인 시간인 세계시간(Weltzeit)과 그와 대립하는 경험적 세계의 객관적 시간을 지칭하는 내재적 시간으로 나

---

66 위의 책, 62쪽.

67 위의 책, 66쪽.

68 위의 책, 66쪽.

69 이에 대하여 후설은 음(音)이나 멜로디를 통하여 설명하고 있다. 음이나 멜로디는 질료적인 요소가 없지만, 연장되면서 시간상으로 그 존재를 열어간다. 어떤 질료도 없이 시간적인 연속과 시점을 가지고 있는 것이다. 음악이 시작되고, 그것이 의식 속에 인식되면, 음악이 끝난다고 하더라도 의식 속에서 완전히 사라지지 않는다. 의식 속에서 지나간 음이 일정 기간 동안 지속되기 때문이다. 그 지속이 끝나더라도, 다시 회상 가능하며 이때 이 음에 대한 기억은, 다가올 음을 기대함으로써 미래적인 측면 또한 고려한다. (에드문트 후설, 이종훈 옮김, 『시간의식』, 한길사, 1998, 66~67쪽)

누어 파악하고 있다. 그리고 후설은 현상학적 시간에 있어서 자연의 시간처럼 개념화되고 표준화된 시간과 경험의 원초성 속에 체험되는 시간을 명백하게 구분할 것을 요구하고 있다. 또한, 전자를 배제하는 대신 현상학적으로 주어진 것은 '체험'이고, 이를 통해야만 시간성이 객관적으로 드러난다고 주장한다. 결국, 시간이란 외부적인 것의 수용으로부터 시작하지만, 그것에 대한 지각은 내재적 의식 활동의 결과라는 것. 여기에서 문제로 삼아야 하는 것은, 시간을 살피는 현상학적 방법이 '무엇'인가라기보다는 '어떻게' 그것을 펼치느냐이다. 하이데거가 『시간의식』 서문에서 밝힌바, "시간의식의 지향적 성격을 분명하게 밝히는 것과 지향성(Intentionalitat) 일반을 보다 근본적으로 해명"[70]하는 것이 필수적 작업이다.

이를 위해서는 먼저 과거-현재-미래라는 기존의 시간적 경험을 통합시킬 수 있는 관점을 확보해야만 한다. 즉, 경험적 시간이 시간적 경험들을 어떤 방식으로 자기 자신 속으로 통합시키는가를 살피는 것. 이는 파지(Retention)와 지금, 예지(Protention)[71]로 지칭되는 현상학적 시간으로 설명할 수 있다. 이 중 후설은 과거의 시간성을 회상(재기억)과 파지로 나누어 파악하고 있다.

파지는 후설의 시간의식의 핵심이 되는 개념인데, 회상과의 차이를 통하여 살펴볼 때 더 명확히 그 의미를 파악할 수 있다. 후설에 의하면, 파지란 "현재가 드러나는 배경의식(horizon-consciousness)의 통합된 전체", "특정

---

70 위의 책, 48쪽.

71 'Retention'과 'Protention'은 각각 '파지'와 '예지', 혹은 '과거지향'과 '미래지향'으로 번역된다. 전자가 이남인과 김태희(『에드문트 후설의 내적 시간의식의 현상학, 서광사, 2002) 및 최경호(『순수 현상학과 현상학적 철학의 이념들』 문학과지성사, 1997)의 번역이고 후자는 폴 리쾨르의 『시간과 이야기』를 번역한 김한식이 사용한 용어이다. 본고에서는 전자를 따른다.

한 기억의 대상이 주제화되기 이전에 이미 선재(先在)하고 있는 시간적 배경의식의 총체"[72]로서 어떤 현실적인 계기를 통하여 '지금'까지 열려 있는 채로 지속되는 과거의 한 경험이라고 할 수 있다. 이에 대하여 후설은 음악을 들을 때 현재의 음(音)이 밀어내고 있는 과거의 음, 지금 울리고 있는 음이 새로운 음에서 점점 밀려나는 일련의 과정이라 예를 든다. 즉, 청자는 멜로디를 듣는 것이 아니라 현전하는 개별적인 음을 듣고 있는 것이며, 이를 통하여 이 음을 견지하고 있다는 것. 이를 통하여 이 음은 고유한 시간성을 획득한다는 것이다.

이에 비하여 회상은 현실과의 연속성을 잃은 채 망각되어 있던 한 부분을 일회적으로 복원하는 행위이다. '지금'의 시점에서 복원이 되지만, 현재와 무관한 상태로 재구성된 것, 그리고 재구성의 영역 또한 과거의 일부일 뿐, 현재와는 연결되어 있지 않은 것이다. 즉, "파지는 회상이 가능해지기 위한 조건으로 기능한다고 볼 수 있을 것"[73]으로서, 파지에 속한 시간적 대상들이 '지금' 속에 일차적으로 기억된다면, 회상에 속한 것들은 의식적으로 다시 불려 올라와야 한다. 파지가 내재적 풍경으로서 지금의 현실에 영향을 미치고 있는 것이라면, 회상은 의식적으로 불러일으킨 일회성의 기억이라는 것. 이는 "운동의 그 이전의 '지금' 시점들에 관계된 과거 지향들로 이루어진 어떤 혜성의 긴 꼬리의 핵심이다."[74]라는 후설의 비유로 보다 선명히 파악할 수 있다.

그렇다면 파지에 속한 시간적 대상들은 어떻게 '지금'으로 돌아올 수 있는

---

72   김영민, 『현상학과 시간』, 까치, 1994, 64쪽.

73   위의 책, 64쪽.

74   에드문트 후설, 이종훈 옮김, 『시간의식』, 한길사, 1998, 96쪽.

가. 이에 대하여 후설은 다시 음으로써 설명하고 있다. 후설은 음을 처음 지각하는 '지금'은 "원천시점(Quellpunkt)"이고, 이 원천시점에서 생동하는 지금의 음을 "근원인상(Urimpression)"이라 한다. 음악을 지각하는 첫 시점이 원천시점이며, 매 순간 이어지는 지금의 음들은 근원인상으로서, 언제나 이 지금의 음은 다가오는 다음의 음에 의하여 과거로 밀려난다. 즉 과거지향으로, 파지로 뻗어가는 것이다. 그런데 과거로 향한 이 음들은 다시금 "현전화(Vergegenwartigung)"[75]되는데, 이는 지금의 시간의식 속에서 근원인상적 지금을 의식할 수 있기 때문이다. 즉 근원인상이 남아 있기 때문에 다시 떠올릴 수 있다. 후설은 이 관계 속에서 살아 있는 듯 다가오는 '지금'을 '본래적 지각'[76]이라고 한다. 또한, 다가올 음을 기대함으로써 의식하게 된다. 즉, 흘러가는 음은 파지(과거지향)로 의식되고, 곧 나타날 음은 예지(미래지향)로 의식한다.

예지는 파지의 성격과 구조, 그 기능과 유사하다. 파지가 '지금'에 있어서 배경의식을 형성한다면, 예지는 미래의 배경의식을 구성한다. 이는 아우구스티누스가 "미래의 현재는 기대"[77]라고 한 것과 크게 다르지 않다. 예지의 경우 판타지와의 구분이 필요한데, 이 또한 파지와 회상 간의 구분과 비슷하다. 예지가 현재의 배경이 되는 지평을 바탕으로 가까운 미래를 기대한다면, 판타지는 특정한 미래의 사태를 의식에 불러오는 것이다. 그리고 이와 같은

---

75 후설은 현제화(Gegenwartgung)와 현전화(Vergegenwartigung)를 구분한다. 현제화가 시각객체를 근원적으로 구성하는 생동하는 지금의 의식이라면, 현전화는 파지로 변양된 지금의 의식이 현재로 되살아나는 것이다. (위의 책, 103쪽.)

76 위의 책, 70쪽.

77 아우구스티누스, 앞의 책, 290쪽.

"파지와 예지가 하나로 통합된 '지금'이 곧 '살아 있는 현재'"[78]이다. 결국, 예지는 미래에 존재하게 될 지금의 의식으로서 모든 기대 활동을 뜻하는데, 이것이 가능한 것은 기억을 회상하여 현전화하는 과정에서 이미 파지를 자각한 경험이 있기 때문이다.

이상 살펴본 후설의 시간의식의 핵심은 파지와 예지 모두, 의식의 바깥에서 '지속(Dauer)'하고 있다는 공통점을 갖고 있다. 그리고 이것들은 "모든 체험은 그 자체 생성의 흐름이다. 그것은 그 자체 흐름인 원본성의 위상들, 즉 "이전"과 "이후"와 대비되는 체험의 살아 있는 "지금"의 원본성의 위상을 통해 매개되는 파지(Retention)와 예지(Protention)의 항상적인 흐름이라는 결코 변할 수 없는 본질적인 정형(Typus)의 근원적인 산출이라는 존재하는 모습 그대로의 생성의 흐름인 것이다."[79]에서 알 수 있듯 '지속'하는 체험이 그 바탕에 있다. 이에 대하여 후설은 "실제적인 모든 체험은 필연적으로 지속적인 체험이다"[80]라고 첨언한다. 그리고 이 지속은 측정 가능한 자연과학적 시간의 흐름에 의한 것이 아니라, 근원적 의식의 흐름에 의한 것이라는 특성이 있다. 이 흐름 속에서 인식되는 시간성이 곧 현상학의 시간이다.

시간에 대한 후설의 논의 속에서 읽을 수 있는 것은, 그가 "시간의 드러남을 그 자체로 직접 기술"[81](강조는 원문)하고자 했다는 사실이다. 이를 통하여 드러나는 시간은 내적인 시간의식(Zeitbewusstsein)이라 할 수 있다. 그런데 이 내적 시간 인식은 앞서 언급한 아리스토텔레스의 물리적 시간 등 객

---

78 문혜원, 「김춘수의 「처용단장」에 나타나는 시간의식에 대한 연구」, 『비교한국학』 Vol. 23, 2015, 128쪽.

79 에드문트 후설, 최경호 옮김, 『순수 현상학과 현상학적 철학의 이념들』, 문학과지성사, 1997, 289쪽.

80 위의 책, 308쪽.

81 폴 리쾨르, 김한식 옮김, 『시간과 이야기 3』, 문학과지성사, 2011, 50쪽.

관적 시간을 배제한 형태로 드러나는 특성을 가진다. 물론 폴 리쾨르는 이때 배제된 객관적 시간의 기술에 사용한 어휘들과 그것의 배제 이후 드러나는 내재적 시간의식을 기술하기 위한 어휘들이 같은 이름(흐름, 연속성, 연속체, 다양성, 동시성, 시간적 거리, 시간 간격의 동등성 등)으로 호명됨을 지적하고 있다.[82] 이는 내재적 시간의식을 통하여 객관적 시간을 전복시키고자 했던 후설의 시도가 객관적 시간에 대한 경험에 의지할 수밖에 없었던 역설적 상황에 기인한다. 하지만 리쾨르는 "배제의 과정에서 감내해야 하는, 어쩌면 요구하고 있는 동음이의의 혼란과 애매함은 파지라는 소중한 지향을 위해서 치러야 하는 대가"[83]라고 덧붙인다. 즉, 각각의 용어에 대하여 엄밀하게 사용하지 않은 것에 대하여 비판을 하지만, 그런데도 파지라는 개념이 가진 중요성을 재차 강조하고 있다. 이와 같은 개념을 빌려 한 시인의 작품 세계를 살펴보는 데 있어서 중요한 것은 결국 지속되는 내적 경험, 즉 주관성이다. 그리고 한 발짝 더 나아가 그것이 당대에서 가지고 있는 역사적 맥락이다.

하지만 후설의 시간의식에서 짚고 넘어가야 할, 그리고 극복해야 할 부분이 있다. 시간에 대한 후설의 논의에서 움직이지 않고 존재하는 것은 내재적 시간을 경험하는 주체이다. 경험을 중시한다는 것은, 그것을 통해 지각하는 근원적 시간 또한 개별적 차원에 국한된다는 것이다. 이는 곧 관계적 차원을 배제하는 것으로서, 세계 안에서 만나게 되는 다른 존재 또한 마찬가지이다. 이 과정에서 '주체'와 '대상'은 이항 대립적으로 나누어진다. 문제는 자신을 초월하는 것들을 대상으로 판단하는 대상화 과정에서 타자의 진정한 의미가

---

82 위의 책, 52쪽.

83 위의 책, 59~60쪽.

사라진다는 사실이다.[84] 이는 후설에게 대상이란 자신의 인식에 의해 존재하는 것이고, 지향적 관계를 통하여 '주체'와 '대상'이 되는 것이기 때문이다. 결국, 후설의 시간의식은 존재 중심의 시간의식, 타자가 배제된 시간 인식이다. 이는 후설을 비롯한 현상학적 시간 개념이 가지는 공통점이다. 현상학적 "방식으로 시간을 사유할 때, 시간은 주체에 의해 구성되든지 아니면 익명적이고 중립적인 존재와의 관련성 속에서만 다루어지게 된다. 이와 같은 시간 이해에서 가장 문제 되는 것은 타자의 시간이 들어설 곳이 없다는 것이다."[85]

후설의 논의를 바탕으로 김구용의 시와 시론을 살피는 데 있어서, 한발 더 나아가기 위해서는 이 주체 중심의 사유를 극복하여 타자성의 지평까지 살펴야 한다. 홀로 있는 주체가 중심이 되어 사유하는 미래는, 정지된 미래일 뿐이고, 그것을 정초하는 현실 인식 또한 주체의 인식에 갇힌 것일 뿐이기 때문이다. 특히나 김구용이 그의 시론에서 유독 동양 시인으로서의 사명감을 주장하며, 현실 극복의 의지를 피력했음을 상기해보았을 때, 그의 판단에 관한 정당한 평가를 하기 위해서는 그것이 지닌 한계와 가능성을 타진해야만 한다. 이는 주체의 바깥에 존재하는 현실과의 만남이 가지고 있는 밀도를 통하여 알 수 있다. 결국, 현상학적 시간을 통하여 현실 인식을 밝히기 위해서 필요한 것은 김구용이 주체를 벗어나 있는 존재를 인식하고 있는지, 그리고 그것의 밀도가 어느 정도인지를 판가름하는 것인 셈. 그리고 이때 필요로 하는 것은 레비나스의 타자 윤리학이다. 주체 바깥의 완전한 타자와의 만남은, 곧 현실에 대한 척도이며 동시에 미래에 대한 지평이기 때문이다.

---

84 김연숙, 『타자 윤리학』, 인간사랑, 2001, 29쪽.
85 김연숙, 「레비나스의 시간론」, 『한국동서철학연구』 46집, 2007. 12, 199쪽.

레비나스에게 주체는 불안하며, 익명성, 어두움, 공포의 문제점을 안고 있는 "존재의 악(le mal)"[86]이다. 레비나스는 이와 같은 이유로 현상학에서의 기존 시간의식을 극복하고자 했다.[87] 레비나스의 시간의식이 선행하여 다루었던 후설과 다른 지점은 아래 인용문에서 드러난다.

> 만일 현재에서 모든 기대를 제거해 버린다면 현재와의 어떠한 공통 본성도 미래를 가질 수 없을 것이다. 미래는, 미리부터 존재한 영원의 품속에 안겨 있는, 그래서 우리가 그곳에서 가져올 수 있는 그런 것이 아니다. 미래는 절대적으로 다르고, 절대적으로 새로운 것이다. 바로 이렇게 볼 때 참된 시간의 현실을 우리는 제대로 이해할 수 있다. 다시 말해 현재 안에서는 미래의 등가물을 절대 발견할 수 없을 뿐만 아니라 미래를 거머쥘 가능성이 전적으로 결여되어 있다는 사실을 이해할 수 있다.[88]

후설은 예지를 통하여 미래의 배경의식을 형성하며, 이는 지속을 통하여 파지를 자각한 경험에 의한 것이라 말한다. 하지만 레비나스가 보기에 이와 같은 시간의식은 반복되는 기억과 지각, 기대의 쳇바퀴 속에 갇힌 유아론(solipsism)에 불과하다. 이와 같은 도식을 통해서는 시간이 가진 근본적인

---

86 엠마누엘 레비나스, 서동욱 옮김, 『존재에서 존재자로』, 민음사, 2003, 30쪽.
87 레비나스가 극복하고자 했던 일차적 대상은 하이데거이다. 하이데거는 후설의 시간의식의 영향 속에서 이를 외부로 끌어내어 현존재의 존재 양식으로 규명했다. 레비나스는 하이데거의 존재가 '타자(autre)'와의 관계적 차원을 망각하게 만든다고 지적하고 있다. 하이데거가 "주체에 대해 순수하게 외재적인 시간 개념, 즉 대상으로서의 시간 개념이나 주체 안에 완전하게 포함되는 시간 개념에 머물렀다"(엠마누엘 레비나스, 서동욱 옮김, 『존재에서 존재자로』, 민음사, 2003, 159쪽.)라는 것이다. 이는 곧 "인간이 당하는 고통과 악, 현실적 불평등이나 불의에 대해서 침묵"(김연숙, 『타자 윤리학』, 인간사랑, 2001, 42~43쪽.)하고 있다는 강도 높은 비판으로 이어진다.
88 엠마누엘 레비나스, 강영안 옮김, 『시간과 타자』, 문예출판사, 1996, 96쪽.

새로움을 포착할 수 없다. 도리어 "현재에서 모든 기대를 제거해 버린" 상황에서만, 모든 기대가 좌절된 상황에서만 새로운 미래를 확보할 수 있다. 레비나스가 보기에 "미래에 대한 기대, 미래의 기투는, 베르그송에서부터 사르트르에 이르기까지의 모든 이론이 마치 시간의 본질적 특성인 것처럼 일반적으로 인식해왔지만"[89], 이 미래는 그저 현재에 지나지 않을 뿐이다. 그 때문에 그것은 진정한 의미의 미래가 아니다. 이는 미래에 대한 기대와 기투가 좌절된 곳에서부터 미래를 경험할 수 있다는 것, 즉 진정한 미래란 주체의 마음이나 의식을 넘어선 곳에서 찾아야 한다는 것이다. 그렇다면 미래는 어떻게 찾아오는가.

> 미래, 그것은 타자이다. 미래와의 관계, 그것은 타자와의 진정한 관계이다. 오로지 홀로 있는 주체라는 관점에서 시간을 이야기한다는 것, 순수하게 개인적인 지속에 관해서 이야기한다는 것은 우리에게 불가능한 것으로 보인다.[90]

레비나스는 기대하고 기투하는 주체를 좌절시키고 넘어서는 타자를 발견한다. 이 타자는 곧 미래라고 선언한다. 그리고 타자가 미래가 되기 위해서 필요한 것은 진정한 관계이다. 레비나스의 철학은 타자 중심의 철학, 관계 중심의 철학으로서, 그가 인식하는 시간 또한 타자를 통해 드러나는 것이다. 레비나스는 "시간은 주체가 홀로 외롭게 경험하는 사실이 아니라 타자와의 관계 자체"[91]라고 한 선언에서 알 수 있듯 레비나스에게 관계를 배제한 시간론은 무의미하다. 타자와의 만남, 얼굴과 얼굴의 마주함이 곧 시간의 지평을

---

89   위의 책, 86쪽.

90   위의 책, 86~87쪽.

91   위의 책, 29쪽.

열어주는 것이다.

> 미래와의 관계, 즉 현재 속에서의 미래의 현존은 타자의 얼굴과 얼굴을 마주한
> 상황에서 비로소 실현되는 것처럼 보인다. 얼굴과 얼굴을 마주한 상황은 진정한 시
> 간의 실현이다. 미래로 향한 현재의 침식은 홀로 있는 주체의 일이 아니라 상호주
> 관적인 관계이다. 시간의 조건은 인간들 사이의 관계 속에 그리고 역사 속에 있다.[92]

레비나스는 사유하는 주체와 실천하는 주체를 나누는데, 전자는 그 자
체로 명백하게 존재하며, 그 누구도 대신할 수 없기 때문에 존재한다
는 사실 자체를 자신의 것으로 떠맡게 된다. 레비나스는 이를 "홀로서기
(hypostase)"[93]라고 하며, 이와 같은 주체를 홀로 있는 주체라고 한다. 그 때문
에 홀로 있는 주체는 고독한 존재이다. 결국, 미래는 이 홀로 있는 주체가 아
닌 상호주관적 관계에 있다. 즉, 타자와 얼굴을 마주함으로써, 따라서 주체의
기대를 통한 미래란 결국 유아론에 불과하다는 사실을 자각함으로써, 미래
를 열 수 있다는 것이다. 얼굴을 마주한다는 것은, 이를 윤리적 차원에서 접
근하고 있음을 뜻한다. 그리고 레비나스에게 얼굴은 타자와 만나는 방식이
다.[94] 이 방식을 통한 미래는 결국 "인간들 사이의 관계"이며, "역사"이다. 여
기에서 강조되는 것은 "사회성(socialite)"[95]. 즉, 타자와 주체의 만남과 이 만
남을 사회 안에서 일정한 관계로 유지하는 것이다. 결국, 주체는 사회성 안
에서 타자와의 만남을 통하여 윤리적 의무를 부여받는 존재이고, 이 타자와

---

92   위의 책, 93쪽.

93   위의 책, 36쪽.

94   김연숙, 「레비나스의 시간론」, 『한국동서철학연구』 46집, 2007. 12, 271쪽.

95   엠마누엘 레비나스, 서동욱 옮김, 『존재에서 존재자로』, 민음사, 2003, 158쪽.

의 만남이 시간의 흐름을 경험하게 한다면, 주체가 관계를 맺는 사회성이 곧 시간이라고 말할 수 있다. 홀로 있는 주체는 시간의 변증법을 구성하지 못한다. 다른 순간의 절대적 이타성은 타인에게서 오는 것이기에, 시간의 변증법은 곧 타인과의 관계의 변증법이다.[96]

타자와의 관계를 통한 레비나스의 시간론은, 타자와의 만남이라는 상식적 의미에서의 인간적 관점을 관철한다. 기존의 존재 이해가 형상적이며 보편적 이해를 강조했다면, 레비나스는 살아 있는 생명적 사회성을 관철한 것이다. 레비나스가 이를 통하여 추구했던 것은 존재론을 대치, 혹은 극복할 수 있는 인간학적 개념의 명료화이다.[97] 즉, 레비나스는 시간을 타자론적으로, 인간이 가진 고유한 사회성으로 파악했던 것이다.

본고에서는 일차적으로 후설의 논의를 빌어 김구용 시에 나타난 시간의식을 살펴보며, 이를 통해 김구용의 시 세계 전반을 파악하고자 한다. 시를 다루는 데 있어, 특히 김구용의 시를 다루는 데 있어 시간 인식이 요긴한 이유는 그의 시에서 드러나는 시간의 기본적 특성이 주관적 체험에 기대어 있다는 데 있다. 어린 시절부터 가족과 떨어져 산사에 머물던 기억, 그리고 그 속에서 배우고 익히며 체험한 불교적 세계관은 김구용의 시 세계 전반에 지대한 영향을 끼치고 있다. 이는 김구용이 가지고 있는 원본적 체험이, 파지된 대상으로서 그 시간성을 내재한 채로 '지금' 속에 정립하고 있는지 추적할 수 있는 논리 제반적 여건을 만들어준다. 문제는 그것이 현재의 원천시점에서 현전화 되었는지, 아니면 관념적 조작에 의한 변양된 체험으로 가라앉아 있는가이다. 파지를 통한 시간성의 획득은, 파지 대상이 가지고 있는 원본적

---

96 위의 책, 158~159쪽.

97 위의 책, 27쪽.

체험을 통한 지금의 발견과 미래로 열리는 전망의 체험을 가져온다. 하지만 관념적 조작에 의해서 변양된 체험이라면, 그것은 주체의 의식적 기대 속으로 가라앉아 전형적인 형태로 굳어버린다. 이 양상을 뒤쫓음으로써 김구용의 시적 사유의 한계와 그 극복, 변화 과정 및 그 원인을 탐지할 수 있을 것이다. 후설의 논의는 이것을 파악하는 데 있어서 이론적 뒷받침이 될 것이다.

이를 바탕으로 근대성의 위기에 대한 김구용의 미학적 대응양상 및 그 원인을 추적하고자 한다. 이때 드러나는 것이 당대와의 긴밀한 연관성이다. 특히 주목하고자 하는 것은 시간의식을 통한 동양에 대한 사유가 지닌 한계이다. 이 한계는 의식적 차원보다는 비의식적 차원에서 발생하기에 논리적 오류를 내장하고 있다. 그 때문에 한편으로는 시사적 차원에서의 그를 새롭게 정립시켜주고, 반대로 논리적 핍진성을 증명하면서 현 위치로 재위치 시키기도 한다.

한계를 지닌 동양에 대한 사유가 당대와 얼마나 연결되어 있는지를 판가름하려면 레비나스의 시간론을 통해야 한다. 김구용의 동양의식이 현재에 대한 극복, 그리하여 열어 보이는 미래를 지향하고 있기 때문이다. 김구용의 일련의 시적 실험들이, 그의 증언에 따라 현실에 대한 대응의 산물이라면, 그에 따른 사회성이 존재할 것이고, 그것을 미래의 지향으로써 극복할 것이다. 그런데 레비나스는 이 미래가 타자와의 진정한 만남을 통해서만 가능하다고 지적한다. 이는 곧 타자와의 만남이 미래를 열어주고, 이 미래는 "인간들 사이의 관계"와 "역사"이기 때문이다.

본고는 이와 같은 방법론을 바탕으로 근대를 극복하고자 하는 김구용의 방법론을 탐구하고, 이를 바탕으로 현대 시사에 있어서 그의 위치를 재정립할 필요성을 찾는 데 그 목적이 있다. 이는 먼저 급격한 시의 형식적 전회의 원인 속에서 그 이유를 찾을 수 있다. 그리고 이를 통하여 김구용이 가지고 있는 동양에 대한 사유의 한계와 의의를 발견할 수 있다. 이와 같은 흐름을 일별하기 위하여 연대기적 흐름 속에서 김구용의 시 세계를 조망하고자 한다.

먼저 Ⅱ장에서는 김구용의 시간의식을 살피기에 앞서 근대성에 들어서 변화한 시간의식의 양상을 살필 것이다. 시간의식의 변화가 1950년대 시인들에게 끼친 영향 속에서 김구용은 어떤 변주를 보여주고 있는지를 본다. 또한, 1950년대부터 대두된 동양과 전통에 대한 논의들과 김구용이 가지고 있는 동양의식과의 비교를 통하여 그 변별점을 논한다. Ⅲ장부터는 김구용의 시와 시론, 일기 등을 통하여 본격적으로 그의 시간의식을 살필 것이다. 먼저 그의 전기적 사실 및 일기 등을 기본으로 하여 불교적 세계관이 시 텍스트 속에 들어온 양상을 탐구하고, 그것이 이루고 있는 내적 풍경으로서의 지속성을 살필 것이다. 이를 바탕으로 현전화될 수 있는 시간 객체의 양상을 찾고, 김구용에게 근원적으로 순환적 시간의식이 존재한다고 보여줄 것이다. Ⅲ장에서는 주로 부산 피란 시절부터 시작된 그의 중편 산문시들을 바탕으로 근대적 시간 체험의 양상을 살필 것이다. 중편 산문시들이 보여준 변화의 지점을 좇으며 비극을 지속시키는 근대적 시간성에 대한 반발과 이를 극복하기 위한 알레고리적 세계관을 구축해 나가는 과정을 볼 것이다. 또한, Ⅱ장에서 논한 시간 객체들이 김구용의 시간의식 속에서 그것의 원본적 체험을 유지하며 현전화하고 있는지를 볼 것이다. 그리고 시 텍스트와 시론의 접합점들을 중심으로, 김구용의 시간의식이 반복과 회귀의 시간의식으로 변모해 가는 과정을 연구할 것이다. Ⅳ장에서는 형식적 실험이 물러난 이후 나타난 김구용 시 세계의 변화를 통하여 타자와의 만남이 이루어지고 있음을 밝힐 것이다. 이 만남을 통하여 주체는 미래를 확인하고, 그것이 생성을 바탕으로 하는 순환적 양상의 불교적 세계관과 만나고 있음을 알 수 있을 것이다. 그리고 그것이 가지고 온 형식적 특징 및 그 한계를 짚을 것이다. 동시에 초기 시부터 김구용이 지니고 있던 원본적 체험을 드러내 주는 시간적 대상들이, 그것이 내재하고 있는 시간성을 유지하면서 현전화되는 것을 밝힐 것이다.

근대성과
동양의 시간

1. 근대성과 시간

시간의식을 바탕으로 김구용의 시와 시론을 파악하기에 앞서 먼저 살펴 봐야 할 것이 있다. 바로 근대에 들어서 시간의식이 어떻게 변화했느냐이다. 이는 김구용이 식민지와 해방, 한국전쟁, 독재와 민주화 등 근대의 굴곡들을 체험했으며, 근대와 전근대가 교차하는 시기적 특성으로부터 영향을 받았기 때문이다. 이에 따라 김구용의 시간의식 또한 영향을 받았다.

먼저 근대의 시간관과 비교할 수 있는 것은 고대와 중세의 시간관이다. 앞 서 언급한바, 고대의 시간은, 농경을 바탕으로 한 생활양식에 따라서 자연 의 리듬에 순응하고 그에 일치하고자 했다. 이런 양상은 고대인들의 시간관 에 영향을 끼친다. 이에 대해 휘트로는 그리스인과 로마인들에게 시간은 곧 현재와 과거가 전부였다고 지적한다.[1] 고대인들에게 미래는 고정된 관념으 로서 존재하지 않은 것이 있다. 즉, 고대인들이 중시하는 시간적 요소는 자 연의 순환에 따른 반복인 셈. 이는 고대인들이 공간적 상상력 속에서 시간을 사유하고 있음을 말한다. 즉 그들에게 시간은 천체에 달려 있는 해와 달의

---

[1] G.J. 휘트로, 이종인 옮김, 『시간의 문화사』 영림카디널, 1998. 116쪽.

순환이다. 이는 확장과 주기 속에서 시간과 자신들의 삶을 파악하는 것으로써, 이들에게는 주어진 주기 속에서의 체험이 곧 인생이었다.

이러한 고대의 시간관에 변화를 준 것은 기독교이다. 기독교는 미래를 복권하였다. 하지만 고대의 시간관이 순환론적 시간관이라면, 기독교가 복권한 이 미래는 직선적이고 동시에 종말론적 세계관 속에 자리한다. 그것은 예수의 탄생과 죽음, 부활과 재림에 따른 직선적 · 불가역적 시간관으로, 이에 따르면 역사는 곧 시간의 주관자인 절대신의 계획이 실행되는 장이다. 미래를 열어 놓았지만, 이 미래는 이미 정해진 미래이고 완결된 미래이다. 기독교의 이와 같은 시간관의 목표는 "영원한 순환노선에서 벗어나는 것이고 시간 자체로부터 자유로워지는 것이다."[2] 여기까지 살펴보면, 기독교의 시간관과 고대의 시간관은 서로 완전히 다른 것 같으나, 이 양자에게는 영원성이라는 교집합이 존재한다. 자연의 주기에 따른 순환 속에서의 영원과 절대자의 계획으로, 즉 예수의 재림으로 이루어지는 영원한 내세에 대한 믿음이 그것. 미래는 인간의 영역 바깥에서 이루어지는 어떤 영원성의 현현이다. 이러한 시간관은 근대에 들어서 다시 변화한다.

근대성이라는 개념은 피상적 어감처럼 확실하게 정의될 수 있는 것은 아니다. 하지만 급진적인 변화를 불러온 근대에 들어서 시간에 대한 인식 또한 변화가 있음을 알 수 있다. 즉, 시간이 선형적으로 흐른다는 의식이나, 역사가 계단식으로 진보한다는 믿음은 근대의 산물이고, 이와 같은 시간관 속에서 세계를 바라보게 만든 것이다. 이와 같은 근대의 성격은 시간관에 있어 몇 가지 변화를 불러온다.

첫째, 시간에 있어서 고대와 기독교의 교집합적 요소를 이루며 핵심적인

---

2   정용석, 「플로티노스와 아우구스티누스의 시간론」, 『대학과 선교』 제30집, 2016, 76쪽.

상으로 작용했던 영원성이 붕괴하였다. 종교적인 틀 내에서의, 그리고 영원한 진리와 가치를 탐구하는 철학적인 틀 내에서의, 고착되어 영원할 것 같았던 사회 정치적인 틀 내에서의 영원성이 무색해진 것이다. 이제 영원성은 현실과 아무런 대응점이 없는 믿음이 되었다. 옥타비오 파스는 "근대는 기독교적 영원성에 대한 비판과 그에 따른 새로운 시간관의 등장으로 시작된다."[3] 라고 말하고 있다. 즉, 영원성이 없어진 자리를 차지하는 것이 무엇인지를 살펴보는 것이 근대적 시간관의 핵심인 것이다.

둘째, 영원성을 대신하여 근대과학을 통한 시간의 양적 측정, 즉 시계와 크로노미터 등 친숙한 단위들이 채택되면서, 관찰과 측정의 정확도를 높였다. 이것의 영향으로 철학 또한 시간을 측정 가능한 단위로 분해하는 것과 유사한 모습을 보이는데, 경험을 감각과 인상으로 분해하는 작업을 그 예로 들 수 있다. 이는 전통을 부정하는, 근대 특유의 시간의식으로 나아간다. 한스 메이어호프는 이를 '과거의 협애화'라 규정[4]하는데, 이는 시간을 상품으로 인식하는 태도를 불러일으킨다. 이런 변화는 "과거는 죽은 것이고 쓸모없는 것이다. 따라서 '자신의 역사를 되돌아보는 행위'는 시간의 낭비"[5]로 파악하게 만든다. 이 영향으로 과거는 이미 소비되어버린 시간으로 전락한다.

셋째, 영원한 질서에 대한 믿음이 상실됨에 따라서 시간은 역사적 시간의 맥락과 질서 및 방향 속에서 경험되었다. 역사적 시간이 인간의 삶을 전개하고 충족시키는 유일한 매체가 되는 것, 즉 역사만이 유일하게 영원한 기제(機制)가 된 것이다. 영원한 질서들이 사라지고, 그 자리에 들어서는 것은 역

---

3 옥타비오 파스, 김은중 옮김, 「시와 근대성」, 『흙의 자식들 외』, 솔, 1999, 44쪽.

4 한스 메이어호프, 앞의 책, 137~138쪽.

5 위의 책, 136쪽.

사적 시간의 맥락과 질서이고, 시간은 하나의 기능으로서만 남게 된다. "역사만이 유일하게 영원하고 고정된 기체가 되고, 다른 시대와 다른 문화에 등장하는 진리의 다양한 현현태는 이 기체에 비추어서 해석되고 평가"[6]되는 것이다.

근대에 들어 보인 시간의식의 이와 같은 변화는 이중적 성격을 가진다. 진보와 이성, 과학의 모토 속에서 근대는 전통의 권위에 도전하면서, 과거와의 단절을 시행한다. 이는 역사의 진보에 대한 믿음에 기초한다. 이 믿음에 따라 옥타비오 파스는 근대를 곧 비판 정신, 즉 비판적 이성의 전개과정이라고 진단한다.[7] 하지만 과거가 단절되었을 때, 근대의 선형적 시간의식은 발전과 진화라는 기치 속에서 시간을 측정하듯 근대인의 삶 자체를 규격화하고 통제한다. 선형적 시간의식 속에서 과거는 단절되고, 미래 또한 현재의 시간에 의해서 소유할 수 없는 것이 되는 것이다. 결국, 과거와 현재, 미래는 각기 단절된 상태로 존재하게 되며, 현재에 남는 것은 규격화되고 통제된 삶뿐이다.

시간에 대한 이와 같은 변화는 "모더니티는 그 모든 객관성과 합리성에도 불구하고 종교의 소멸 이후에는 어떤 호소력 있는 도덕적 또는 형이상학적 정당화도 결여"[8]한다는 비판에서 알 수 있듯 안정성의 결여로 이어진다. 이는 존재의 정당성을 의심해야 하고, 그것의 성립을 위해 탐구해야 함을 의미한다. 종교적 영원성이 사라진 자리를 차지한 역사는 하나의 단위로서 파편적으로 존재하게 되고, 근대를 살아가는 이들은 이 파편들을 모아서 자아를 조립해야만 하는 상황에 놓이게 된다. 그리고 이 자아는 더 이상 영원성

---

6 위의 책, 122쪽.

7 옥타비오 파스, 앞의 글, 44쪽.

8 M. 칼리니스쿠, 이영욱 외 옮김, 『모더니티의 다섯 얼굴』, 시각과언어, 1993, 13쪽.

이 없기 때문에 끊임없이 조립하고 구성해야만 하는 불안을 내재할 수밖에 없다. 결국, 시간은 끝없는 반복이고, 반복의 파편으로만 존재하는 기계적 시간이며, 자아를 성립하는 일 또한 계량적이고 기계적인 작업에 그치게 된다. 이는 일상의 변화로부터도 영향을 받는다. 기계적 시간은 서구 산업화의 영향에 의해 발전한다. 대량생산이 가능해지면서 자본이 축적되고 잉여생산물이 발생한다. 자본가들은 이를 더욱 효과적으로 이용하기 위하여 규칙적이며 반복적인 근무 형태를 만들며, 밤낮이 없는 노동환경을 조성한다. 이런 형태는 삶을 기계적 순환구조로 만들고, 이에 따라 시간 또한 규격화된다. 게다가 널리 보급되기 시작한 시계는, 일상을 더욱 세밀하게 규제한다. 합리적인 일상을 유지하기 위하여, 인간을 시간의 노예로 이끈 것이다.[9] 이는 자연스럽게 정체성의 위기를 불러일으킨다.

이와 같은 정체성의 위기는 근대의 시간관으로 인한 자연스러운 현상이며, 1950년대 시인들에게 있어서는 더욱 강력하게 작동할 수밖에 없었다. 특히나 식민지와 전쟁이라는, 갑작스러운 침입자의 폭력으로 나타난 근대에 대한 체험은 정체성의 혼란을 더욱 야기할 수밖에 없었다. 예를 들어서 "촛불 혹은 등잔불을 켜고 정전된 암흑의 도시를 밝히는 것이 오늘의 현상이다.…(중략)…우리가 이렇게 기계의 혜택에 굶주리면서도 메카니즘에 반항하지 않으면 아니 될 이 현상은 얼마나 처절한 모습이냐? 생활 감정과 관념의 세계가 이렇게 상이한 그 모순은 무엇을 의미하는가?"[10]라는 이어령의 탄식은 폭력적 근대 체험에도 불구하고 상이한 두 양태, 즉 전근대적 물적 토대와 근대를

---

9   소광희, 앞의 책, 195~199쪽.

10   이어령, 『저항의 문학』 증보판, 예문사, 1965, 30쪽.

향한 관념 사이의 모순에 의한 혼란을 의미한다. 절대적이고 폭력적인 바깥의 괴물로 등장한 근대는, 그것이 야기하는 각 사회와 계급 간의 격차와 굴곡으로 정체성의 혼란을 야기한다. 그리고 여기에는 근대적 시간관이 하나의 중요한 원인으로 존재하고 있으며, 그것의 극복이 1950년대 시인들에게 중요한 과제로서 인식된다. 즉, 단절을 바탕으로 한 근대의 선형적 시간의식의 경험은 자아를 탐구하는 것을 지상과제로 명명하게 되는 것이다.

특히나 김구용은 시론들을 통하여 자신의 시 작업이 자아를 찾는 여정임을 수차례 강조하고 있다. 그리고 "자아의 명료화에 관한 탐구는 지속하는 시간에 대한 탐구(rechrche du temps perdu)가 된다."[11]라는 지적에서 볼 수 있듯, 김구용의 시적 여정 이면에는 시간의식이 자리하고 있다. 더군다나 1950년대 중반 무렵부터 김구용이 시도한 일련의 산문시 작업은, 그 과격한 형식의 실험 및 파괴를 통하여 자아를 탐구하려는 의지를 보다 강하게 피력하고 있다. 그리고 그것은 종국에 동양성의 지향으로 가닿는다. 이는 지각된 현재적 대상의 선형적 시간성과 그것을 지각하고 있는 주체의 시간성을 포함하고 있다. 즉, 여기에서 김구용의 시간의식의 변별력을 찾기 위해서는 그가 내내 추구하고자 했던 동양성의 특성을 살펴봐야 함을 의미하는 것이다. 이를 위해서 먼저 두 가지 작업이 선결되어야 한다. 김구용의 시간의식에 있어 근원인상을 이룬 불교적 시간관에 관한 탐구와 1950년대 중반부터 『사상계』 및 『현대문학』 등에서 논의되었던 전통의식과 김구용의 전통의식을 비교해보고, 그 차이점을 살펴보는 것이다.

---

11 한스 메이어호프, 앞의 책, 18쪽.

2. 불교적 시간의식

불교의 시간관을 논할 때 흔히들 가장 먼저 찰나(刹那)나 겁(劫)을 떠올린다. 아비달마구사론(阿毘達磨俱舍論)에서는 찰나에 대하여 중년의 여인이 솜털을 이을 때 장단이 없는 미세한 털이 공중으로 올라가는 것과 같다며 보이지 않는 물체와 비교하고, 겁에 대하여 3년에 한 번씩 하늘의 선녀가 지상에 내려와서 목욕하고 올라갈 때 바위에 비단옷이 스치며 닳는 시간, 즉 무한대의 시간이라고 설명한다.[12] 이는 불교의 윤회전생(輪廻前生)으로 수렴된다. 해탈은 곧 시간의 반복을 끊어내는 것, 즉 시간을 초극하는 것이다. 이를 바탕으로 하는 불교의 시간관을 거듭되는 삶의 반복이라는 윤회로 제한하여 의식한다면, 고대 서양의 순환론적 시간관과 매우 유사해 보인다. 그 때문에 불교적 시간관을 살펴보기 위해서는 보다 면밀한 작업이 필요하다.

순환론적 성격을 지닌다는 데 있어서, 불교적 시간관은 시간을 자연의 순환으로 인식했던 고대 그리스의 관념과 유사해 보인다. 플라톤은『티마이오스』에서 불교의 윤회관과 유사한 언급을 한다. 그는 인간과 짐승이 여러 형상으로 환생을 한다고 말하며, 비겁하고 불의한 삶을 산 남자는 여자로, 악의는 없으나 어리석은 사람은 새로, 가장 어리석고 가장 무식한 사람은 네발 달린 짐승으로 다시 태어난다고 한다.[13] 이 환생에서 플라톤이 중요하게 여긴 것은 이성이다. 이성의 유무, 그 밀도에 따라서 인간으로 혹은 짐승으로 환생한다는 것이다. 이성에 의하여 환생의 형태가 결정된다는 것은 언뜻 불교의 윤회와 유사한 형태를 보인다. '윤회=환생'이라는 공식이 성립된다면,

---

12   오형근, 「불교의 시간론」, 『불교학보』 제29호, 동국대학교불교문화연구원, 1992, 77쪽.
13   플라톤, 천병희 옮김, 「티마이오스」, 『플라톤의 다섯 대화편』, 숲, 2016, 434~436쪽.

'깨달음=이성'도 마찬가지이기 때문이다.

하지만 플라톤은 시간을 두 가지로 나누고 있다. 변화하는 현실적인 시간과 영원에 해당하는 원형적인 시간이 그것이다. 플라톤이 보기에 시간은 본래 "영원(永遠)의 움직이는 모상(模像)"으로 "우주에 질서를 부여하는 동시에 단일성 속에 머무르는 영원의, 수에 따라 진행되는 영원한 모상"[14]이다. 즉 우주가 생성되기 전에는 시간이 존재하지 않았다는 것, 그리고 영원에 대한 모상으로서 시간이 생성되며 '있었다'(과거)와 '있다'(현재), '있을 것이다'(미래)도 생겼다는 것이다. 여기에서 '있다', 즉 현재만이 영원한 존재에 적용되고, '있었다'와 '있을 것이다'는 시간의 경과에 해당한다. 그 때문에 플라톤이 말하는 현재는 '지금(now)'과는 다른, 더 늙어질 수도 더 젊어질 수도 없는, 변화가 없는 영원한 존재에 해당하는 것이다. 즉, '있다'의 형태로 존재하는 것은 늙지 않는 신의 영역, 이데아에 속한 것인 셈이다. 그 때문에 플라톤은 이성을 통하여 이 영원을 사유해야만 한다고 주장한다.

이에 비하여 불교에서는 플라톤이 언급하는 초월적이며 영원한 시간이란 존재하지 않는다. "불교는 세계 속에서의 영구불변의 실체 존재를 부정한다. 현상의 모든 존재는 영원적인 것은 하나도 없고 연기에 의한 인연가합으로 이루어졌기 때문이다."[15] 불교에서는 시간을 포함한 모든 만물이 연기법에 의하여 생성되고 소멸할 뿐이다. 연기법 속에서 고정되고 무한한 시간이란 존재하지 않으며, 모든 것들이 독립적으로 존재하는 것이 아니라 서로 연유(緣由)함으로써 존재하는 것이다. 그렇다고 불교에서 시간의 개념이 없는

---

14 위의 책, 339쪽.

15 남명진, 「동서 철학에 있어서의 시간의 문제」, 『동서철학연구』 제48집, 한국동서철학회, 2008, 285쪽.

것이 아니다. "불교에서 시간은 전 개념체계의 한가운데 자리 잡고 있으면서 다른 개념들 사이에서 핵심적 연결고리의 역할을 담당하고 있다."[16] 연기법에서는 시간을 두 가지 방식으로 설명한다. 하나는 태생학적(胎生學的) 해석으로, 십이지 연기(十二支 緣起)[17]를 과거 · 현재 · 미래에 걸친 생기(生起)의 과정으로 파악한 것으로 소승불교에 해당하고, 다른 하나는 십이지 연기를 상호의존적인 논리적 관계론으로 해석하는 것으로 대승불교에 해당한다.[18] 전자는 시간이 "온(蘊), 처(處), 계(界)가 변천하는 유위법(有爲法)에 의거하여" 나타난다고 보고 있다. 즉, 시간이 온, 처, 계 등이 결합하여 형성되는 것으로 파악함으로써 그 고정된 실체는 부정하지만 온, 처, 계 등의 물질적 특성은 인정한다. 이에 비하여 후자는 "온(蘊), 처(處), 계(界) 등의 자체가 공(空)한 것이기 때문에 시간의 실체가 없"다고 말한다. 즉 온, 처, 계의 공성(空性)을 강조한다는 점에서 다르다고 볼 수 있다.[19] 그러나 양자 모두 근본적으로 시간이 연기과정의 산물이기 때문에 체성이 없다고 보고 있다. 즉, "이들 이종파(二宗派)는 유무(有無)가 서로 다르지만, 상위(相違)한 것이 아니며 다만 서로 별립(別立)한 것뿐이라고"[20] 파악해야 한다는 것이다.

결국, 불교는 시간뿐만 아니라 세계를 존속하게 하는 그 어떤 유일신도 부정한다. 불교에서는 "현상으로부터 독립한 '시간'이라는 실체가 있어서 현상의 변화가 일어나는 게 아니라, 반대로 현상의 변화에 의해서 시간이 나

---

16 방인, 「佛敎의 時間論」, 『哲學』 제49집, 한국철학회, 1996. 12, 33~34쪽.

17 십이지 연기는 인간이 고통을 당하는 12가지 항목의 연기 관계로서, 무명(無名), 행(行), 식(識), 명색(名色), 육입(六入), 촉(觸), 수(受), 애(愛), 취(取), 유(有), 생(生), 노사(老死)를 말한다.

18 방인, 앞의 논문, 45쪽.

19 오형근, 「불교의 시간론」, 『불교학보』 제29집, 동국대학교 불교문화연구원, 1992, 68쪽.

20 위의 논문, 69쪽.

타난다. 현상의 변화가 없다면 시간도 없다."[21] 즉 불교의 시간은 현상의 변화에 의해서 나타나는 셈이다. 그리고 시간을 나타나게 하는 이 현상의 변화를 불교에서는 '무상(無常)'이라 표현한다. 무상은 산스크리트어로 '아니탸(anitya)'인데, '끊임없는(continual)', '영원히 계속되는(perpetual)', '영원의(eternal)'의 의미를 지닌 'nitya'에 부정의 의미를 지닌 접두어 'a-'가 붙은 것이다. 그런데 '무상(無常)'의 주어는 '제행무상(諸行無常)'이라는 표현에서 알 수 있듯 '행(行, saṃskāra)'이다. 즉 어떤 행동이나 사건의 주체나 사물이 존재하는 것이 아니라, 행이 존재하는 것이다. 이 행이 무상한 것은 결국 그것이 연기(緣起)에 의해 발생하기 때문이다. 모든 현상의 변화들이 연기에 의하여 발생하기 때문에 연속적이고, 동시에 다른 것들을 원인으로 발생하기 때문에 영원하지 않고 무상한 것이다. 결국, 이 흐름의 법칙을 깨달은 사람은 그 속에서 단일한 자아를 발견할 수 없다는 사실을 깨닫기 때문에 '무아(無我)'를 알게 된다.

무아는 해탈에 있어서 필수적인 깨달음으로서, 모든 현상이 무상하고, 연기에 의한다는 것을 통해서 닿을 수 있다. 방인이 "불교에서 시간은 전 개념체계의 한가운데 자리 잡고 있으면서 다른 개념들 사이에서 핵심적 연결고리의 역할을 담당하고 있다."[22]라고 한 까닭이 바로 여기에 있다. 결국, 불교의 시간론이 원환론(圓環論)적 시간관이라고 말하는 것은 "불교에서 행은 원인이자 결과라는 순환성이 있고, 이 12연기에서는 그 점이 분명하게 드러나기 때문이다."[23] 이는 불교의 시간은 실재하는 것이 아니며, 무상한 행에

---

21 이은영, 「불교의 시간과 영원」, 경희대학교 박사, 2015, 22쪽.

22 방인, 앞의 논문, 33~34쪽.

23 이은영, 앞의 논문, 31쪽.

의해서 마치 존재하는 것처럼 나타날 뿐이라는 것을 말한다.

불교에서 말하는 붓다의 중요한 가르침의 처음과 끝은 "고(苦)와 고의 제거"이다.[24] 시간은 바로 이 고통의 발생과 소멸과 직결된다. 사람들이 존재한다고 인식하고 있는 시간은 "무명에 뒤덮여 몽롱한 환각이나 꿈속에 사는 사람에게 따라다니는 시간"으로서의 "속된 시간(Profane Time)"이며 "유전(流轉)의 연기(緣起)가 전개되는 거기에 있는 시간"[25]일 뿐이다. 시간은 연기속에서 나타날 뿐, 존재하지 않으며 자아 역시 존재하지 않는다. 결국, 불교에서 말하는 무지란 이 무아와 연기를 모르는 상태, 그 때문에 실체적인 내가 존재한다고 착각하고 있는 상태이다. 이 착각이 행동[業]을 일으키고 욕망하고 집착하면서 결국 고통이 일어나는 것이다.

김구용의 시에서는 원환론(圓環論)적 시간관뿐만 아니라 다양한 불교적 사유를 발견할 수 있다. 특히 한국전쟁과 부산 피란 시절 전의 쓴 초기 시들의 경우에는 그것들이 가감 없이 나타나면서, 절대적인 원본적 체험을 드러내는 인상을 이루고 있다. 이는 김구용 개인의 오랜 산사 생활을 바탕으로 형성된 것으로서 김구용의 내면에 깊숙이 자리한 것이다. 이것이 그의 시와 시론 전반에 걸쳐 열려 있는 채로 지속되는 과거의 한 경험으로 자리하면서 지향적 대상이 된다. 그 때문에 난해하기로 정평이 난 김구용의 중편 산문시들을 이해하기 위해서는 초기 시에 있어서 그것의 형성과정 및 양상을 먼저 살펴보아야 한다. 불교는 김구용에게 시의 제재임과 동시에 주제와 사유의 근간으로 나타난다. 초기 시에서부터 말년의 시에 이르기까지 드러난 불교적 성향을 파악하지 않고서는 김구용 시와 시론의 사상적 지평을 파악할 수

---

24   윤호진, 『무아 윤회 문제의 연구』, 민족사, 1992, 88쪽.

25   이기영, 「불교적 시간관」, 『원효사상연구』 2, 한국불교원, 2001, 536쪽.

없다. 이 때문에 김구용이 가지고 있는 사유의 독자성을 파악하기 위해서는 일차적으로 김구용이 가지고 있는 불교적 사유와 당대의 그것과의 비교 작업이 필요하다.

3. 1950년대 동양의식과 김구용의 동양의식

1950년대부터 활동을 시작한 신인들은 대개 피식민지 시대에 태어나 일본어를 모국어로 배웠으며, 해방 체험보다는 전쟁 체험을 더 강하게 인식하고 있었다. 이들은 기성세대에 도전하며, 새로운 문학을 탐구하고자 하는 부정정신을 드러내고 있다. 천상병의 경우 『문예』지에 「나는 거부하고 반항할 것이다」라는 글을 통하여 "제네레이션 교체"를 직접 언급하며, 현대문학의 출발점으로 김동리 등을 기성세대로 적시하고, 문학이 전진하기 위해서는 부정의 방법론을 통해 이들에게 도전해야 한다고 주장한다.[26] 김구용 또한 "한국전쟁 중에 죽고 사는 문제가 코앞에 있는데 선배들이 산천초목과 자연만 노래하는 것에 회의를 느껴 산문시를 썼다"[27]면서 세대론적 주장을 통해 기성세대에 대해 회의적 시각을 내비친다. 과거를 부정하고, 이를 바탕으로 새로운 것을 만들어나가겠다는 모더니즘적 정신이 이 세대들의 공통적 특성이라 할 수 있다.

신진들의 세대론적 특성과 전후라는 상황은 '전통'에 대한 의식을 바탕으로 하는바, 1950년대 중반부터 60년대에 걸쳐서 이에 대한 논의는 계속 이

---

26 천상병, 「나는 거부하고 반항할 것이다」, 『문예』, 1953 신년호.

27 김구용, 「나의 문학, 나의 시작법」, 『현대문학』 1983.2, 128쪽.

어진다. 즉, 전후의 상황은 신진들에게 전통의 빈곤이라는 자각을 일깨웠으며, "한국문학의 후진성에 대한 인식과 전통단절의 인식은 서로 상통하는 것이었다."[28]라는 지적에서 보듯, 전통과의 단절과 그리고 한국문학에 대한 빈곤함을 인식하게 한 것이다. 하지만 이 빈곤은 문학적 전통에만 해당한 것은 아니었다. 식민지로부터의 막 해방을 이룬 신생국가로서의 겪어야 했던 빈곤과 한국전쟁이 남긴 물질적 · 정신적 빈곤을 아우른 1950년대 자체가 가지고 있던 총체적 빈곤이다.[29] 문제는 이 빈곤을 이유로 전통과의 단절을 이야기하는 순간, 자신의 미숙성을 인정해야만 하는 이중구속의 양상을 가지게 된다는 것. 이중구속은 응당 어떤 결기와 당위의 어조를 동반하기 마련이면서, 동시에 그것으로 자신의 미숙성을 가리려고 한다. 이를 살펴보기에 앞서 먼저 1930년대부터 일본에 의하여 논의되었던 전통과 동양에 대해 간략하게 살펴보자.

1950년대 중반부터 논의되기 시작한 전통과 동양에 대한 논지들은 일견 1930년대 중후반을 떠올리게 한다. 서구적 근대라는 보편적 차원의 이상향을 비판하면서, 다원적인 세계와 동양을 그 대안으로 상정한 일본의 담론이 그것이다. 이는 태평양전쟁 이후 대공아공영론으로 흡수되어, 전쟁을 수행하기 위한 동원 이데올로기로 고착되었다. 전시동원 체제에서 자유로울 수

---

28 박헌호, 「1990년대 비평의 성격과 민족 문학론으로의 도정」, 『식민지 근대성과 소설의 양식』, 소명출판, 2004, 420쪽.

29 이어령은 김광식의 「213호 주택」을 평하면서 "우리가 이렇게 기계의 혜택에 굶주리면서도 메카니즘에 반항하지 않으면 아니 될 이 현상은 얼마나 처절한 모습이냐? 생활 감정과 관념의 세계가 이렇게 상이한 그 모순은 무엇을 의미하는가?"라며 현실적 조건과 담론의 유리된 상황에 대해서 토로하고 있다. (이어령, 『저항의 문학』, 예문사, 1965, 30쪽.)

없던 조선 또한 고전론에 대한 논의가 있었다.[30] "일본과 마찬가지로 조선에서도 '대동아공영'은 정치 논리나 경제 논리였을 뿐만 아니라 문화 논리이자 사상 논리였다."[31]라는 지적에서 알 수 있듯 식민지였던 조선에 있어서 동양론은 근대를 구성하기 위하여 필요했던 민족의 결여를 보완할 수 있는 대체재였던 셈. 하지만 일본의 '근대초극론'은 근대적인 것의 초극이 곧 다시금 근대의 긍정으로 흐를 수밖에 없는 구조적 맹점을 지니고 있다. 또한, 서구적 보편주의를 특수주의라고 비판하며, 일본을 중심으로 한 보편주의를 주장하지만, 그 자체로 특수주의로 귀결될 수밖에 없다. 그 때문에 1930년대 일본에 의해 제기된 동양론은 전시동원을 위한 파시즘적 이데올로기이며, 도리어 그 자체로 반근대적 명제를 품고 있다.[32] 사상이면서도 동시에 이데올로기이고, 이것이 가능한 것은 동양사상이 곧 지배 담론이었기 때문이다. 문제는 근대주의와 근대초극론이 같다는 등식이 해방 이후에도 요청된다는 것. 다만 1950년대에는 '동양'과 더불어 '아시아' 등의 용어가 함께 사용되었는데, 후자는 동시대의 정치적 심상 지리를 일컫는 데 쓰이고, 전자는 과거 지역적 문명 · 문화를 상정하는 데 쓰였다는 차이를 보인다.

1950년대에 들어 동양, 혹은 아시아는 산발적인 형태로 다루어졌다. 1955년 2월 『사상계』는 '아시아의 지성'이란 특집을 꾸린다. 양곤에서 개최된 아시아지식인회의에 참가한 인도, 인도네시아, 일본, 화교 대표의 연설을 번

---

30 김윤식은 1930년대의 고전론이 당대의 몇 가지 상황이 겹치고 있다고 파악하고 있다. 국학운동 · 한글 운동의 영향과 일본을 중심으로 한 근대초극론의 동양주의, 그리고 네오클래식의 영향이 그것이다. (김윤식, 『한국 근대문예 비평사 연구』, 일지사, 1990, 320~342쪽.)

31 김예림, 「냉전기 아시아 상상과 반공 정체성의 위상학」, 성공회대 동아시아연구소 편, 『냉전 아시아의 문화풍경』 1, 현실문화연구, 2008, 93쪽.

32 정종현, 『동양론과 식민조 조선 문학-제국적 주체를 향한 열망과 분열』, 창비, 2011, 48쪽.

역한 것과 김준엽의 「아시아 사회의 후진성에 관한 일고찰」로 구성되었다. 1956년 1월 『조선일보』에서는 이상백과 우정기가 동양문화와 서양문화를 주제로 논쟁을 벌이기도 한다. 또 1957년 8월 『사상계』는 '동양의 재발견'이 란 특집을 마련한다. 하지만 '아시아'가 아닌 '동양'을 언급할 때 "불가피하게 일제에 의해 유포된 역사적 담론-지나학과 그 분파 학문인 조선학-을 의식하지 않을 수 없"[33]었으며, 이와 같은 이유로 『사상계』의 특집에서는 '동양'이라는 개념이 일본에 의해서 나왔음을 언급한다.[34] 대아세아주의에 쓰인 '아세아'의 경우에는 이를 '아시아'로 변환시켜, 제2차 세계대전 이후로 재편된 세계의 체제 속에서 지리적 구분으로의 객관성을 지닌 어휘로 사용할 수 있었으나, '동양'은 불가능했다. '동양'이라는 단어 속에는 '서양'을 대타항으로 삼은 제국 일본의 문화사적인 개념이 잔존해 있었기 때문이다. 결국, 1950년대의 동양에 대한 논의들은 식민지시기에 그 연원이 있었다. 동시에 그것이 계속 호명되고 있다는 것은 동양이 대안 담론으로서 당대에 자리 잡고 있다는 것의 방증이기도 하다. 그리고 1950년대의 동양론이 문학장과 만나는 데에는 『현대문학』이 그 역할을 수행한다.

전통과 동양에 대한 논의에서 언급해야 할 것은 『현대문학』이다. 이를 위해서 당대 시단의 양상을 소략적으로나마 살피자. 해방과 한국전쟁을 겪으면서 남한의 우익 문인들은, '문총구국대'와 '종군작가단' 등을 통하여 전선

---

33 김주현, 「『사상계』 동양 담론 분석」, 한국문학연구학회, 『현대문학의 연구』, 46집, 2012, 449쪽.

34 『사상계』 1957년 8월호 특집에서 정재각은 "오늘날의 상식적인 '東洋'은 淸日戰爭 이후 일본이 西洋과의 不平等條約을 개정하고 植民地化의 위기를 벗어난 때를 전후하여 그들의 國民的 自覺이 西洋과 대립하는 自國의 문화 내지 그 배경인 東洋文化를 의식한 때부터 그들이 같은 文化圈이라고 생각하던 東部아시아, 때로는 印度까지 합하여 西洋에 대한 地域名으로 널리 부르게 됨을 비롯하여 지금에는 보통 西洋人의 Orient와 근사하게 쓰여지고 있는 것"이라고 말하고 있다. (정재각, 「동양의 역사적 현실」, 『사상계』, 1957.8, 275쪽.)

에 참여하고, 이데올로기의 홍보에 힘을 썼다. 이를 통하여 전쟁시가 다수 창작되었으며, 이는 반공 문학으로 흘러갔다. 이런 양상은 그전까지 우익 문인들이 기치를 높이고자 했던 순수문학 담론과 괴리되는 것이었다. 반공 이데올로기의 실천이 순수문학 담론의 문학적 자율성과 대치되기 때문이다.[35] 한편으로는 해방기의 모더니즘 동인인 '신시론'에 속해 있던 시인들이, 전시 부산에서 '후반기' 동인을 새롭게 결성하여 모더니즘 운동을 다시 펼쳐 나갔다. 또 다른 쪽에서는 서정주, 김영랑, 김동리 등의 추천으로 해방기 우익 문단의 순수문학 담론 속에서 등단한 김구용이나 전봉건 등이 있다. 또한, 김춘수나 김윤성과 같이 동인지나 시집을 통하여 등단한 이들, 전후의 신춘문예를 통하여 등단한 신동문 등 전쟁을 거치면서 그 시 세계가 변모하거나 기존의 담론으로는 수용되지 않은 이들이 있었다. 이들은 기성세대를 강력하게 비판, 부정하며 이를 바탕으로 새로움을 추구했다. 해방 직후 문단은 조선문화건설중앙협의회(문건), 전국문화단체총연합회(문총), 청년문학가협회(청문협), 중앙문화협회 등 집단적 문학 활동을 통하여 이루어졌다. 이중 순수문학을 기치로 내걸며 문학의 정치적 도구성을 거부한 청년문학가협회는 해방기에는 큰 활동을 보이지는 않았지만, 한국전쟁 이후에는 이들이 문

35　전쟁 초기에는 순수문학에 비판의 목소리가 강했다. 전쟁문학은 문학을 무기로 삼아 전쟁에 맞섬을 의미했는데, 이때 순수문학은 현실 도피적이고 구시대적인 것으로 전락하였다. 하지만 전쟁과 문학이라는 서로 다른 영역을 겹쳐 놓음에 있어서 나타나는 전쟁문학의 개념을 정리하기 위해서는 '진실'을 핵심적 가치로 삼아야 하며, 이는 순수문학의 그것과 동일한 것이었다. 즉, 전쟁문학이 전쟁에 있어 실질적 효용성을 인정받지 못하게 되자, 그들 스스로 배척했던 순수문학의 개념을 끌고 왔다는 것. 김도경은 『전선 문학』에 대한 연구를 통하여 순수문학의 위상이 변모되었음을 지적하며, 그 동일성이 전쟁과 문학의 메워질 수 없는 틈임을 강조하고 있다. (김도경, 「전쟁문학, 전쟁과 문학의 메울 수 없는 틈새-『전선 문학』에서 순수문학의 위상변화와 그 의미」, 『한국문예비평연구』 48호, 2015. 참조)

단의 주도권을 장악하게 된다. 이는 모윤숙의 지원 속에서 『문예』를 창간한 것과 예술원 성립, 그리고 1955년 『현대문학』의 창간을 그 바탕으로 둔다.

제호에서 알 수 있듯, 『현대문학』이 내세운 것은 '현대성'이다. 이 '현대성'이 무엇인지는 그 창간사[36]에서 알 수 있다. 창간사에서는 문학을 문화의 핵심이라고 전제하고 있다. "문학은 확실히 독립된 한 학문이요 예술"이기 때문에 문학은 "총체적 한 학문"이고 "사상적 위력을 발휘할 수 있"다는 것. 이를 위하여 내세운 것이 현대성인데, "제호가 암시하는 바와 같이 한국의 현대문학을 건설하자는 것이 그 목표이며 사명"이라 강조한다. 그런데 이 현대성은 "고전의 정당한 계승과 그것의 현대적인 지양만이 항상 본지의 구체적인 내용이며 방법이 될 것"이라 규정하면서 전통의 현대화 강조로 이어진다. 이는 "순간적인 시류나 지엽적인 첨단의식"과 구별되고 전통의 주체성을 추구하겠다는 의미이다. 또한, "작품에 대한 가치 판단에 준열"하며 "기계적이고 형식적인 공정에 타협하지 않을 것"이라는 태도를 보인다. 즉, 독립성과 개방성, 객관성을 통하여 잡지로서의 위상을 지켜나가겠다는 것이다.[37] 이에 따라 전통과 현대는 그 관계를 확인하고 서로 영향을 주고받으며 같은 시공간에 놓이게 된다.[38]

현대성과 전통에 대한 이러한 인식을 바탕으로 한 『현대문학』이 제정한 제1회 신인문학상 시 부문에 김구용이 선정되었다는 것은 전통과 동양에 대

---

36 조연현은 『현대문학』 창간사를 집필한 후 김기오에게 보여주었으며, 그 중요성을 인지하고 몇 번에 걸쳐 검토하였다고 기록하고 있다. (조연현, 『조연현 전집 1-내가 살아온 한국문단』, 대성출판사, 1977, 325쪽.)

37 「창간사」, 『현대문학』, 1955. 1, 12~13쪽.

38 '현대성'에 대한 이러한 인식을 바탕으로 『현대문학』은 창간 후 한문 문학(특히 한시)과 동양 고전의 소개와 번역에 힘을 쓴다. 1955년 2월호 이원섭의 「고시갱음(古詩更吟)」으로 한시 번역을 시작하며, 김달진은 1956년 3월부터 장자를 번역하여 연재한다.

한 김구용의 의식을 살펴보는 데 단초가 된다. 먼저 심사평을 살펴보면 그 선정 이유로 든 것은 "시정신(詩精神)의 심화(心化)에 공(功)들인" 것과 "한 국시문자(韓國詩文字)의 조성개간(組成開墾)의 제일(第一) 노력자(努力 子)"인 것, "시언어망(詩言語網) 획득(獲得)을 위한 시험(試驗)의 광범위(廣 範圍)에 정력(精力)을 기울"[39]였다는 것 등이다. 뒤의 두 가지 이유는 시의 형식에 있어서 보여준 실험정신에 있다. 앞서 언급하였듯, 수상작들이 모두 산문시였기 때문이다.『현대문학』2호에 김윤성이 「한국의 현대시」에서 당 대의 시인들을 평가하며 전통을 바탕으로 창조적인 현대시를 이어가는 시인 으로 김춘수, 이원섭, 이동주, 이형기를, 가장 이채로운 시인으로는 조병화와 김구용을 들었던 것[40]으로 짐작할 수 있듯, 당시 김구용이 보인 일련의 산문 시들은 당대의 시단에서도 긍정적으로 인식되고 있었다. 이는 첫 번째 선정 이유 "시정신(詩精神)의 심화(心化)에 공(功)들인" 것 때문이다.

그는 동양정신(東陽情神)에 피를 받았으되 자연관조(自然觀照)가 흔히 빠지기 쉬운 공백상념(空白想念)에 떨어지지 않았다는 점(點), 그리고 서구정신 중(西歐 情神中)에서도 희랍(希臘) 「헬레니즘」의 살을 받았음으로 하여 신(神)을 맹목적 (盲目的) 진리(眞理)로서 상징(象徵)하지 않았다는 점(點), 이 양개사실(兩個事 實)의 순수건전(純粹健全)한 것만을 골라 가진 곳에 그의 시정신(詩情神)의 입지 적기질(立志的基質)을 찾을 수 있다.[41]

---

39   서정주,「김구용의 시험과 그 독자성」,『현대문학』1956. 4, 134쪽.

40   김윤성은 조병화와 김구용이 과거에는 볼 수 없는 새로운 풍격과 현대인으로서의 섬세한 해석을 보인다고 평가한다. 특히 김구용은 "보다 높은 의미의 적당한 균형을 가지고 그의 다각적인 현대 적 해석"을 살린다고 하고 있다. (김윤성,「한국의 현대시」,『현대문학』, 1955. 2 참조)

41   서정주,「김구용의 시험과 그 독자성」,『현대문학』1956. 4, 134쪽.

심사평의 후반부에 놓인 서정주의 평가는, 김구용의 동양적 사상이 이미 당대 시단에서 인정받고 있음을 증명한다. 동양정신을 바탕으로 하되, 그것이 문학화 될 때 쉬이 빠지기 쉬운 관조적인 도가적 양상으로 빠지지 않는다는 것, 그리고 서양의 사상을 좇지 않되, 시의 형식에서는 과격할 정도의 시적 실험을 추구하고 있다는 것이 김구용이 가진 이채로움인 것이다. 유아기부터 산사에 지내며 자연스레 체득한 동양의 고전과 그 정신이 깊숙하게 배어 있는 김구용의 정신적 지평은 현대시라는 서양 문학의 한 형태와의 관계를 맺을 때, 양극단의 것들이 부딪치는 장으로 펼쳐지는데, 그것에 대한 유의미한 첫 평가가 이 수상이었던 셈. 김구용 자신 또한 "나의 바탕은 고전입니다. 살기를 현대에 살 뿐이지요. 동양의 노장이나 불경이 매우 어렵습니다. 바로 난해시의 근원이 되기도 하지요."[42]라면서, 시적 실험과 그로 인하여 그의 시 세계에 따라붙는 '난해'라는 꼬리표가 동양의 정신에서 연원함을 인정하고 있다. 동양적 본질을 서양적 방법으로밖에 표현할 수 없을 때, 그리고 이 양자를 모두 획득하고자 했을 때 발생하는 것이 난해함이다. "『현대문학』 계열 시인들의 시가 동양 담론과 맺는 관계의 다양성을 암시한다."[43]라는 평가와 같이 본격적으로 산문시에 매진하였던 1950년 초반부터 김구용은 동양의 정신과 서양의 육체를 모두 끌어안고, 통합하려는 시도에 천착했다.

이와 같은 1950년대 김구용의 시적 특성에 대해서 당대에 가장 명확하게 언급한 이는 천상병이다. 천상병은 김구용과 김관식을 두고 "동양 시인의 어쩔 수 없는 운명"을 극복하기 위해 도전하고 있다고 평가하며, 김구용의 「관음찬」에 대하여 "동양적 불교적 이념"을 "전형적인 서구적 발상체"로 표현

---

42   김구용, 「나의 문학, 나의 시작법」, 『현대문학』 1983.2, 127쪽.

43   김익균, 『서정주의 신라정신 또는 릴케 현상』, 소명출판, 2019, 319쪽.

하고 있다고 평가한다. 즉, "내용과 형식의 엄청난 불일치"가 김구용의 시가 지닌 난해성의 원인임을 간파하고 있다. 동양과 서양의 불일치, 즉 시의 정신과 시의 육체 사이의 불일치, 본질과 방법의 불일치가 "현대 동양 시인의 불가피한 운명의 벽"이고, 곧 난해시의 근원이라는 것이다.[44] 그는 다른 글에서도 김구용에 대하여 "방법 위에 구축된 새로운 동양의 본질을 구명(究明)하고 싶다는 의지"[45]라고 평가한다. 또한, 현대시의 리리시즘을 제1유형으로 '사고'의 리리시즘, 제2유형으로 '미와 감정'의 리리시즘, 제3유형으로 '관념(아이디어)의 리리시즘'으로 나누며, 김구용이 제1유형에 속하고 있다고 평한다.[46] 물론 천상병은 김구용의 시에 대하여 우려의 시선을 보이기도 한다. 그는 김구용과 송욱이 이율배반에 빠져 있다면서 아래와 같이 말하고 있다.

> 이 두 사람의 시인 작품은 다 같이 난해하다는 정평을 듣고 있습니다. 그들 둘의 난해성 여하는 이 이율배반의 마술이 그 비밀을 쥐고 있습니다. 김구용 씨의 그것은 형태의 난해요, 송욱 씨의 그것은 사고의 난해입니다. 말하자면 김구용 씨는 방법 탐구를 형태상으로 노리고 있는 것이 되고, 송욱 씨는 사고상으로 노리고 있다는 것이 됩니다.[47]

천상병이 보기에 김구용과 송욱의 시가 지닌 난해성은, 이율배반적인 성격에 연원하는데, 김구용의 경우에는 형식과 내용 간의 이율배반이고, 송욱의 경우에는 결국 "방법 때문에 본질을 송두리째" 뺏긴 경우라고 주장한다.

---

44 천상병, 「현대 동양 시인의 운명-방법과 본질의 이율배반성」, 『현대시』, 정음사, 1958. 46쪽.

45 천상병, 「방법과 본질의 상극-동양 시인의 운명」, 『세계일보』, 1958. 4. 6.

46 천상병, 「현대시의 리리시즘 문제-12월의 시평」, 『조선일보』, 1957. 12. 17

47 천상병, 「현대 동양 시인의 운명-방법과 본질의 이율배반성」, 『현대시』, 정음사, 1958. 45~46쪽.

김구용의 경우 서구적인 시의 형식 속에 불경이라는 동양적인 내용을 넣으려고 시도하였을 때 발생하는 불일치와 함께, 내용을 담는 서구적 관념어들과 서구적 자아의식이 한데 착종되어 있다고 평한다. 형태와 자아의 이율배반에 빠진 김구용의 경우, 이 양자 간의 균열을 어떻게 타개하느냐에 그 성패가 달려 있으며, 그 가능성에 기대를 걸어도 좋다고 판단한다. 천상병이 보기에 김구용이 '본질'적인 측면에서 동요를 보이지 않고 있기 때문이다.

이와 같은 평가에서 보듯 김구용은 동요가 없는 본질로서의 동양의식을 가지고 있었다. 그렇다면 1950년대의 이와 같은 맥락 속에서 김구용의 동양의식은 어떤 위치에 있는가. 김구용은 한국전행 체험 이후, 시의 형식에 있어서 나름의 미적 전략 속에 급격한 전회를 보여주고 있다. 이 시기 김구용 시의 미적 전략을 이해하기 위해서는 이 '동양'이 김구용의 시에서 어떤 고유성을 얻고 있는지, 또한 어떤 당대성이 있는지를 살펴야 한다.

해방 후 조선문학가동맹에 맞서서 김동리는 휴머니즘에 바탕을 둔 순수문학론과 민족문학론을 개진했다. 휴머니즘이 순수문학론의 이론적 기반이 되며 문학장 안에서 적극적으로 체계화된 것이다. "김동리가 '순수'라는 텅 빈 기호에 '휴머니즘'의 내용을 채웠다는 점을 서정주도 인정한다. 비록 휴머니즘을 기반으로 한 '순수'가 해방 후의 문단까지 유효할지에 대해서는 의문을 달았지만, 그 이견을 다는 태도는 소극적이었으며, 그 말의 높은 위상에 대해서는 의심의 여지가 없었다."[48]라는 평에서 알 수 있듯, 이를 통하여 우익 성향의 청년 문인들을 모을 수 있었다. 김구용 역시 그중 한 명이다. 부산 피란 시절, 김구용은 생면부지의 김동리를 찾아갔고, 그를 통하여 문단에 나올 수 있었다. 또한, 김동리는 김구용을 취직시켜주기 위하여 수차례 도와주기도 한

---

48 김종훈, 『한국 근대 서정시의 기원과 형성』, 서정시학, 2010, 199쪽.

다. 김동리가 '순수'라는 기호에 '휴머니즘'을 채운 것처럼, 김구용 또한 '동양'이라는 기호에 '불교'를 채워 넣었다. 그리고 이것을 통하여 근대 이전의 동양과 근대 이후의 동양을 통합하려는 시도를 계속했다. 이는 그의 산문에서 자아의 발견이라는 용어로 풀어진다. 그 때문에 김구용의 동양의식 단면을 파악하기 위해서는 그가 가지고 있는 불교적 성질의 성격을 살펴야 한다.

김구용이 가지고 있는 동양의식은 불교에 근간을 두고 있다. 4살 때 월정리를 거쳐 금강산 표훈사의 암자인 마하연에서 머물렀던 그는 선불교의 영향 속에서 자라왔다. 김구용은 "나에게 선(禪)을 일러주신 분은 마하연 주지로 계시던 때의 설석우(薛石友) 스님이셨지만, 내가 옛 조사 어록을 직접 읽고 불경을 읽으며 눈을 뜬 것은 조금포 스님의 영향이었다."[49]라고 기록하고 있다. 김구용이 언급한 설석우가 조계종 초대 종정을 지냈으며, 김구용이 10년 넘게 머물렀던 공주 동학사가 선종이라는 데에서 알 수 있듯 그는 당대 선불교의 강한 자장 속에 있었다. 다음 인용문처럼 김구용이 불교를 종교로 인정하지 않는 모습을 보이는 것은 선불교적 영향 때문이라 할 수 있다.

> 불교는 종교인가. 아닌 것만 같다. 종교에 대한 재인식이 있어야 할지 모른다. 사찰은 종교적이다. 불교는 인생 문제에 불과한 것 같다. 종교라면 별로 흥미가 없다. 부처님은 분명 석가라는 사람이었다. 불경은 그가 이룬 예술이며 인생이며 세계였다. 그 세계에서 궁금했던 것, 미처 몰랐던 것, 상상도 못 했던 것을 듣고 보았다. 필요했기 때문에 생각하지 않을 수가 없었다.[50]

1946년에 남긴 이 일기의 한 대목에서, 직접 불경을 강독할 정도로 깊이

---

49 김구용, 『김구용 문학 전집 5:구용 일기』, 솔, 2000, 78쪽.

50 김구용, 『김구용 문학 전집 5:구용 일기』, 솔, 2000, 85쪽.

있는 불교적 학식을 가진 그가 세속에 남아 있는 한 이유를 알 수 있다. 실제로 김구용은 거사계(居士戒)를 받으려고 했으나 계를 지킬 자신이 없다며 스스로 포기하기도 했다. 김구용에게 불교는 종교가 아니었다. 김구용은 교(敎)가 아닌 불(佛)을 추구하고자 했으며, 이는 그의 일기와 산문 곳곳에 드러난다.[51] 불교를 종교로 보지 않고, 불(佛)만을 추구한다는 것은, 그것을 부정하는 것이 아니라 생활과 사유의 근간으로서 받아들이는 것이다. 이는 동시에 그를 자연스럽게 세속에 대한, 특히 문학에 대한 욕망으로 이끈다. "산속에 있느냐, 세상에 나가느냐가 대단한 문제는 아니었다. 위법망구보다는 세상에 나가서 대기대용(大機大用) 하는 편이 바람직스러웠다."[52]라는 일기의 한 대목에서 그 단면을 엿볼 수 있다. 또한, 세속에 머무는 것 자체가 김구용에게는 난해성을 낳을 수밖에 없는 이유가 되도록 이끈다. 김구용은 이십 대 후반에서야 산사에서 내려와 부산 피란 시절을 겪었다. 이 시절 그의 정신은 여전히 동요 없는 불교적 사유를 근간에 두고 있었으며, 그의 몸은 그에게 서양으로 인식되는 근대가 만들어 놓은 폐허 속에 있었다.[53] 이 이율

---

51 1948년 12월 5일 자 일기에서는 "부처님 말씀을 종교로 생각한 일은 없다. 그것이 한갓 종교라면 벌써 버렸어야 할 것이다. 부처님은 나에게 강요하지 않는다. 나를 추호도 인정하지 않는다. 부인하는 공(空)은 아니었다. 내포하는 무량수(無量壽)였다. 원하지 않았다. 깨달은 자유였다."(김구용, 『김구용 문학 전집 5:구용 일기』, 솔, 2000, 140쪽.)라고 말하고 있으며, 1967년에 쓴 산문에서는 "불경에서 어떤 영향을 받았다고 생각하지 않는다. 우선 불경에서 받은 영향을 표현할 수가 없기 때문이다. 실은 불경이 나에게 아무런 영향을 받지 못하도록 하였는지도 모른다. 결국, 불교를 종교로 생각하지는 않았다."(김구용, 「못 보고도 안 사람들」, 『김구용 문학 전집 6: 인연』, 솔, 2000, 198쪽.)라고 쓰고 있다.

52 김구용, 『김구용 문학 전집 5:구용 일기』, 솔, 2000, 100쪽.

53 이 부산 시절이 김구용에게 얼마나 중요한 체험이었는지는 일기에 남겨진 분량으로도 파악 가능하다. 동학사에 머물렀던 10년간의 일기(1940년 7월 1일~1949년 8월 8일)와 부산에서 동학사로 돌아가서 쓴 일기(1952년 4월 3일~1952년 7월 5일)가 184페이지인데 반해 약 5개월간의 부

배반적 환경을 김구용 스스로가 자처한 셈이고, 이는 김구용이 불교를 종교가 아닌 생활 그 자체로 받아들이고 있기 때문이다. 생활의 이율배반과 시의 이율배반. 김구용에게 시는 자신의 사상을 통과하는 이 이율배반적 요소들 사이에서 나타나는 갈등의 표출인 것이다.

결국, 김구용의 시는 철저히 교(敎)를 배제한 불(佛)의 시이다. 이와 같은 특성은 교(敎)에서 요구하는 형식과 절제, 비약으로 이루어진 일련의 선시들과도, 동시대 모더니즘 시와도 다른 지점을 만들어낸다. 교(敎)를 버림으로써, 그것이 요구하는 형식으로부터 자유로워지고, 현대시의 실험성을 불(佛)의 반영체인 자신의 시 텍스트 속에 적극적으로 끌어들일 수 있었다. 동시에 이는 당대의 전통의식과 다른 지점을 형성해낸다. 특히나 1950년 중반부터 김구용이 추구한 일련의 중편 산문시는 세속에서의 불(佛)을 추구하고자 하는 적극적 시도로서, 시의 형식에 있어서 과격한 실험성을 함께 견지해나가고자 했다. 형식으로서 근대의 세속적 삶을 형상화하고 그 배면의 정신은 불(佛)을 형상화하고자 한 것. 천상병이 김구용이 본질적 측면에서 동요를 보이지 않기에 기대를 걸고 있다는 것은, 김구용이 가진 이와 같은 불교적 특성에 기인한 것이다. 이 부분에서 김구용은 1950년대 시에 있어서 가장 극단적인 이율배반을 가진 시 텍스트라는 독자성을 획득해낸다. 한편으로 교(敎)가 없는 불(佛)만을 추구한다는 것은, 그 어떤 헤게모니적 투쟁과도 거리를 두겠다는 것을 의미한다. 그의 은둔적 기질 또한 여기에서 찾을 수 있고, 그간 김구용의 시에 관한 연구가 미진했던 원인이기도 하다. 문제는 김구용이 지닌 불교적 특성이 근대적 시간과의 관계 속에서 어떻게 변주

산 피란 시절(1951년 12월 3일~1952년 4월 2일)의 일기 이후 약 2주간의 부산 방문을 남긴 일기는 147페이지이다. 시기를 기준으로 보자면 부산 시절의 일기 분량이 매우 방대하다.

되고 이루어지는가이다. 형식과 정신의 이율배반 속에서 그가 견지하고자 했던 본질적 정신이 어떤 방식으로 형상화되었는지를 살피는 것은 1950년 대 한국 시에 있어서 또 다른 지평을 열어줄 것이다. 또한, 1960년대 중후반 이후 이 양극단이 어느 한쪽으로 수렴되는 과정의 원인을 살핌으로써 한계 와 남겨진 가능성을 예견할 수 있을 것이다.

Ⅲ

원환론적 시간과
동양성 지향

본 장에서는 김구용의 초기작품들 및 일기의 기록들을 바탕으로 그가 가지고 있던 불교적 시간관의 규명하고, 그것으로 인하여 형성된 지향적 체험을 살피고자 한다. "모든 지향적 체험은 자신의 "지향적 대상" 즉 대상적 의미가 있다─이것이야말로 지향성의 근본 요소를 이루고 있다."¹라는 후설의 지적에서 알 수 있듯 이 체험이 지닌 대상으로서의 의미와 그것의 변양을 살피는 작업은, 김구용의 시간의식을 탐구하는 데 있어서 선결해야 할 과제이다. 이 지향적 체험들이 변양되어서, 김구용의 중편 산문시 및 후기 시에서도 나타나기 때문이다. 이 지향적 체험들이 변양이 되어 의미를 획득하기에 김구용의 시에 전반적 영향을 미치는 것이다. "지향적 체험은 의심할 바 없이 적당한 관점이 주어지면 이 체험으로부터 "의미"를 끌어낼 수 있는 그러한 양식을 지니고 있다."² 다음으로 이 지향적 체험을 바탕으로 구성된 김구용의 시간관을 김구용의 초기 시 텍스트를 통하여 살펴볼 것이다. 또한, 초기 시 중 변화의 기점이 되는 텍스트를 통하여, 지향적 체험을 통한 시간관이 어떤 방식으로 근대적 시간과 공간과 대결하는지를 살펴볼 것이다. 이것

---

1   에드문트 후설, 최경호 옮김, 『순수 현상학과 현상학적 철학의 이념들』, 문학과지성사, 1997, 338쪽.
2   위의 책, 339쪽.

은 난해의 장막이 드리어져 있는 김구용의 중편 산문시를 살피는 데 있어 기초적인 작업이 될 것이다. 먼저 초기 시를 전후한 김구용의 생애에 대해 간략하게 살펴보자.

김구용은 부유한 지주의 아들로 태어났다. 김구용의 일기에 따르면 그의 부친은 구학문뿐만 아니라 신학문에도 관심이 많았으며, 교육열 또한 대단했다.[3] 그런데도 가풍은 자유로운 편이었다. 경제적으로 부유한 환경과 학문적 토대를 중시하면서도 자유로운 가풍 속에서 김구용은 어린 시절부터 "비현실적이며 공상적일 수밖에 없었다."[4]라고 고백하고 있다. 또한, 병약했던 탓에 20여 년에 걸쳐 자주 산사에서 요양했던 그는 학업에는 무관심했으며, 어린 시절의 독서 역시 문학보다는 다소 흥미 위주였던 것으로 보인다. 그에 따르면 아홉 살 때는 잡지 『어린이』를 읽었고, 단행본으로는 열한 살 때, 『천일야화(千一夜話)』, 조중환 번안 소설 『쌍옥루』의 원작인 기쿠치 유호[菊池幽芳]의 『자기(自己)의 죄(罪)』 등을 읽었다고 말하고 있다. 고등보통학교에 입학한 후로는 신조사(新朝社) 판 세계 문학 전집을 읽었으나 여전히 학업에는 관심이 없었다. 유년 시절의 이런 성향은 김구용 스스로가 "취직을 하

3　김구용의 일기 1948년 1월 8일 자에는 백부가 그의 부친에 대해서 "늬 아비가 자식들 학교 공부 시킨다면서 각지로 이사 다니더니 결국 객지에서 죽었다. 그러지만 않았어도 우리 집안에서 학자 가 둘은 났을 긴데… 영두하고 늬 말이다."라고 말하고 있다. 또한, 1940년 5월 14일 자에서는 "아 버지는 북지(北支) 사변이 일어나기 전부터, 우리에게 가끔 이런 말씀을 하셨다. "너희들은 중국 말을 배워야 한다." 이제야 그 뜻을 알 것도 같다."라고 쓰고 있다. 게다가 1948년 1월 4일 자에서 는 젊은 시절 부친이 백농 최규동에게 신식 교육을 받은 후, 상투를 자르고 고향으로 돌아온 모습 을, 어머니의 술회를 빌어서 적고 있다.

4　김구용, 「나의 문학수업」, 『김구용 문학 전집 6:인연』, 솔, 2000, 371쪽.

지 않아도 일생을 살 수 있으리라 믿었던 때문"[5]이라 할 만큼 부유했기 때문으로 보인다.

집에 있으면 명이 짧아 다섯 살을 넘기지 못한다는 이야기에, 1925년 김구용은 집을 떠난다. 그는 유모 삼마를 따라서 철원군 월정역 근처 마을에서 그해 겨울을 난다. 금강산 마하연에 자리가 없었기 때문이다. 이듬해 금강산 표훈사의 암자인 마하연에 입산한 후 1930년까지 지낸다. 1931년 대구 복명보통학교에 입학했지만, 아버지의 사업 실패로 가족 모두 서울로 이주한다. 1932년 서울 창신보통학교로 전학하고, 이듬해에는 수원 신풍보통학교로 옮긴다. 1937년에는 서울 보성고등보통학교에 입학하였으나 병 치료를 위하여 다시 마하연에 입산하여 요양 생활을 한다. 1939년 부친상을 당하였고, 1940년부터 김구용은 공주군 동학사(東鶴寺)에서 식민지 시대의 징용과 징병을 피해 10여 년간 은둔하며 독서와 습작을 했다. 바로 이 시기가 그의 문학수업 시대인 셈. 이런 생활이 가능한 이유에 대해 그는 이렇게 말한다.

> 금전(金錢)에 대한 고통을 몰랐다는 것과 집이 싫어진 조기 고독병과 기나긴 중일(中日), 미일(美日) 전쟁으로 우국(憂國)이 아닌 염세에서 나의 좋은 시절이 산중이라야만 비교적 무성할 수 있었다는 것과 나의 독서욕을 빼앗아버릴 만한 여자가 나타나질 않아 소위 연애란 걸 못하였다는 것과 싫으면 못하는 극기심(克己心)의 결핍에서 증장(增長)된 편협과 고집 등, 이러한 조건이 산중 생활을 가능케 하였다고 믿는다.[6]

김구용의 말에 따르면 그 시절 그가 쓴 작품들은 쉴러의 극시(劇詩)와 보

---

5   위의 글, 372쪽.
6   위의 글, 372쪽.

들레르의 『악의 꽃』의 영향 아래 쓴 방대한 서사시(敍事詩)였다. 그 후 서양 문학에 대한 의구심이 들기 시작하면서 불경을 비롯하여 동양 고전에 탐닉 하였고, 독서의 경향 또한 변하면서 발레리를 읽으며 "발레리의 것이 아니면 읽을 맛이 없다고 생각"[7]할 정도로 빠져들었다.

비교적 유복했던 가정 형편과 병약했던 몸, 그로 인한 기질 등은 현실로부 터 그의 내적 감각을 격리해 놓았다. 더군다나 식민지 시대 내내 산방에 기 거하며 홀로 독서와 습작 기간을 거치면서 비현실적인 공상 속으로 더욱 침 잠했을 것이다. 이 시기 김구용은 일기를 통하여 습작의 과정을 통제하려 고 하였다. 동시에 그가 자의식을 찾아가는 과정과 문학적 세계관을 형성하 는 데 있어서 강한 영향을 미쳤다.[8] 김구용은 1940년 2월 26일 자 일기에서 "사람들은 자신이 괴상한 팔자를 타고났다고 생각하기 쉽다. 언제고 나도 자 서전을 쓰고 싶다."라고 말하며 자기 진술의 욕망을 피력한다. 이 또한 병약 했던 몸과 잦은 요양에서 비롯된 것이라 볼 수 있다. 김구용은 부산 피란 시 절, 그의 일기를 지면에 발표하기 시작했고, 이를 정리하여 2000년 전집에 『김구용 문학 전집 5:구용 일기』에 실었다. 이 책에는 1940년 2월 24일부터, 1984년 1월 1일까지의 일기가 실려 있다. 이 일기를 통하여 김구용의 동양 성이 어떻게 형성되었는지, 그리고 그의 시 속에서 나타난 표상들이 어떻게 형성되었는지를 두루 살필 수 있다.

---

7 위의 글, 373쪽.

8 이사벨 리히터는 '양심적 성찰'과 '자기 통제에 대한 열망'을 일기를 쓰는 핵심적인 동기라고 이
  야기하고 있다. (이사벨 리히터, 「자기를 쓰다」, 송진영 옮김, 『일기를 통해 본 전통과 근대, 식민지
  와 국가』, 정병욱 · 이타가키 류타 편, 소명출판, 2013, 110쪽 참조) 병약한 몸과 그로 인한 요양과
  그것의 외로움을 겪은 김구용에게 있어 일기는 단순한 기록이 아니라, 자신을 증명하고, 자신의
  통제하려는 수단이었다.

먼저 이 일기를 통하여 그의 초기 시의 한 단면을 볼 수 있다. 김구용은 1940년에 쓴 일기에서는 습작시인 「문학청년의 일기」와 「백화와 그 선생」이라는 작품을 집필 중이라 말하고 있다. 특히 「백화와 그 선생」은 김구용이 당시 읽었던 바이런과 롱펠로우의 장시, 쉴러의 극시, 보들레르의 『악의 꽃』등의 영향을 받은 서사시였다.[9] 하지만 1940년 4월 11일 일기에서는 "「백화와 그 선생」도 「문학청년의 일기」도 마음대로 써지지 않는다. 건강을 잃은 것 같다. 휴식도 필요하다. 이러다가는 끝장이 날 것만 같다."라고 적는다. 이후 6월 17일 일기에서는 「백화와 그 선생」 1부를 탈고했다고 적었으나, 7월 20일에는 "「백화와 그 선생」이 나를 괴롭힌다. 약한 몸은 좋은 글을 쓸 수가 없나 보다. 원고지와 싸우노라면 두통이 난다."라고 적고 있다. 그리고 7월 25일에는 3년 동안 써온 「백화와 그 선생」 1부, 2부 노트와 초고들을 벽장 속에 넣고 자물쇠로 잠가버린다. 자신의 문학적 소질에 대한 회의가 가장 크게 일던 시기라 할 수 있다. 1939년 아버지의 죽음 이후 급격히 기울어지기 시작한 가세와 그런데도 현실과 유리된 채 지내야 했던 자신의 처지, 그리고 이 모든 것을 극복할 수 있게 해준 문학적 욕구의 절망이 교차했던 이 시기, 김구용은 자연스럽게 어머니에 대한 표상에 집중하게 된다. 그리고 이 어머니에 대한 표상은 원본적인 체험을 드러내 주는 지향적 대상으로서 시간 객체로서 자리한다.

9   김구용, 「나의 문학수업」, 『김구용 문학 전집 6:인연』, 솔, 2000, 372쪽.

1. 불교적 세계관의 형성

1.1. 어머니 표상의 변양

김구용은 집에 있으면 명이 짧아 다섯 살을 못 넘긴다고 하여 어린 시절 부터 절에 입산하여 생활하였다. 1925년에는 철원의 월정에서 유모인 삼마와 1년을 보내고, 1926년부터 1930년까지 금강산 표훈사 암자인 마하연에 입산하여 생활하였다. 자연스럽게 한문과 불경을 접하게 되었던 김구용에게 동양의 사상은 내면에 깊숙하게 스며들며 내재적 풍경을 이룬다. 동양사상에 대한 깊은 이해와 더불어 보아야 할 것은 가족, 특히 어머니에 대한 그리움이다. 부모와 떨어져 지낸 어린 시절을 고려해 보았을 때 자연스러운 것이지만, 어머니라는 표상은 그의 초기 시뿐만 아니라, 그 이후의 시 텍스트 곳곳에서 발견된다. 이는 그의 일기와 함께 놓았을 때 더욱 뚜렷해진다.

> 떨어진 깨독꽃들은 물에서 탄생한 듯 아름다운데, 바위들의 침묵은 스스로의 모양같이 엄하고 영원하다. 주위의 나무들은 제게서 떨어진 꽃들을 굽어보며 깨독들을 점점 익히고 있다. 나무들이 소(沼)를 굽어보듯이 나는 기름을 분비하는 파란 열매들을 쳐다본다.
>
> -「깨독나무」부분

깨독나무 꽃잎이 여기저기 떨어져 있는 풍경으로 시작하는 이 시는, 고요하고 동양적인 심상을 제시하고 있다. 꽃잎은 아름답게 떨어져 있고, 그 자리에서 익고 있는 열매들, 그리고 그것을 바라보는 시의 화자는, 순간 나무와 동일시된다. 뒤이어 주위를 배회하는 나비와 "균형진 고요에서 꾀꼬리의 평화한 음색이 일어난다." 정지된 듯한 풍경 속에 움직이고 노래하는 생명의 운동이 일어난 것이다. 이는 화자의 감정 또한 움직이게 한다. "나도 법칙과 차별과 습성을 버리고 깨독 기름을 바르고 싶다." 이 시가 쓰인 시점이 김구용이 부산 피난 시절이고, 당시 부산 상명여자고등학교에서 교편을 잡고 있었음을 고려했을 때, 여기에서 말하는 "법칙과 차별과 습성"은 곧 세상의 법칙이며, 차별의 일상화, 그 속에서의 생활 습성임을 알 수 있다. 즉, 세속을 벗어나고 영적인 영역으로 들어가고자 하는 욕망인 것. 이와 같은 세속으로부터의 탈주에 대한 욕망이 소환하는 것은, 다름 아닌 어머니이다.

> 산들바람에 힘 있고 유위(有爲)한 나뭇가지들이 제 모습을 흔들면 하얀 꽃들이 흩어진 수면(水面)도 옛 고향을 생각하는 피리 가락으로 팔랑거리면서, 서로 대답하는 녹음의 영형(映形)에서 나는 어머님을 분명히 본다. 나무들은 꽃 사이로 잎 사이로 하늘의 조각 밑으로 구름 밑으로 고기와 가재들이 노니는 물을 굽어보며 그리고 제 얼굴을 비추어 보며 만족하고 있다. 여러 가지 변화가 생동하는 순수한 산소(山所)에서 나의 꽃은 나무를 우러러보며 지난날의 어머님과 대화하는 명상이 있다.
>
> - 「깨독나무」 부분

시의 전반부의 풍경이 고요와 침묵, 정지의 순간이라면, 이후부터는 운동의 순간이다. 이 운동은 생명에 의한 것이다. 그리고 생명이 지닌 운동성은 화자의 감정에도 작동한다. 감정의 운동은 곧 시간의 지속을 의미하면서, 동시에 그 시간성과 함께 내재해 있는 기억을 떠오르게 한다. 그 기억 속에 있는 이가 바로 어머니이다. 여기에서 김구용 시 텍스트에 있어 근원인상이 되는 하나의 내재적 풍경이 발견되는데, 어머니의 표상이 이 생명의 운동성과 함께 나타난다는 것이다. 즉, 김구용의 시 텍스트에서 어머니는, 단순히 회상을 통하여 그리워하는 존재에 머무는 것이 아니라, 운동성을 바탕으로 한 지속되는 시간의 경험 속에서 솟아오르는 존재이다. 그런데 이 시의 원본적 체험은 1940년 7월 12일 자 일기에서 발견할 수 있다.

> "저것 보래. 나무도 열매가 많으면 저리 꺾일 듯이 굽었네. 사람도 자식이 여럿이면, 저 나무 매로 무겁고 고생이 많은가 보다."
> 어머님은 말씀과는 반대로 활짝 웃고 계셨다. 언젠가 어머님은 이런 말씀도 하셨다.
> "전에 어린 자식을 죽 눕혀놓고 보니, 이 세상에 무슨 꽃이 좋네, 좋네 해도, 자식같이 좋은 꽃은 없더라. 자식 두고 살러 가는 년은 사람이 아니제."
> 나는 그때 말씀이 생각났다. 깨독나무는 가지가 휘어지도록 열매가 많이 열려 있었다.[10]

인용한 일기에서 어머니는 가지가 휘어지도록 열매를 맺은 깨독나무에 빗대어 자식이 많은 집의 형편을 이야기한다. 그의 집안도 마찬가지였을 것이다. 김구용은 일기를 통하여 자식들에 대한 어머니의 애틋한 마음을 기록하고자 했다. 이를 토대로 전쟁 중에 돌아가신 어머니를 그리는 「깨독나무」를 쓴 것이다. 이 일기에서 김구용은 어머니에게 깨독나무의 효능에 대해서 배운다. 깨독열매의 기름을 짜서 머리에 바르면 이가 슬지 않는다는 것. 「깨독나무」에서 머리에 기름을 바른다는 것은, 머리를 청결히 하라는 의미. 이 행위가 육체를 깨끗이 하고자 하는 의미라면, "법칙과 차별과 습성을 버"린다는 것은 세속에 물든 정신을 씻기고자 하는 의지임을 이 일기를 통하여 알 수 있다.

---

10   김구용, 『김구용 문학 전집 5 : 구용 일기』, 솔, 2000, 64쪽.

「깨독나무」와 일기를 통하여 알 수 있는 것은, 김구용에게 원본적 체험을 드러내 주는 어머니라는 표상이, 생명의 운동성과 함께 나타난다는 사실이다. 그것은 지금 현실의 김구용에게 내재적으로 영향을 미친다. 파지 작용을 통하여 파지 대상을 변양(Modifikation)하고 있는 것이다. 이와 같은 변양은 파지의 중요한 특성이다. 폴 리쾨르는 파지에 대하여 "원천-시점(Quellpunkt)의 직관력(intuitivity)이 점차 완화되면서 현재 순간이 그 속에 혹은 그 밑에 붙잡고 있는 모든 것[음영(Abschattung)으로서의 최근의 현재들/가까운 과거들]에 확산하게 해준다."[11]라고 말하고 있다. 또한, "파지와 파지 변양의 개념이 말하고자 하는 것은 다름이 아니라 바로 일차적 기억이란 인상을 긍정적으로 수정하는 것"[12]이라고 지적한다. 여기에서 일차적 기억은 파지를, 인상은 근원인상을 뜻한다. 즉, 변양을 통하여 파지가 확산한다는 것이다. 후설 또한 "만약 음의 표상이 변양되지 않은 채 남아 있다면…(중략)…불협화음이라는 음의 혼란을 갖게 되리라."[13]라고 말하고 있다. 즉, 파지 대상에 대한 변양은 파지에 있어서 중요한 특성이라는 것이다. 김구용의 시 텍스트에서 파지 대상인 어머니 표상이 생명의 운동성으로 변양되는 이유가 여기에 있다. 하지만 어머니 표상의 변양 양상은 여기에서 멈추지 않는다. "한 점에 국한된 현재와 가까운 과거 사이의 차이를 무시하고서라도 과거지향과 인상 사이의 **연속성**을 확장된 지각 내부에서 대조적으로 강화"[14](강조는 원문)를 내포하는 회상이 생겨나는 것이다. 어머니 표상에 더 강한 의미

---

11 폴 리쾨르, 김한식 옮김, 『시간과 이야기 3』, 문학과지성사, 2011, 65쪽.

12 위의 책, 68쪽.

13 에드문트 후설, 이종훈 옮김, 『시간의식』, 한길사, 1998, 68~69쪽.

14 폴 리쾨르, 앞의 책, 71쪽.

가 부여되기 시작하는 것이다. 이것을 파악하기 위해서 먼저 1940년 7월 6일 자 일기의 한 대목을 살펴보자.

> 어머님은 나를 두고 가시는 것이 서운하신가 보다. 웃음도 힘이 없으셨다. 쓸쓸하셨다.…(중략)…나는 돌아섰을 때 치미는 슬픔에 당황하였다. 가다가 돌아보고 가다가 돌아보았다. 어머님은 여전히 비석 옆에 서서 나를 바라보고 계신다. 석봉(石峯) 동네 앞길을 틀어 돌면 백정자가 안 보인다. 돌아보았다. 아득하다. 하얀 옷을 입은 어머님이 나를 향하고 계신다. 내 팔자는 고독인가 보다. 이 고독에서 얼마든지 노력할 수 있는 자유를 얻는다.[15]

김구용이 동학사에 입사할 때 함께 따라온 어머니와 헤어지는 장면이다. 7월 1일 김구용은 어머니와 함께 동학사로 떠난다. 그의 일기에 따르면, 그날에는 폭우가 내렸다. 김구용의 어머니는 "너를 낳으려고 상주(尙州)로 가던 때에 비하면, 이건 가마 타고 가는 기다."라고 말한다. 원래는 김구용의 아버지가 그가 입산할 적마다 데리고 갔으나, 이제 그것은 어머니의 몫. 그는 어머니와 함께 동학사에 머무는 중에도 「백화와 그 선생」 집필에 매진하기도 한다. 어머니가 떠나는 전날에는 불손한 말을 하여, 어머니를 슬프게 했다고 기록하기도 한다. 게다가 떠나는 당일에는 속이 좋지 않다며 조반도 거르고 하산을 한다고 했으니, 김구용의 눈에는 더욱 애달프게 보였을 것이다. 여기에서 주목해야 할 것은 "하얀 옷을 입은 어머님"이다. 이 하얀 옷을 입은 여성의 모습은 그의 중편 산문시인 「꿈의 이상」에서 다시 나타난다. Ⅳ장에서 보다 자세히 살피겠으나, 「꿈의 이상」에서 시의 화자가 오렌지를 훔치다 발

---

15 김구용, 『김구용 문학 전집 5:구용 일기』, 솔, 2000, 59~60쪽.

각되어 곤욕을 치르고 있을 때, 그를 구해준 것이 바로 흰 옷을 입은 여성이다. 이후, 이 흰옷을 입은 여성은 화자의 환상을 통하여 백의관세음보살(白衣觀世音菩薩)로 변양된다. 위 일기에서 이상적인 동양적 여성상으로 흰 옷 차림의 여성이 그려졌다면, 「꿈의 이상」에서는 종교적 구원으로서 그려진 것이다. 어머니-흰 옷차림의 여성-백의관세음보살로 이어지는 변양의 계열체는, 김구용의 시 텍스트에서 일관적으로 나타난다. 어머니에 대한 근원 인상이 지금의 현재로 솟아오를 적에, 종교성을 입으면서 미래를 향한 기대를 품도록 작동하는 것이다. "어머님은 소싯적에 고생하셨던 이야기를 하였다. 어머님이 거룩하기만 하였다."[16]에서 알 수 있듯 어머니에 대하여 김구용이 가지고 있는 내적 풍경은 이미 종교성을 품고 있다. 하지만, 이 종교적 구원으로서의 어머니가 그의 중편 산문시에 구현되기 위해서는 보다 섬세하고 밀도 있는 구성이 필요했을 터이다. 이에 대하여는 Ⅲ장에서 다루기로 한다.

이처럼 어머니 표상은 김구용이 남긴 1940년대 일기 속에서 두루 나타난다. 그것은 일기로 기록한 일화를 바탕으로 시 텍스트를 구성하는 방식을 종종 보인다. 이때, 어머니의 표상은 내재적 차원에서 생명의 운동성과 함께 드러난다. 이와 같은 양상은 자연스럽게 「꿈의 이상」과 같은 중편 산문시에서는 백의관세음보살로 변양되어 종교적 구원의 성격을 부여받는다. 이는 어머니라는 표상이 지닌 감각의 지속성 때문이다. 어머니와 관련된 과거에 대한 기억과 이를 바탕으로 지속적으로 구축된 미래에 대한 기대라는 지각 가능성의 지평은 김구용이 지니고 있던 내적 시간의식의 구조를 엿볼 수 있게 한다. 어머니라는 표상에서 나타나는 생명의 운동성과 종교적 구원성이라는 특성은, 또한 김구용이 산사 체험을 통하여 그 불교적 세계관이 심화함

---

16 위의 책, 63쪽.

에 따라 가능한 것이다. 초기 시 중 불교적 세계관을 강하게 드러낸 텍스트를 통하여 분석해보자.

1.2. 불교적 세계관의 형성 양상

김구용의 집안은 불교와 깊은 친연성을 가지고 있었다. 김구용이 남기고 있는 그의 태몽 또한 "스님이 사립문 밖에 와서 동냥을 청하기에 쌀을 떠다 줬더니 하얀 비단 한 폭을 주더란다. 펴보니 '관세음보살' 다섯 자가 분명하더란다."[17]라는 일기의 기록처럼 불교와 관련이 있다. 김구용은 이 태몽을 자신의 시에도 언급한다.

> 흰 비단에는
> 관세음보살
> 다섯 자
> 붓글씨가 씌어 있었다.
>
> – 『구거(九居)』, 8거 6 부분

불교와 깊이 연결된 집안의 내력은 자연스럽게 김구용에게도 영향을 끼쳤다. 1949년 3월 19일 자 일기에서는 어머니가 스님들 앞에서 『금강경』을 다 외웠다고 적고 있으며, 1949년 7월 11일 자 일기에서는 그의 고모 또한 어머니의 영향으로 『금강경』을 외우려고 애를 쓰다가 병으로 인하여 뜻을 이루지 못하고 돌아가셨고, 임종 시 유언으로 본인이 독송하던 『금강경』과 『천수

---

17   김구용, 「너무 많아서 탈」, 『김구용 문학 전집 6: 인연』, 솔, 2000, 307쪽.

진언(千手眞言)』, 『고왕경(高王經)』을 품에 넣어 달라고 적고 있다. 1948년 12월 23일 자 일기에서는 김구용의 아버지가 생전에 한역(漢譯) 『사씨남정기』에 나오는 관음찬(觀音讚)을 외우기도 했다고 적고 있다. 이와 같은 내력은 김구용의 불교적 사유의 근간을 이룬다. 앞서 언급한 전기적 사실에서 알 수 있듯 김구용은 어린 시절부터 산사에서 지낸 탓에 한문과 경전을 접하였다. 『금강경』, 『화엄경』, 『법화경』, 『유마경』 등 경전을 비롯하여, 『염송(拈頌)』, 『금강경오가해(金剛經伍家解)』 등의 불서를 접하면서 이십 대에부터 학승들에게 경전을 가르치기도 했다. 하지만 그가 불교라는 종교를, 있는 그대로 믿고 따르지는 않았는데, 동학사에 머물면서는 그 생각이 더 정연해졌다.

> 석가 당시의 역사적 시대성, 즉 옛 인도의 지리, 풍속과 풍토 조건에서 형성된 전통, 제도, 예술을 다 알 수는 없는 노릇이다. 그런데도 율장(律藏)을 찬앙(讚仰)한 나머지, 현대가 그 당시 계율을 그대로 모방하려 든다면 가능할까. 불가능한 일이다. 불가능한 것은 불교가 아니다.[18]

날짜가 불명하여, 일련번호만 붙여진 1946년 일기의 한 대목에서 김구용은 불교에 대한 자기 생각을 소상하게 정리하고 있다. 그는 종교적 진리는 불변하는 것이 아니라 시대적 흐름에 따라서 변화하는 것이라고 말하고 있다. 석가모니 시대의 불경과 그에 따른 설법이 오늘날과 같을 수 없다는 것, 그것은 과거의 경전일 뿐, 현재는 현재의 경전이 새롭게 필요하다는 것이다. 불교에 대한 이와 같은 태도는 그의 시작에서도 드러난다. 다음 장에서 살피겠지만, 김구용의 중편 산문시에 나오는 배경은 세속 도시이다. 시의 화자는

---

18 김구용, 『김구용 문학 전집 5: 구용 일기』, 솔, 2000, 98~99쪽.

이 세속 도시에서 자기를 찾는 과정에 있다. 김구용에게 시는 세속 속에서 자기, 즉 진아(眞我)를 찾는 과정이었던 셈이다. 이를 단순하게 보면, 김구용이 중편 산문시에 매진하던 시기가 부산 피란 시절이기 때문이라고 판단할 수도 있겠으나, 그의 일기 한 대목에서 발견한 불교적 세계관에서 나온 것임을 알 수 있다. 이는 아래의 일기에서 파악할 수 있다.

불교는 이단을 두지 않았는데 그러고도 종교일 수 있을까. 그러므로 불교에 관한 한, 말할 수 있으며 스스로 실천할 수가 있는 것이다. 불교라 할지라도 불(佛)이 문제일 뿐 교(敎)는 필요한 조건에 불과하다. 중생 제도(衆生濟度)니 위법망구(爲法亡軀)가 불교 전부는 아닐 것이다. 불(佛)은 사람들의 자기 자신에 있는 것이 아닐까. 그렇다면 세속(世俗)과 출세속(出世俗)으로서 따질 필요가 없는 줄로 안다.[19]

산속에 있느냐, 세상에 나가느냐가 대단한 문제는 아니었다. 위법망구보다는 세상에 나가서 대기대용(大機大用) 하는 편이 바람직스러웠다.
…(중략)…
석가불 자신을 위해서는 불교가 필요 없었을 것이다. 그래서 출발과 도착은 동시였다.
교양과 분별이란 쉬운 일이 아니었다. 마음이란 주목할 만한 대상이었다. 알 수 없기 때문이다. 미지(未知)가 여기서 생겨나니 말이다.[20]

불교에 대한 이러한 인식은 불교적 세계관을 투영한 김구용의 시 텍스트를 이끄는 주요한 인식 틀이 된다. 그리고 이러한 시 텍스트 중 성과를 이룬

---

19 위의 책, 99쪽.
20 위의 책, 100~101쪽.

작품들은, 단순히 산사의 풍경이나 정취를 배경으로 하는 종교적 깨달음으로 끝나는 것이 아니라 세속에서의 삶 속에서 이루어지며, 불교를 특정한 지식의 형태로 형상화하지 않는다. 이런 인식이 발전하면서, 이후 김구용이 보여준 형식에 있어서 파격적 실험과 자유를 가능하게 만들며, 그 안에서 자신이 생각하는 불(佛)을 정립하도록 한다. 물론 교(敎)에 얽매이지 않기 때문에 김구용의 불교의식을 쉽게 도식화할 수 없다. 게다가 김구용은 불경에서 영향을 받은 것이 없다고 생각한다고 진술하면서, 교(敎)로부터 자유로웠음을 주장한다. 이와 같은 혼재의 양상은 특히 자아에 대한 김구용의 의식에서 발견된다.

김구용은 그의 시론 곳곳에 "내 시를 위한 필독의 서(書)는 현실이며, 자아의 인간 본성만이 초점이라고 생각하고 있다."[21]라면서, 자신의 시가 당대적 현실의 충실한 반영체이며, 동시에 자아를 찾는 과정이라고 강조한다. 자아, 불교의 용어로 진아(眞我)를 찾기 위한 그의 시는, 한국전쟁과 부산 피란 시절을 분기점으로 무르익었다고 볼 수 있다. 징용을 피하여 동학사에 머물던 시절의 시는 자연이나 산사의 풍경을 배경으로 하거나, 불교적 색채를 가감 없이 드러내는 형태를 보이기 때문이다. 「각옥사(刻玉師) 야마(耶摩)」는 불교적 설화를 재구성하고 있으며, 「동화(童話)」는 산방의 풍경 속에서 고로의 향과 새의 영혼으로 날아가는 입적한 영혼을 그리고 있다. 이 시기 작품 중 밀도가 가장 높은 것은 「관음찬(觀音讚)」이다.

---

21   김구용, 「나의 문학수업」, 『김구용 문학 전집 6:인연』, 솔, 2000, 376쪽.

구름이 하늘과 바다 사이로 활활 오르내리는 보타락가산(普陀洛伽山) 머리, 성에 어린 꽃들은 휘휘 흩어지른 골마다 산들산들 좋다. 길도 없는 녹음(綠陰)에 산호 젓대를 불며, 사슴을 타고 돌아오는 남순동자(南巡童子)는 고와라. 기우뚱거리는 수평선이 둥긋 부풀어, 어긋막이로 깎아 솟은 바위에 쏴아 검푸른 파도가 하얗게 부서져, 일천 구슬들과 일만 송이 꽃들은 소스라쳐 휘날아, 우렁찬 소리 속에 출렁 철썩 뛰는 물결, 흘흘 나부끼는 흰 옷자락이 바위에 두렷이 자리하신 나[我] 없는 자태여. 금빛을 온몸에 감으사 눈매는 부실 듯이 다스러워라. 향기는 솔솔, 푸른 눈썹은 윤이 사르르 흘러, 오오, 맑은 원적(圓寂)이 일체를 머금다. 모든 합장들을 향하여, 입술은 환히 웃으사 감로병(甘露甁)을 기울이시니, 산호 젓대 소리는 늙은 솔가지 등걸에 층층이 굴러나려, 바다는 잠이 들고 용녀(龍女)가 나와서 살포시 춤을 춘다.

－「관음찬」 전문

마곡사의 말사인 동학사에 머물던 시절 쓴 「관음찬」은 절에 있는 벽화나 관음도 화보를 묘사하고 있는 것으로 보인다. 보타락가산(普陀洛伽山)이나, 남순동자, 하얗게 부서지는 파도, 흰 옷자락 등 시의 세부적인 묘사를 따라가 보면, 아마도 마곡사의 〈백의관음도〉가 유력해 보인다. 이 시에서 관세음보살은 "나[我] 없는 자태"로 그려지고 있다. 자아에 대한 설명 없이 자아가 없는 무아(無我)를 종교적 깨달음을 이룬 자의 상태로 그리고 있는 것은 인간을 바라보는 불교적 세계관이다. "나[我] 없는 자태" 자체가 하늘과 바다에서 들려오는 소리, 그리고 은은하게 뿜어져 나오는 향기와 빛깔, 춤추는 용녀(龍女) 등으로 가득한 이 찬불가의 근원이 되는 것이다. 그 때문에 이 「관음찬」 속의 관음은 "금빛을 온몸에 감으사 눈매는 부실 듯이 다스러워"운 이가 된다.

이처럼 김구용이 쓴 불교와 관련된 초기 시들은 현실과의 대립이 없는, 전통적이며 서정적인 찬불가의 형태로 쓰이고 있다. 즉, 일기 및 산문에서 보이는 불교에 대한 비판적 시선과 교(敎)를 버리고 불(佛)을 추구하고자 하는 불교의식이 아직 시로 형상화되기 전의 모습이다. 특히나 현실과의 접점이 없이 10여 년간 동학사에 머물던 이 시기의 김구용은 자신의 불교의식을 시로 형상화하고, 그것을 세속과의 관계 속에서 풀어나가기에는 상황적으로 여의치 않았다. 다만 세속에 나아가 불(佛)을 추구하며 대기대용(大機大用)을 하겠다는 의식이 그를 부산으로 향하게 만들었다 볼 수 있다. 그 때문에 부산 피란 시절과 한국전쟁을 겪은 후 그가 다시 그리고 있는 관음은 다른 모습으로 형상화된다. 1957년에 쓴 「관음찬 Ⅱ」가 바로 그것이다.

> 관음은 나의 어머니, 내 내부에 계시니
> 그 자체는 사자(死者)들의 흙 위에 건립되는 시가를 굽어볼
> 다음날 수목의 눈동자에도 생명할 것이다.
>
> — 「관음찬 Ⅱ」 부분

앞서 언급하였듯 김구용의 시에서 관음은 늘 백의관세음보살(白衣觀世音菩薩)로 그려지고, 이것은 늘 정갈하게 흰옷을 입으셨던 그의 어머니와 연계된다. 이는 「관음찬 Ⅱ」에서도 마찬가지이다. 또한, 이 어머니 표상은 생명력을 지닌 존재로 그려지는데, 위 인용시에서도 마찬가지이다. 하지만 어머니를 관음이라 의식하면서 썼을 때, 그것을 통하여 불교적 사유를 펼치려고 했을 때 그것은 이미 시간성이 지닌 지속적 성격을 상실하게 된다.

'지금'의 음에 관한 의식, 즉 근원적 인상이 과거지향으로 이행하는 경우, 과거지향 그 자체가 다시 '지금'인 것이다. 즉 현실적으로 현존하는 것(Daseindes)이

다.…(중략)…각각의 과거지향은 이미 연속체이다. 음은 울려 퍼지기 시작하고, 그 음은 끊임없이 울려 퍼진다. '지금'의 음은 '이미 존재하였던' 음으로 변화되고, 인상적 의식은 끊임없이 흐르면서 항상 새로운 과거지향적 의식 속으로 이행한다. (강조는 원문)[22]

　후설은 지금의 음을 처음 지각하는 원천시점에서의 근원인상에 파지가 떠오를 때, 파지 자체가 '지금'이 된다고 말한다. 파지가 현실 속에 현존하게 되는 것이다. 그 때문에 지금의 음이 연속하면서 이미 존재하였던 음으로 흘러가듯이, '지금' 속에 현존하게 된 파지는 연속성을 갖고 있다. 이것은 파지가 가지고 있는 중요한 특성이다. 그런데 "관음은 나의 어머니, 내 내부에 계시니"라고 말하는 순간 들어오는 것은 주체의 의식이다. 어떠한 음의 "여운을 인식하고 구별하는 경우, 우리는 이것들이 가령 말하자면 과거지향 그 자체에 속하는 것이 아니라 오히려 지각에 속한다는 사실을 즉시 확인할 수 있다."[23]라는 지적에서 알 수 있듯, 이때 호명되는 어머니와의 기억은 주체의 관념적인 조작에 의하여 의미가 부여된 체험인 셈이다. 이를 통하여 근대도시와 전쟁 체험을 사이에 두고 '관음찬'이라는 같은 제목에서 쓰인 두 텍스트 간의 차이점 하나를 발견할 수 있다.

　관음에 대한 정의로서 시작되는 「관음찬 Ⅱ」는 "사자(死者)들의 흙 위에 건립되는 시가"를 비롯하여, '금환침식(金環侵蝕), 자유의 석괴(石塊), 배고픔에 외치는 음광(音光), 파벽(破壁), 술집의 바이올린 소리, 자아의 발족점(發足點)' 등 김구용이 자주 사용한 한자어와 조어, 현실에 대한 비판적 표

22　에드문트 후설, 이종훈 옮김, 『시간의식』, 한길사, 1998, 95쪽.

23　위의 책, 98쪽.

현들로 가득하다. 이와 같은 변화의 지점은, 그가 세속의 한가운데에 머물고 있으며, 그 속에서 불(佛)을 실현코자 하는 모색을 보여준다. 이는 수육(獸肉) 집 앞을 지나가며 소금을 파는 여인의 목소리를 "하늘의 유혈(流血)이며 감성의 불길이다"라고 인식하게 하고, 이 여인을 통하여 홀로 울고 있을 아기를 상상하며 "관세음보살, 이제 당신은 연좌(蓮座)에 없다."라고 선언케 한다. 김구용이 세속에서 본 것은 절망과 고통이었다. 하지만 "나는 배고픔에 외치는 음광(音光)에서 당신을 본다." 고통의 극단 속에서 관음은 미소로 나타난다. 그것은 "지난날 전화(戰火)에 타오르면서도 변하지 않던 관음의 미소"이다. 현실의 고통과 절망은 이 관음의 미소 속에서 치유된다. 그리고 스스로 관음의 마음이 되기 위해서는,

> 석경(石鏡) 속에 피는 미소가 어떤 대상에서도 의미를 찾지 못할 때
> 너는 관음의 마음이 될 것이다.
> 때 묻은 유방의 열매와 가난한 가구(家具)와 괴로운 밤의 관음,
> 모두 다 모습은 다르나 어디고 있다.
>
> ─「관음찬 II」부분

에서 알 수 있듯 거울에 비친 나의 형상에서 어떤 의미를 찾을 수 없는 경지, 즉 무아(無我)의 경지에 다다라야 한다고 말하고 있다. 현실의 고통을 끊어내기 위해서는, 윤회를 끝내야만 한다. "불교의 제 학파들은 교의 상으로는 엄청난 차이가 있지만, 아(我, 아트만)에 대한 부정이라는 한 가지 공통점을 지닌다.…(중략)…무아설은 불교의 형이상학과 윤리의 축이라고 할 수

있으며 불교를 불교로 이름할 수 있게 하는 교의이다."[24]에서 알 수 있듯, 무
아설은 불교에 있어서 가장 중요한 교의이다. 김구용은 이러한 불교적 교의
를 시 텍스트 곳곳에 치밀하게 배치하고, 시적 서사를 불교적 세계관을 형상
화하기 위하여 구성하고 있다. 물론 현실과 아무런 갈등이 없던 초기 시의
경우에는 전형적인 찬불가의 형식으로서 형상화되지만, 전쟁과 세속의 도
시를 겪으면서부터 그것은 더욱 강화된다. 1947년의 「관음찬」과 1957년의
「관음찬 Ⅱ」 사이의 이 현격한 거리 사이에는 전쟁과 근대 세속 도시의 삶이
있다. 이것들이 김구용을 시적 실험의 장으로 이끌었을 것이고, 이 속에서
불(佛)을 추구할 때 쉬이 빠지기 쉬운 종교의 섣부른 현실 초월적 위로와의
거리감 또한 획득할 수 있었다. 이에 대해서는 Ⅳ장에서 더 논의할 것이다.

2. 원환론적 시간의식과 도시 체험

2.1. 영원과 무시간성의 시

김구용의 초기 시에서 보인 불교적 세계관은 그의 시간의식에도 마찬가지
로 보인다. 초기 김구용의 시는 그의 가풍과 오랜 산사 체험을 바탕으로 이
루어져 있다. 이는 외부 세계와의 갈등이 없음을 의미한다. 이 시기 김구용
의 일기에서 그를 괴롭히는 것들 대부분이 대개 자신을 향해 있다는 사실이
이를 증명한다. 그가 일기에서 보인 괴로움은 현실적인 무능력함과 문사적
재질의 부족, 그에게 물질적 지원을 해주는 가족들에 대한 미안함으로 점철

24　이거룡, 「윤회의 주체를 둘러싼 논쟁」, 『논쟁으로 보는 불교 철학』, 예문서원, 1998, 45쪽.

되어 있다. 즉, 외부와의 갈등보다는 자신이 처한 물적 토대와 그것을 둘러 싸고 있는 인연과 풍경에 닿아 있었다. 그 때문에 시를 쓰는 시선을 의도적 으로 외부로 돌린다고 하더라도, 그것은 자연스럽게 불교적 세계관으로 향하게 된다.

> 꽃 위에 앉아라.
> 잎사귀를 밟은 맨발,
> 여기는 현재가 없다.
>
> 이곳은 바다이다.
> 큰 나신(裸身)이 이곳에 있다.
> 이곳은 꽃이다.
>
> - 「바다의 꽃」 부분

현재를 없애는, 즉 현실을 잊게 하는 이 맨발의 주인이 누구인지를 찾는 것이 「바다의 꽃」이 가진 비밀일 터이다. 먼저 김구용의 개인사를 따라가 보자. 동학사에 머물던 이 시기 김구용은 내적 동요를 일으키고 있었다. 1949 년 4월 12일 자부터 22일까지 김구용은 돈을 구하기 위하여 누군가를 만나고 자 하고 있었다. "돈을 빌려주면 동학에 가서, 사두었던 쌀을 팔아서라도 갚 겠노라 다짐했다. 그러나 현금이 그렇게는 없다는 대답이었다."[25], "두 곳이나 찾아가 또 부탁을 드리고 나니 이만 피곤해서, 또 산성 공원에 올라갔다." 등 동분서주하는 모습을 보인다. 그는 자신이 "죄 많은 중생으로만 느껴졌다."[26]

---

25   김구용, 『김구용 문학 전집 5:구용 일기』, 솔, 2000, 173쪽.

26   위의 책, 174쪽.

라고 말한다. 실상 김구용의 가정은 그의 부친 사후 급격하게 쇠락하고 있었다. 그 때문에 산사에 머물기 위한 비용을 마련하려 동분서주하는 어머니의 모습이 일기 곳곳에 나오고 있으며, 자신의 처지에 대한 비관적인 기록 또한 보인다.[27] 부산 피란 시절에는 이형기가 머물던 하숙방에서 얹혀 숙식을 해결하기도 했다. 이 시기 김구용에게 문학에의 의지는 자신의 불행한 현실을 잊게 만드는 것이었다. 하지만 문학을 통한 망각은 순간적일 뿐이다. 그래서 그의 초기 시에서 더욱 두드러지는 것이 불교적 세계관이다. 그렇다면 꽃 위에 있는 맨발의 주인은 누구인가. 먼저 이 꽃이 다름 아닌 연꽃이라는 것은 쉽게 알 수 있다. 그리고 바다를 배경으로 하고 있다는 것에서, 주로 바다를 배경으로 서 있는 관음보살을 그리고 있다는 것 또한 짐작할 수 있다.

앞서 언급한 것처럼 김구용이 시에서 관음보살은 백의관세음보살이다. 그것은 어머니의 표상을 종교화한 것으로, 생명력을 품고 있다. 그런데 이 백의관세음보살이 바다와 만나면서, 이 생명력은 더욱 강력해진다. 김구용은 「바다와 여인」이란 산문에서 바다를 하나의 생명으로 인식하면 곧 나체(裸體)로 나타난다고 말하고 있다. 생명의 바다와 여인의 육체가 마주하는 풍경이 동화를 비롯하여 다양한 예술 장르에 영향을 끼친다는 것[28] 김구용이 말하고 있는바, 문학에서 바다와 여인의 결합은 생명의 상징으로서 수많은 형

---

27 1940년 부친의 죽음 이후 김구용의 일기에서는 자신의 무능력과 그것을 감내하는 어머니에 대한 일화가 자주 등장한다. "나의 무능을 증명하는 험한 길이 나타난다."(54), "나는 허약한 나를 보고 있다."(55), "자비여, 저에게 건강을 주시오."(66) 등 비관적 상황인식이 두드러진다. 그런데도 "수십 년 동안 고이 간직했던 물건이 일조에 다 없어졌다. 내 시집올 때 받았던 패물들은, 네가 장가가면 며느리에게 줄 작정이었는데, 그것도 허사가 됐다. 이 돈을 줄 테니, 사고 싶은 책이나 사서, 어미가 전하는 것으로 삼아라."(75)라며 그간 모아둔 돈을 주는 어머니의 일화에서 알 수 있듯, 가족들의 물적 지원 속에서 산사 생활을 이어갈 수 있었다. 이런 개인사 속에서 김구용은 어머니 표상을 '백의관세음보살'로 그리고 있는 것으로 볼 수 있다.

28 김구용, 「바다와 여인」, 『김구용 문학 전집 6:인연』, 솔, 2000, 27~32쪽.

태로 변주되었다. 그런데 김구용은 여기에서 '현재의 없음'을 본다. 이 바다와 여인의 풍경의 대척점에 현재가 놓이는 것이다. 그 때문에 현재는 곧 불임의 시간이 된다. 불임의 현재를 없애고 생명의 상징으로 가득 찬 미래적 순간을 이 시는 그리고 있는 것이다. 현재를 극복하는 것은 결국, 영원이어야 한다. 영원한 생명, 시간을 초월한 생명이어야 한다. 그 때문에 3연에서 "꽃이 스스로 핀다"로 귀결된다. 스스로 피는 이 바다의 꽃은, 4연의 "큰 나신(裸身)이/ 바다의 꽃에 앉아/ 소라를 분다./ 잎사귀에 올려놓은 맨발,/ 여기는 현재가 없다."에서 알 수 있듯 곧 관세음보살이 자리하는 곳이다. 불모와 불임의 현재를 극복하는 영원한 생명의 시간에 대한 인식은 극한의 상황을 그리고 있는 「절벽(絶壁)」에서도 이어진다.

해는 무한으로 저문다.

그들의 육신이
싸늘한 절벽에
깃발로 펄럭인다.

시간도 없는 시선이
석각(石刻)에서 날개를 편다.

청동빛 기름이 단면에 흐르는
구천(九天),
바람이 분다
무거운 연기(緣起)의 바퀴 소리.

-「절벽(絶壁)」부분

1연의 무한으로 저무는 해는, 현실을 초극하는 시간의 흐름을 뜻한다. 이는 「바다의 꽃」에서 나타난 '현재의 없음'을, 영원과 무시간성을 의미한다. 즉, 불교적 시간관이 이 시의 내면에 깔려 있다는 것을 암시하는 것이다. 이는 2연과 3연에서도 마찬가지로 드러난다. 2연에서 화자가 절벽에 있는 시신을 보고, 이를 통하여 인식하는 것은 "시간도 없는 시선", 즉 불교의 원환론(圓環論)적 시간관이다. 불교에서는 시간의 실체를 인정하지 않기에, "시간도 없는 시선"이란 곧 절벽에 놓인 시신을 바라보는 불교의 시선인 셈인데, 이것은 곧 육감으로 느낄 수 있는 시선이다.

윌 라이트는 시란 대상이 지닌 실재(reality)의 의미인데, 일상의 언어가 늘 실재와는 어긋나고 있다는 것을 전제로 하고 있다고 주장한다. 그 때문에 윌 라이트는 시의 언어가 대상의 실재를 드러내고 있다고 보며, 이를 통하여 예각성(presential)과 긴장성(tensive), 통합성(coalescent)과 상통성(interpenetrative), 투시성(perspectival)과 잠재성(latent)을 지니고 있다고 한다.[29] 여기에서 김구용이 보이는 것은 바로 예각성이다. 윌라이트 또한 예각성을 불교와 관련지어 설명하고 있다. 즉, 타자를 물질이나 도구가 아닌 하나의 실존으로 대할 때 인식할 수 있는 진실을, 타아(他我)의 실존 속에 스스로 타자가 되었을 때 그 대상이 보여주는 진실을 말하는 것이다. 이 예각성을 통하여 김구용은 불교의 원환론적 시간관이 석각 위에 날개를 그린다고 말할 수 있게 된다. 그리고 이것은 "무거운 연기(緣起)의 바퀴 소리"가 되어 들려온다. 앞서 언급했듯 불교는 연기(緣起)에 의하여 모든 만물이 생성되고 소멸한다고 파악하고 있다. 그런데 시의 화자가 이 연기가 무겁다고 느끼는 까닭은 시의 화자가 절벽에서 보고 있는 "그들의 육신" 때문이다. 그리고 이

---

29 필립 윌라이트, 김태옥 옮김, 『은유와 실재』, 문학과지성사, 1982, 153~154쪽.

것을 바퀴 소리로 인식하고 있다는 것은 원환론(圓環論)적 시간관, 즉 윤회의 바퀴 소리를 의미한다. 그리하여 「절벽(絶壁)」은 아래와 같이 끝맺는다.

> 마침내
> 그들의 조각이
> 노래하는 금오(金烏),
> 석벽(石壁)은
> 열매를 맺는다.
>
> - 「절벽(絶壁)」 부분

이처럼 김구용의 초기 시에서 두드러지는 것은 불교적 시간의식을 바탕으로 한 세계관이다. 이는 그의 개인사와 겹쳐지면서, 어머니의 표상으로 떠오르고, 이를 바탕으로 선재하고 있던 원본적 체험이 드러나면서 시간적 배경으로서 파지작용이 형성된다. 시의 형식적 실험이나 현실에 대한 반영으로서의 시를 추구하기 전에 쓰인 이 작품들 속에서 발견되는 이와 같은 특성들은 김구용의 중기나 후기의 작품들에서도 나타나고 있다. 하지만 초기 시를 지나면서 만나게 되는 것은, 중편 산문시라 일컫는 난해한 실험들이다. 이 실험의 목적이 무엇이고, 왜 이런 실험에 그가 매진했는지, 그리고 그것이 가지고 있는 문학사적 함의는 무엇인지를 가늠했을 때 김구용의 시 세계를 다시 정립할 수 있을 것이다. 물론 1950년대부터 1960년대 초반까지 이어지는 김구용의 시 세계에는, 초기 시와 유사한 형태의 불교풍의 시 또한 존재하고 있다. 하지만 김구용의 시 세계를 파악하는 데 있어서 가장 중요한 논제는, 바로 난해의 장막을 걷어내고 그 속에 존재하는 것이 무엇인지를 살피는 것일 테다. 1950년에 쓴 작품 중, 그 시작점에 있는, 변화의 기점이 되는 작품은 바로 「실내」이다.

2.2. 도시 체험과 이분법적 사고관

1950년을 기점으로 김구용의 시 세계는 변화가 생기기 시작한다. 이는 한국전쟁 체험과 부산에서의 생활이 그 원인이 된 듯하다. 10년 넘는 기간 동안 동학사에 머물며 자기 수련의 시간을 거쳤다면, 이 시기를 기점으로 외부 세계와의 접촉이 비로소 시작되었기 때문이다. 특히나 부산에서의 체험은, 김구용이 남긴 일기의 분량에서도 알 수 있듯[30] 그에게 강렬한 인상으로 남겨져 있다. 매일 다방에서 문인들을 만나며 교우하고, 『사랑의 세계』 기자와 상명여자중고등학교 교사를 비롯하여 다양한 직업을 전전하면서 힘든 시절을 겪었다. 그의 일기 곳곳에는 이 시절의 괴로움이 잘 드러나 있다. "부산에서 이러고 있는 것이 기적 같기만 하다. 여러분에게 신세만 지는 것 같아서 신경이 쓰인다.", "그러고 보니 내가 사람 노릇을 못한지도 오래다. 뭐고 참는 힘밖에 없다.", "반 거지 같은 선배들의 술이나 얻어 마시며 홀몸인 나는 시켜먹은 밥값도 못 내리만큼 동정을 받는다. 세상만큼이나 내가 미웠다.", "어린아이에게 몰려나듯 밖으로 나왔다. 먹을 만한 장소가 없다. 뒷골목으로 접어들면서 군고구마를 한입 덥석 씹었다. 조금도 슬프지 않았다. 그런데 두 눈이 축축했다." 등의 기록에서 알 수 있듯, 현실은 그에게 실제로 다가와 있었다. 이전의 시에서 살펴본바, 불교적 시간의식을 바탕으로 한 '현재의 없음'은 이 시기의 김구용에게 불가능했다. 그 때문에 이 시기부터 김구용은 다양한 시도들을 통하여 변화를 꾀하기 시작한다. 특히 「실내」와 「피곤(疲

---

30 부산 피란 시절 쓴 일기의 분량에 대해서는 39페이지 각주 142번을 참조.

困)」은 한국전쟁 발발 전에 쓰인 작품으로,[31] 현실과 정면으로 맞닥뜨리기 시작한 김구용의 의식을 잘 보여주고 있다.

> 벽에는 에덴동산이 한 폭 걸렸을 뿐. 뱀은 거울 깊이에서 또아리를 틀며 불을 뿜는다. 제 몸인 나를 노려본다. 곡조는 미처 날뛰는데, 벽은 문이 아무 데도 없다.

> 암뱀은 나를 칭칭 감아 애무한다. 운율(韻律)은 속속들이 파고 들어와 찬 땀이 내 살갗에 솟는다. 여자는 피를 달라며 조른다. 잎사귀의 독한 냄새가 코를 찌른다. 고름이 그 사이로 흐른다. 한낱 썩은 능금이었다.

> ─「실내」 전문

「실내」는 김구용의 시 중에서 기독교가 제재로써 사용된 첫 번째 시이다. 에덴동산이 그려진 그림이 걸린 벽, 음악이 흐르는 것 등으로 미루어 보건대, 이 시의 공간은 부산의 한 다방으로 보인다.[32] 시의 화자는 에덴동산을 그린 그림을 보고 있다. 그리고 거기에서 불을 뿜고 있는 뱀을 본다. 그런데 이

---

31 김구용 전집을 기준으로 1950년에 쓰인 작품은 「실내」, 「피곤(疲困)」 외에 「유리창」, 「잎은 우거졌는데」, 「해바라기」 등 다섯 작품인데, 뒤의 작품들은 모두 한국전쟁을 시적 배경으로 삼고 있다. 김구용의 일기 또한 1949년 이후 1952년으로 이어지는바, 한국전쟁 중의 기록은 없는 상태이다. 하지만 1949년 기록을 토대로 하고 각 텍스트의 배경을 중심으로 살펴보면 「실내」, 「피곤(疲困)」은 도시적 일상을 바탕으로 구성되어 있는바, 한국전쟁 전에 쓴 작품으로 보는 것이 옳아 보인다.

32 김구용의 일기에서 다방에 대한 기록이 처음 나온 것은 1949년 6월 7일이다. 전날 김동리를 찾아가 작품 게재에 대한 답을 듣고, 그의 소개로 당시 문인들이 자주 모이던 소공동 플라워 다방을 알게 된 것이다. 이곳에서 김구용은 박목월과 김동리 등을 만난다. 김구용은 한 달여간 서울에 머물며 이곳에서 여러 문인을 접하지만, "다방은 사색이나 명상의 해저(海底)는 아니었다. 재주와 위트의 공원(公園)이었다."(김구용, 『김구용 문학 전집 5:구용 일기』, 솔, 2000, 190쪽.)라고 평한다.

뱀은 "제 몸인 나를 노려본다." 뱀이 곧 자신이라고 말하는 것을 반기독교적인 인식이라 읽을 수 있지만, 이는 성적 욕구의 현현이라고도 보는 것이 타당해 보인다. 뱀과 불, 나신(裸身)으로 있을 에덴동산의 풍경, 그리고 미쳐 날뛰기 시작하는 음악들은 이를 증명한다. 그리고 "벽은 문이 아무 데도 없다."라고 말한다. 이 욕망에서 벗어날 수 없음을, 말하는 것이다. 이처럼 욕망에 뒤엉키는 화자의 모습은, 이전까지 김구용의 시에서는 볼 수 없었다. 이 욕망의 풍경은, 곧 기독교로 표상할 수 있는 서양정신에 대한 김구용 인식의 단면을 보여준다. 욕망으로 가득 찬 실내의 풍경은 그가 서 있는 곳이 현실과 유리된 산방이 아니라 서구화된 도시임을 말하고 있다. 도시라는, 새로운 외적 현실과의 접촉이 그의 시에서 이와 같은 성적 욕망으로 나타나는 것이다.

2연에서는 뱀이 육체를 애무하고, 몸에서는 땀이 솟아나는 등 욕망에 구속된 화자의 모습이 그려진다. 뱀은 암뱀이 되고, 다시 피를 달라고 조르는 여자가 된다. 성적 환상에 사로잡혀 있는 화자는, 나신(裸身)을 가리고 있는 잎사귀에서 지독한 냄새를 맡고, 흐르고 있는 고름을 본다. 그리고 이 성적 욕망에서 비롯된 환상이, 그것을 바탕으로 하는 도시라는 현실이 곧 "한낱 썩은 능금이었다."라고 말한다.

1949년 5월 중순, 서울에 도착한 김구용은, 요릿집을 숙소 삼아 머물며 도시를 체험하고, 다방을 중심으로 교류하던 문인들을 만난다. 김동리를 통하여 『신천지』에 작품을 발표하고, 성균관대학교에 입학하는 등 일신상에 있어서 큰 변화를 만든다. 하지만 그가 머물던 요릿집은 밤마다 술에 취한 취객들의 소리로 가득했고, 서울에 머물던 탓에 아버지의 제사에도 처음으로 가지 못하고, 다방에서 마시는 찻값마저도 그에게는 부담스러울 정도였다.[33] 현실의 풍경과 마주한 김구용의 의식은 자연스럽게 자신의 처지에 대한 비관과 외적 현실에 대한 비판으로 향한다. 이 시기 김구용은 "문명의 여독과 의욕은 고민한다.…(중략)…썩는 냄새가 지속한다. 모순은 생각하게 할 것이다. 고통은 새로운 방법을 찾아야 할 것이다."라고 적고 있다. 서구의 문명이란 것은 늘 사람들을 고민하게 하지만, 실상 그것은 썩은 냄새가 진동하는 것이다. 그 때문에 새로운 방법을 찾아야 할 것으로 생각한다. 문명을 바탕으로 하는 "물질로써 부족한 점을 채울 수는 있으나 정신으로써 평화를 얻기는 불가능한 상태였다."[34] 그 때문에 김구용은 한없는 정신과 정밀한 육체가 서로 긴밀하게 연결되어야 하듯, 물질과 정신이 호응을 이루어야 한다고 주장한다. 이 주장에서 김구용은 물질과 정신이라는 이항 대립적 사고의 틀을 보여주는데, 이는 곧 물질문명과 정신문명, 서양과 동양이라는 틀의 시작점이 되고 있다. 이런 양상은 도시의 풍경을 묘사하고 있는 「피곤(疲困)」에서 더 두드러지게 드러난다. 동시에 시의 형식에서도 산문시로의 급격한 선회를 보인다.

> 광명이 밤 길거리의 매력이라면 무엇이 나타난다는 말인가. 나는 걸을 때 과일집, 이발관, 구두점, 극장, 다방, 은행, 골동상, 포목전, 고깃간, 악기점, 요릿집, 책집, 백화점, 운동 기구점, 인쇄소, 관공서, 신문사, 이러한 연속에서 혹란(惑亂)한다. 생각은 직업에 부침(浮沈)하는 군중들로 휩쓸린다. 공간에 꾸겨지는 호흡이 무겁다.
>
> ─「피곤(疲困)」 부분

---

33 김구용, 『김구용 문학 전집 5:구용 일기』, 솔, 2000, 182~190쪽.
34 위의 책, 191쪽.

「피곤(疲困)」의 도입부는 산문시의 형태로, 도시를 걷는 화자의 시선에 따라서 서술되고 있다. 불을 밝힌 도시를 걷기 시작하여, 자정 넘은 시간에서야 집으로 돌아오기까지의 풍경과 심리상태의 묘사가 이 시의 주된 흐름이다. "광명"으로 가득 찬 수많은 가게를 걸으며 화자는 "혹란(惑亂)한다." 오랜 기간 동안 절에 머물던 김구용에게 도시는, 새로운 발견이다. 도시의 발견은, 일상생활뿐만 아니라 심리적 변화에도 결정적인 요인이 된다. 그 때문에 도시라는 공간에서 마주치는 다양한 풍경들에 대하여 김구용의 화자가 '혹란'을 느끼는 것은 자연스러운 귀결이다. 그리고 그 역시 도시적 삶을 강요받기 때문에, "생각은 직업에 부침(浮沈)하는 군중들로 휩쓸린다." 그리고 도시라는 공간이 요구하는 현재성은 화자에게 소외를 불러일으킨다. 이는 "가지가지 색채, 조형, 음향이 나를 부르는 진열창의 내부 앞에서 의욕은 덜미를 잡혀 반대편 아스팔트 위로 나동그라진다."로 표현된다.

현대적 도시가 요구하는 시간성은, 형형색색의 현란한 밤거리와 그곳을 빠르게 배회하는 사람들의 행렬로 표현된다. 이는 일시성과 우연성으로 나타난다. 즉, 과거와 현재, 미래가 계기가 되어 연결된 선조적 시간이 아닌 파편화된 시간이다. 이 파편화된 도시의 시간은 "헤드라이트가 계속 내 그림자를 양단한다."를 통하여 시의 화자 또한 파편화한다. 도시는 소외를 만들고, 일시성과 우연성으로만 구성된 파편화된 시간으로 나타나는 것. 그리고 화자 자신 또한 그 시간성에 의하여 파편화하는 것이다. 이와 같은 양상은 아래에서도 이어진다.

누구나 한 물체가 두 개 이상의 불빛에 의해서 꽃잎들로 분현(分顯)하는 사태를 유의할 것이다. 그러한 분열을 모르는 바는 아니나 날마다 지나던 곳에서 그날 밤처럼 그러한 자기 자신을 본 적은 없다. 내가 위도(緯度)를 벗어나 골목으로 들어서기 직전에 불빛들은 호젓이 보인다. 두 전주(電柱) 위의 전등들과 변호사 사무소의 외등 등 이들 광선의 교차점에 이르렀을 때였다. 간데라 불을 든 직공이 앞에서 온다. 꽃잎들로 분현한 나는 간데라 불의 이동에 따라 기계가 되어 마구 돈다.

- 「피곤(疲困)」 부분

일시성과 우연성으로 점철된 도시라는 공간의 현재성은 소외화와 파편화를 불러일으키는데, 이는 도시라는 공간을 시간으로 체험하는 공간의 시간화라고 볼 수 있다. 그리고 선조적인 동일성의 시간에 대한 저항으로서 시간을 파편적으로 구성함으로써, 인과적 계기는 사라지게 된다. 동시에 주체는 일상을 통시적 시간의 흐름이 아닌 파편적으로 놓인 병치로 인지한다. 도시라는 공간, 모더니즘의 공간은 결국 시간적 계기를 상실한 무시간적 공간 경험인 셈이다.[35] 그리고 이 무시간적 공간이 병렬관계로 놓이고 있다는 것을 "꽃잎들로 분현한 나"로 표현하는 것이다.

한국전쟁 발발 전, 등단이라는 절차를 거친 김구용은 도시 체험을 바탕으로 미적 모더니티의 특성을 드러내는 시를 시도하고 있었다. 이를 드러내기에 적확한 형식으로 산문시를 선택하였으며, 「피곤(疲困)」에서는 도시라는 공간을 시간화함으로써, 그것의 파편화를 그려내고 있었다. 하지만 "나의 능력은 아무 소용이 없음을 고백한다"라는 「피곤(疲困)」의 시구에서 알 수 있듯 김구용에게 더욱 강렬한 내적 동기로 작동하고 있는 것은 자신이 이 도시로부터 배제되었으며 소외되었다는 감각이다. 이는 일종의 방어기제로서 작동하는데, 그 때문에 「실내」에서는, 육체와 정신-물질과 정신-물질문명과

---

35 나병철, 『근대성과 근대문학』, 문예출판사, 1995, 184~188쪽 참조.

정신문명-서양과 동양이라는 이항 대립적 사고로서 나타난다. 이와 같은 이항 대립적 사고는 근대성에 대한 (저항이 아닌) 부정으로 자리하기 마련이다. 「실내」에서 발견할 수 있는 동양과 서양에 대한 가치관은 이후 김구용의 시 세계 및 시론에 있어서 반복적으로 나타나고 있다. 결국, 「피곤(疲困)」과 「실내」는 이후 이어지는 김구용의 과격한 형식실험의 단초를 보여주고 있으며, 그 내재적 원인 중 하나를 증거하고 있다고 볼 수 있다.

선형적 시간과
근대 극복의 양상

앞장에서는 김구용의 초기 시를 살펴보면서, 지향적 체험으로 자리하고 있는 것들을 살펴보았다. 그것은 어머니 표상과 유년기부터 시작된 산사 생활로 비롯한 불교적 세계관으로서, 이는 중편 산문시를 쓰는 시기에 변양된 형태로 나타나기 시작한다. 이것들이 변양을 일으키는 것은, 그 과정에서 의미를 획득하기 때문이다. 이것들은 각 경험 간의 연관을 통하여 이루어지는데, 의미를 획득한다는 것은 주체가 의도적으로 지향성을 추구한다는 것을 말한다. 하지만 후설에게 "이 경험 연관 자체는 철저하게 동기부여의 연관 그 자체이다. 새로운 동기부여를 취하고 이미 형성된 동기부여를 바꾸어놓는 연관이다."[1] 그 때문에 본 장에서는 김구용의 중편 산문시에서 변양되는 지향적 체험들이, 그것들에 부여된 동기에 의하여 관념적으로 조작된 것들이고, 일회성의 기억인 회상(재기억)의 형태로 솟아난 것임을 증명할 것이다.

이를 위해서 다루고자 하는 시 텍스트는 중편 산문시에 해당하는 「소인(消印)」, 「꿈의 이상」, 「불협화음의 꽃 II」이다. 그 명칭에서 알 수 있듯 각 텍스트별로 방대한 분량을 갖고 있기 때문에, 먼저 각 텍스트의 간략한 시적 서사 구조를 살피고, 그 속에 배치된 각 인물의 특성을 살필 것이다. 또한, 그

---

1   에드문트 후설, 최경호 옮김, 『순수 현상학과 현상학적 철학의 이념들』, 문학과지성사, 1997, 203쪽.

인물들이 주체와 맺는 관계의 양상과 극적 사건을 통한 그것의 재배치를 살펴며 그 속에서 발생하는 환상의 성격을 규명할 것이다. 이에 앞서 김구용이 중편 산문시를 쓰게 된 이유를, 그의 시론을 통하여 간략하게 알아보자.

1950년에 쓴 「피곤(疲困)」과 「실내」 이후 김구용은 중편 산문시라 불리는 일련의 작품들을 구상한다. 위 두 작품은 한국전쟁 전에 쓴 것으로, 이후 이어질 그의 시적 실험의 단초를 보여준다. 하지만 그가 매진했던 소설에 가까운 방대한 분량의 중편 산문시들은 그 실험의 과격함으로 미루어 보건대, 전쟁 체험이 강렬한 내적 동기로 작동했음을 알 수 있다. 체험의 밀도가 실험의 밀도로 이어진 것이다. 김구용의 이와 같은 실험은 그의 전체 시 세계를 개괄했을 때, 돌올하게 솟아나 있을 뿐 아니라, 1950년대 한국 현대 시사를 살펴볼 때 또한 마찬가지라고 할 수 있을 만큼 과격했다. 김구용에게 꼬리표처럼 따라다니는 '난해함' 또한 이 시기 작품으로부터 연원한 것이다. 대표작이면서도 문제작을 배태한 이 실험들은, 「피곤(疲困)」과 「실내」에서 보인 단초들을 치밀하게 구성하고 전략적으로 배치하여 확장한 것이다. 그리고 김구용은 1962년 쓴 「9월 9일」을 끝으로 더 이상 중편 산문시의 세계로 돌아가지 않는다. 왜 이 시기에 유독 김구용은 중편 산문시에 집중하였을까, 또 왜 그 이후로는 중편 산문시로 돌아가지 않았을까? 먼저 김구용의 시론을 통하여 이와 같은 실험에 매진하게 된 이유를 살펴보자.

김구용은 "내 시를 위한 필독의 서(書)는 현실이며, 자아의 인간 본성만이 초점이라고 생각하고 있다."[2]라며, 현실에 대한 감각을 강조한다. 또한, 그는 "한국전쟁 중에 죽고 사는 문제가 코앞에 있는데 선배들이 산천초목과 자연

---

2   김구용, 「나의 문학수업」, 『김구용 문학 전집 6:인연』, 솔, 2000, 376쪽.

만 노래하는 것에 회의를 느껴 산문시를 썼다"[3]라고 한다. 한국전쟁의 참상과 그것으로 인한 폐허는, 식민지 시대 10여 년 동안 동학사에서 지내던 김구용에게는 감당할 수 없는 충격이었다. 게다가 그는 한국전쟁 당시 임시수도였던 부산에서 마땅히 잠잘 곳도 없이 전전긍긍하며, 극심한 경제적 곤란을 겪었다. 하지만 김구용은 고통스러웠던 부산 피난 시절 속에서도 "단 한 줄의 글에도 정신이 스며 있는 사물을 만들어야 할 것 같다. 시는 감정이 아니다. 멋진 묘사만도 아니다. 살아가면서 변형하는 생명이다. 외적인 계절과 내적인 생각에서 느릿느릿 일어나는 빛"[4]이라고 적고 있다. 끝끝내 정신을 지키면서, 김구용이 쓰고자 했던 것이 선배 세대들이 노래한 자연 초목일 리 없다. 도리어 그것은 바로 지금 여기의 폐허인 현실일 것이다. 그가 노리고 있었던 것은, 근대 모더니티의 폭력이라는 현실에 압도당하지 않으면서도, 그것을 응시하고 기록하는 것이었다.

또한, 김구용은 "시의 심도와 중압은 난해성으로 나타난다. 그것은 난해한 현실을 이해한 까닭이라 할 수밖에 없다."[5]라고 말한다. 난해함. 어쩌면 유복한 유년 시절을 지나, 10여 년을 동학사에 머물던 김구용에게 모더니티의 도시, 그것도 전쟁 속의 임시수도인 기형의 도시 풍경과 그 속에서 겪는 경제적 빈곤은 그 자체로 난해함의 증좌가 될 것이다. 결국, 김구용 시의 산문화는, 한국전쟁이라는 참상과 이로 인한 난해한 현실을 해석하기 위한 어찌할 수 없는 선택지였다. 그의 논리를 따라가자면, 현실이 "괴미(怪美)한 현대시"를 발생하도록 그 "온상"을 마련했기 때문이다. 즉, 김구용에게 형식적

---

3 김구용, 「나의 문학, 나의 시작법」, 『현대문학』 1983.2, 128쪽.

4 김구용, 『김구용 문학 전집 5:일기』, 솔, 2000, 280쪽.

5 김구용, 「눈은 자아의 창이다」, 『김구용 문학 전집 6:인연』, 솔, 2000, 432쪽.

괴미함은 곧 현실에 대한 대응의 밀도이다. 근대가 가지고 온 비극에 휩쓸리지 않고, 끝끝내 그것을 성찰하고 기록하며 증언하는 것. 그것이 김구용에게는 시의 산문화로 나타난 것이다. 그 때문에 김구용의 시에서 산문성의 밀도와 현실에 대한 대응의 밀도는 비례하는 것이라고 볼 수 있다.

그러나 「소인(消印)」, 「꿈의 이상」, 「불협화음의 꽃 Ⅱ」 등 중편 산문시 중 대표작으로 꼽히는 이 작품들 이후 선시풍의 작품들을 보이며 급격한 선회를 보여준 변모 양상을 미루어 볼 때, 이 시기의 실험은 현대라는 모더니티에 대한 대응이라기보다는 식민지와 한국전쟁, 민주화 혁명 등으로 점철된 한국의 근대사, 특히 중편 산문시가 집중적으로 쓰였던 1950년대에 대한 대응이라 할 수 있다. 즉, 김구용 시가 산문화되며 난해의 장막으로 들어가게 된 것은 그가 막 등단한 후 외부 세계와 처음으로 접촉하기 시작했던 1950년대에 한정된 대응인 셈이다.

물론 이와 같은 시의 난해화는 김구용 개인에게만 나타났던 것은 아니다. 이어령은 당시 "포에틱이 병적으로 과장"[6]되었다며 이 시기에 전쟁용어, 군사용어, 정치용어, 관념적인 철학 용어가 무분별하게 도입되었다고 지적한 바 있다. 이런 당대의 흐름에 "산문에 무조건 항복"하는, "반미적(反美的) 내지 반예술적(反藝術的)인 성분의 시"[7]라는 김구용의 작품에 대한 유종호의 지적을 겹쳐 생각한다면, 김구용의 시가 1950년대 시가 보여준 병적으로 과장된 포에틱의 최대치라고 말할 수 있다. 최대치. 만약 김구용이 쳐놓은 난해의 장막 안쪽에 당대의 유행하는 시류만 존재한다 하더라도, 그것은 최대치이기에 당대 모더니스트들의 이데올로기적 한계와 그 극복의 방향성을 담

---

6   이어령, 「戰後詩에 대한 노오트 二장」, 『한국전후문제시집』, 신구문화사, 1963. 10, 329쪽.

7   유종호, 「불모의 도식-상반기의 시단」, 『문학예술』, 문학예술사, 1957. 7. 189~192쪽.

지할 수 있는 바로미터가 될 것이다. 그 때문에 이러한 의식 틀로 김구용을 바라볼 때, 난해의 장막에 싸인 그의 시만을 분석한다면 편협한 결과가 나올 수밖에 없다. 난해함이라는 김구용 시 세계의 특질이 도리어 그의 시 세계를 협소하게 보도록 만들기 때문이다. 기법에 치우친 연구만으로는, 부족하다는 것이다. 그 때문에 시뿐만 아니라, 그의 시론과 산문 등을 면밀하게 살펴봐야 하며, 그 사이들의 균열을 포착해내야 한다. 시론에 대한 논의는 Ⅴ장에서 이어간다.

본 장에서는 먼저 김구용의 중편 산문시 중 대표작으로 꼽히는 「소인(消印)」, 「꿈의 이상」, 「불협화음의 꽃 Ⅱ」의 변화 과정을 살펴보고자 한다. 이 세 텍스트는 앞서 언급한 「피곤(疲困)」과 「실내」에서 보여준, 도시라는 모더니티 공간을 시간화하는 양상과 근대에 대한 부정이라는 두 개의 축 속에서 구성되며, 그것의 완성과 확장을 향하여 가고 있다. 이 과정을 밑절미 삼아 Ⅴ장에서는 김구용의 시론을 통하여 변화의 양상을 역추적하고, 이를 바탕으로 1960년대 이후 보인 김구용의 시적 전회의 연원을 따져보고자 한다.

1. 자기희생과 미완의 극복

1.1. 지속과 순간

김구용의 시 세계를 살펴보기에 앞서 김구용의 초기 시 세계의 변모양상을 짚어보자. 먼저 김구용의 전집에 나온 각 시 텍스트의 집필 연도에 따르면[8] 1940년 7월부터 1949년 4월까지 동학사에 은둔하며 썼던 작품들은 29편으로, 그 내용은 대부분 산천초목과 자연, 그리고 절의 풍경을 대상으로 쓰이고 있다. 시의 형식 역시 자유시 14편, 산문시 15편으로 분류할 수 있다. 이 시기 김구용의 작품들은 시의 내용 및 형식에 있어서 전통적 시에서 크게 벗어나지 않았다고 볼 수 있다. 그런데 1950년 한국전쟁이 발발한 이후 1953년 휴전협정을 맺기까지 쓰인 57편 중 산문시의 비중은 47편으로 급증한다. 그 후 1962년 쓰인 마지막 산문시 「9월 9일」 전까지 73편을 쓰고, 그의 대표작이자 문제작이라 할 수 있는 중편 산문시인 「소인(消印)」, 「꿈의 이상」, 「불협화음의 꽃 Ⅱ」 등이 첫 시집 『詩』에 실린다. 이 세 편의 시는, 각각 김구용의 중편 산문시가 어떠한 방식으로 발전해왔으며, 그것이 왜 중단되었는지를 증명한다. 각 편의 시가 김구용의 시 세계가 보여주는 변모 과정은, 곧 그의 시론 속의 세계관과 상호작용을 일으킨다. 먼저 살펴볼 것은 이 세 텍스트 중 처음 쓴 작품으로서, 시적 서사가 가장 뚜렷한 「소인(消印)」이다.

「소인(消印)」(1957) 등 중편 산문시에서 두드러져 보이는 것은 근대적 도시 풍경이다. 김구용의 시 세계에서 근대적 도시 풍경을 치밀하게 구성하는 양상은 이 시기의 산문시에서만 나타난다. 이는 이 시기 그가 썼던 중편 산문시들이 본인의 시적 의도 속에서 당대와 긴밀하게 연결되어 있다는 것을 뜻하며, 그 이후의 작품들은 그것을 은폐하거나, 아니면 김구용이 생각하는 시의 본질적 가치관에 더 집중했다는 것을 말한다.

먼저 「소인(消印)」에서는 김구용이 바라보고 있는 도시적 공간의 특성이 잘 나타나고 있다. 김구용에게 근대적 도시는 타인의 시선으로 이루어진 공간이다. "우리는 모든 자신을 주위로부터 발견하는지 모른다"라는 시적 화

---

8   김구용, 『김구용 전집 1:시』, 솔, 2000.

자의 진술은 김구용이 이를 인지하고 있음을 뒷받침한다. "도시는 자연의 한 요소만 없어도 살지 못할 땅 위에서 힘을 자랑하나 내용은 상실되어 있다. 그것은 애급(埃及)의 미라나, 또는 화석보다 허무하도록 느끼는 무덤이 아닌 감방 속 자세였다."에서처럼 이런 도시에서의 삶은 이미 수인(囚人)의 삶과 다름없다. 하지만 이 수인은 도시에 안착하지 못하고 있는 존재이다. 근대도시에 갇힌 수인이지만, 그곳에 안정적으로 안착하지 못한 것. 이런 이들의 감정 상태는 불안이나 분노, 혹은 권태이다. 이는 「소인(消印)」에서 드러난 시적 화자의 성격에서 뒷받침된다. 또한, 「소인(消印)」뿐만 아니라, 뒤이어 살펴볼 「꿈의 이상」, 「불협화음의 꽃 Ⅱ」에서도 같은 성격의 전형적인 인물이 나타나고 있다. 전형적인 인물이 계속 등장한다는 것은, 이들이 김구용 자신의 주관적 체험을 기대어 구성되었다는 것을 의미한다. 주관적 체험이 중심이 되어 있다는 것은, 이 체험들이 "시공간적인 거기 존재하는 자(Daseiendes)"[9]로서 주체를 정립하여, 실재의 지족성과 내용을 지닌 존재라는 것이다. 모든 주체는 자신의 체험 속에 살고 있으며, 이 체험 속에는 내실적이고 지향적인 것들이 포함되어 있기 때문이다.

> 현실태적인 모든 체험-현재에 내용상으로 정확히 대응하는 상상 체험-현재가 상호 대응하고 있다. 그러한 모든 상상 체험은 "실제적으로" 현전적으로 존재하는 것이 아니라 "마치" 현전적으로 존재하는 것처럼 특성 묘사되고 있다.…(중략)…
>
> 이리하여 근원적인 시간 의식 자체는 지각 의식처럼 기능하며 이에 대응하는 상상 의식 속에 그 대응 짝을 갖고 있는 것이다.[10]

---

9 에드문트 후설, 최경호 옮김, 『순수 현상학과 현상학적 철학의 이념들』, 문학과지성사, 1997, 87쪽.
10 위의 책, 400~401쪽.

하지만 후설은 시간의식에 있어서 모든 체험이 현실태적으로 존재하면서, 연속적인 내적인 반성 작용을 일으키지는 않는다고 지적한다. 지속을 만들어가는 파지와 예지, 그리고 그것들이 통합된 살아 있는 현재로서의 '지금'이라는 시간의식을 구성하기 위해서는, 내재적인 지각이 필요하다는 것이다. 먼저 「소인(消印)」의 기본적인 시적 서사 구조 및 인물들을 살펴보고 이를 통하여 역추적해보자.

「소인(消印)」은 "녹빛 외투 여자"를 살해한 혐의를 받는 "나"의 서술에 의해서 진행되고 있고, 나의 서술은 현재와 과거, 현실과 환상이 교차하고 있으며, 단락 구분 또한, 거의 없어 그 각각의 내용을 살피는 데 주의를 요한다. 주어진 텍스트의 흐름만을 따라가다 보면, 주의 깊게 봐야 할 부분과 그렇지 않은 부분을 놓치기에 십상이다. 그 때문에 「소인(消印)」을 살펴볼 때 중요한 것은 사건의 전개과정 자체가 아니라 그에 따른 '나'로 서술되는 1인칭 화자의 심리와 그 사건에 연관된 주요 인물들이다.

먼저 「소인(消印)」의 주요 등장인물은 나, 녹빛 외투 여자, 나의 인형(人形), 취조관, 강간범이다. 순차적으로 시적 서사를 간략하게 정리하면 다음과 같다.

나는 미국으로 시찰을 가는 동창의 환송회에서 돌아오는 길에, 전차에서 고액의 지폐밖에 없어서 운전수와 다투던 녹빛 외투 여자 대신 전차 표를 내준다. 나를 따라 전차에서 내린 녹빛 외투 여자의 권유를 못 이겨 함께 다방에서 차를 마신 나는, 사례를 하겠다는 그녀에게 나의 직장명과 이름을 써준 후 헤어진다. 그날 밤 나는 "나의 인형"과 밤을 보낸다. 그리고 다음 날, 나는 녹빛 외투 여자의 살해범으로 몰려 체포된다. 살인 혐의로 취조를 받으며 독방에 갇혀 있던 나는, 감옥 내에서 남색(男色)을 하려다 실패한 강간범과 한방을 쓰게 된다. 그리고 나에게 자살을 찬양하는 그의 목을 죈다. 몇 차례의 취조 후, 강간범을 남기고, 나는 다른 곳으로 옮겨진다.

「소인(消印)」에서 주목되는 몇 가지 요소가 있다. 먼저 1인칭 시적 화자인 나의 서술 형식과 나의 주된 감정이 그리는 변모 양상이다. 나에게 가장 두드러지는 감정은 권태이다. 나는 억울하게 수감되어 있으면서도 그 현실에 크게 저항하지도, 그렇다고 자기 자신을 열렬하게 변론하지도 않는다. 이런 비현실적 성격은, 수감 전 생활에서도 마찬가지였을 것이다. 도시라는 공간은 이미 나에게 곧 감옥과도 같기 때문이다. (화자는 처음 녹빛 외투 여자를 만난 전차의 운전사 역시 "직업의 노예"라고 평가하고 있다) 도시의 밤은 어떠한가. "앙상한 길거리의 불들이 그날 밤도 안구(眼球)들을 빛내며 있었다. 밤은 압력과 축적(蓄積)으로 이루어진 바다의 부피였다. 부피는 가슴에 전개(展開)함으로써 모든 것을 삼켰다."에서 보듯, 도시의 밤은 거대한 바다를 연상시킨다. 모더니티의 현현인 도시의 밤 속에 사람들은 잠겨 있으나 아무도 그것을 모른다. 갇혀 있다는 사실조차 인지하지 못한다. 그 속에서 나는 "아름다운 분노의 상징을 그리면서" 걸을 뿐이다. 도시의 밤이 빛내는 불빛들을 "아름다운 분노의 상징"이라고 말하는 것은, 내가 도시라는 공간에 갇혀 있으며, 사회적으로나 경제적으로나 안정된 삶을 살지 못하는 존재이기 때문이다. 이런 환멸과 권태는, 미국 시찰을 간다는 초등학교 동창의 환송회 자리에서도 마찬가지다. 그 자리는 "나만을 차별하고 모욕한 그들의 교양 없는 연애 환송회"이고, "나는 거지처럼 고급 양주와 특별 요리를 입에 쑤셔 넣으며, 춤을 추는 그들을 경의(敬意)로써 멸시"할 뿐이다. 게다가 행사의 당사자인 초등학교 동창은 나를 모른 체한다. 그 때문에 이 환멸과 권태라는 감정은, 열패감의 결과물이라 볼 수 있다. 그런데도 나의 권태가, 실존적 감각으로 읽히는 것은, 「소인(消印)」에서 반복되는 환상과 나의 진술로 알 수 있는 지식인적 태도 때문이다. 「소인(消印)」의 시적 화자는, 김구용이 쓴 여타의 중편 산문시에서 발견할 수 있는 전형적인 인물로, 실존주의의 세례를 받은 룸펜 지식인을 보여준다.

이와 같은 성격은 취조 과정에서도 반복된다. 「소인(消印)」에서 시적 화자인 내가 취조관에게 자신의 알리바이를 직접 설명하는 부분은 거의 없다. 살인사건과 관련된 알리바이는 내가 아닌 취조관의 입을 통해서만 독자들에게 알려진다. 취조 과정에서 시적 화자인 나의 입을 통하여 말해지는 것들은 나의 심리상태에 대한 것들뿐이다. 독자들의 관점에서 나와 취조관의 대화는, '나'라는 시적 화자의 성격 및 그 심리상태, 그리고 그로 인한 환상들로 들어가는 입구일 뿐이다. 이는 나의 무죄 여부가 시적 서사 속에서 중요하지 않다는 것을 뜻한다.[11]

「소인(消印)」에서 주목해서 봐야 할 두 번째 요소는 "녹빛 외투 여자"와 "나의 인형"이다. 「소인(消印)」을 분석하는 대부분의 연구에서 나의 인형(人

---

11 이와 같은 「소인(消印)」의 시적 화자의 태도는 이상의 소설과 만나게 된다. 크리스테바는 "모든 텍스트는 독립되어 있지 않으며, 한 텍스트는 다른 텍스트와 상호적 관계에 있음을 강조"하였다. 기존 연구에 김구용과 이상 간의 상호 텍스트성에 대한 것은 간략하게나마 언급되어 있다. 또한, 김구용 자신도 이상 시에 관한 연구를 하기도 하였기에 이 둘 사이의 영향 관계에 대하여 충분히 고찰할 만하다 할 수 있다. 그런데 이를 '시'라는 장르에 국한시켰을 때는, 지엽적인 차원에만 집중하게 된다. 김구용의 중편 산문시들은 각기의 인물들과 사건, 그리고 시 · 공간적 배경 속에서 정형화된다. 텍스트 내에 상징적인 장치들뿐만 아니라, 여러 연구자가 밝혔듯, 몽타주를 비롯하여 많은 기법이 들어가 있기 때문에 더욱 그렇다. 이 다양한 기법들은 촘촘하게 시의 구조를 이루면서도, 동시에 서사적 구조의 뼈대를 이룬다. 그중 특별히 눈여겨봐야 할 것 중 하나는 어조이다. 고명수는 이상의 「날개」와 김구용의 「피곤」 속 화자의 고백체가 닮아 있다고 지적하는데(고명수, 「존재의 질곡과 영원에로의 꿈」, 동국어문학 제13집, 2001, 48쪽), 이는 「소인(消印)」 및 다른 중편 산문시 또한 마찬가지이다. 김구용의 중편 산문시는 이상의 소설과 상호 텍스트성 속에 엮여 있다고 볼 수 있다.

形)과 녹빛 외투 여자는 철저하게 대비되는 존재로 파악된다. 민명자는 "녹빛 외투 여자"가 '외래적/물질적/인공적/외피적/비인간적' 기표이고, "나의 인형"은 '동양적/정신적/원천적/내재적/생명적' 기표라고 지적하고 있다.[12] 이에 따라 두 여성 인물에 대한 시적 화자의 태도는 극명하게 갈린다고 지적하고, 대부분의 논의가 이를 따르고 있다. 하지만, 시적 서사를 조금 꼼꼼하게 들여다보면 약간의 변주들이 발생하고 있음을 알 수 있다.

"나의 인형"이라 불리는 매춘 여성은 절 밑 채석장 근처에 거주한다. 즉, 도시로부터 멀리 떨어져 있는 존재이다. 시적 화자는, 미국으로 시찰을 가게 된 초등학교 동창의 환송회에서 빠져나와 그녀를 찾는데, 그것은 자신이 적응치 못하는, 멸시받는 도시의 규범에서 벗어나고자 하는 욕망과 일정 부분 결부되어 있다. 나의 인형(人形)은 "나를 구속하지 않는 스스로의 자유를 확립하고 있었기 때문"에 나에게는 "직관이며 유희며 진리였다."라고 고백한다. 이 고백은 나의 인형(人形)에게 예술성과 원시적 본능을 부여한다. 하지만 내가 녹빛 외투 여자의 살해범으로 갇힌 전후로 나의 인형에 대한 화자의 태도와 감정은 변화한다.

나의 인형은 언제나 "내겐 과거가 없어요. 미래는 행복하게끔 알 수 없어요. 그래서 난 언제나 새로워요. 지금 이렇게."라 말한다. 이 말은 곧, 매춘 여성으로서의 자신의 상품성을 인지시키는 말이기도 하면서, 자신의 정체성을 드러내는 말이다. 불교적 시간의식을 바탕으로 쓰인 「바다와 여인」에서 '현재의 없음'을 통하여 영원과 무시간성을 추구했다면, 과거의 없음을 말하는 나의 인형은 오로지 현재의 산물인 것이다. 즉, 그녀는 수인의 삶과 마찬가지인 도시적 삶의 현현인 것이다. 화자가 계속하여 그녀를 찾아가는 행위는,

---

12   민명자, 『김구용의 사상과 시의 지평』, 청운, 2010, 70쪽.

성적 욕구 때문이기도 하지만, 근대도시의 현현인 그녀를 통한 비루한 자기 현실의 대리 만족이기도 하다. 그 때문에 "어느 조물주가 이렇게 읊조리는 여자를 빚어냈을까 나는 의아스럽기도 하였다."라며 그녀에게서 벗어나지 못한다. 결국, 나의 인형은 "도시에서 안정된 경제력과 사회적 지위, 진실한 인간관계의 결핍을 보상하려는 무의식적 심리 기제이다."[13] 이를 통하여 미루어 보건대, 감옥에 갇히기 전, 나와 나의 인형(人形)과의 관계는 그 어떤 초월적 관계도 아니었다. 그것은 모더니티의 현현인 도시의 밤, 그 어디에도 제대로 안착하지 못하는 환멸과 권태뿐인 낭만적 주체인 시적 화자가 맺는 단편적인 관계일 뿐이었다. 이를 뒷받침하는 것은 녹빛 외투 여자를 바라보는 나의 태도이다.

> 내 정면에는 다방 속의 구성을 미화하고자 저편과의 사이에 끼워진 유리 벽 너머로 이역의 물고기들이 놀고 있었다. 시선은 공간과 배치와 투명체 사이에서 작용을 일으켰다. 솟은 유리에는 세 처녀의 알몸이 무심히 보아서는 알아보기 어렵도록 세선(細線)으로 내각(內刻)되어 있었다. 물고기들은 미끈한 여섯 개의 다리 사이로 유유히 오르내렸다. 녹빛 외투의 옆얼굴은 시각의 투명체와 수량(水量)에 나타난 세 처녀의 나상(裸像)과 물고기들의 음악과 나의 불빛으로 이루어진 신기루에 기억처럼 또렷이 반영하였다.…(중략)…유리 벽의 세 나체는 중복하여 녹빛 외투를 벗겼다. 여자는 관 속의 화장한 얼굴이었다.

자신을 대신하여 전차 표를 내준 나를 따라 내린 녹빛 외투 여자를 마주한 시적 화자는, 사례를 하겠다는 그녀에게 '동양 무역 주식회사'의 주소와 이

---

13   송승환, 「김구용 산문시 연구 1:「소인(消印)」(1957)을 중심으로」, 『어문론집』 제52권, 2012. 12. 372쪽.

름을 써준다. 녹빛 외투 여자의 외관과 전차에서 내민 고액의 지폐 등을 통해 나는 이미 그녀가 부유(富裕)하다는 사실을 알고 있었다. "전체가 사기배라고 고백한 대로 놀랄 필요조차" 없는, 그런 회사의 주소를 적은 까닭은 "나도 댁(宅)이라는 것이 없다는 비밀을, 하숙집 주소를 알려주기는 싫"었기 때문이다. 사기꾼으로 보일망정, 자신의 가난을 들키기 싫다는 것이다. 이 의식 속에는 녹빛 외투 여자를 취할 수 없다는 일종의 좌절감이 배면에 깔려 있다. 그 때문에 녹빛 외투 여자를 바라보는 나의 은밀한 시선은 옆얼굴에 가 있다. 그녀를 향한 성적 욕망이 이루어질 수 없다는 것을 인지하고 있기 때문이다. 매매할 수 없는, 그리하여 충족할 수 없는 성적 대상인 녹빛 외투 여자에 비하여, 나의 인형(人形)은 그렇지 않다. 성적 욕망의 대상으로서 두 여성 중 한 명은 내가 취할 수 없는, 돈이라는 근대적 미덕의 산물이고, 다른 한 명은 돈으로 매매함으로써 순간적으로 누릴 수 있는 현재의 현현임과 동시에 잡힐 듯 잡히지 않는 언사(言事)로 나를 초조하게 만드는 여성인 셈이다. 결국, 기존 연구에서처럼 나의 인형(人形)과 녹빛 외투 여자가 극명하게 대조를 이루는 것은, 시적 화자가 감옥에 갇힌 이후부터이다.

감옥에 갇힌 후 나는 병적으로 "나의 인형"을 그리워한다. 아니 그리워한다기보다, 나에게 "나의 인형"으로 불리는 매춘 여성은 신적인 존재로 급부상하고, 반대로 녹빛 외투 여자에 대한 나의 평가는 박해진다. 이는 일차적으로 시적 서사의 구조로 파악할 수 있다. 「소인(消印)」에서 나의 인형(人形)을 이처럼 그리는 것은, 첫째로 이미 화자의 진술이 감옥에 갇힌 후에 쓰였기 때문이고, 둘째로, 무엇보다 그녀가 나의 알리바이를 증명할 유일한 존재이기 때문이다. 알리바이를 증명할 수 있는 유일자라는 측면에서, 나의 인형(人形)에게 원시성과 예술성, 나아가 종교적 성격까지 부여된다. 하지만 취조관은 "전차 운전수와 다방 레지와 늬가 좋아한다는 양갈보의 말은 네 말과 맞다", 그러나 "너는 여자를 살해하고 나서 양갈보에게 갔기 때문에 양갈보는 이 사건과 관계가 없다"라며 그의 알리바이를 깬다. 그런데도, "나의 인형"은 이미 과도한 상징성이 부여된 이후이기에, 그리고 유일한 알리바이 제공자가 될 수 있기 때문에 끊임없이 회자된다.

이 녹빛 외투 여자와 나의 인형은 또 다른 상징성을 지니고 있다. 녹빛 외투 여자는, 비록 대신 전차 표를 내주었을지언정, 부유함을 통하여 근대적 삶을 쟁취한 지속성 속에 놓인 존재이다. 이에 비하여 나의 인형은 과거가 없는, 현재만이 존재하는 순간적 존재이다. 결국, 이 두 여성은 지속과 순간이라는 상반된 시간의식의 산물이다. 그러나 녹빛 외투 여자가 죽음으로써, 지속은 끊기고, 순간만 남게 된다. 이 순간을 끊임없이 연장하는 것이 지속에 닿는 길이지만, 화자는 감옥 속에 갇힘으로써 순간조차 없는 무시간성의 공간으로 떨어지게 된다. 무시간성의 공간에 있는 화자에게 남은 것은, 그가 영유했던 순간에 대한 집착뿐이다.

여기에서 김구용이 「소인(消印)」에서 강조하고자 한 것이 보인다. 김구용은 시적 화자가 자신의 입을 통하여 무죄를 증명하려는 모습을 의도적으로 그리고 있지 않다. 대신 김구용이 시적 서사와 진술을 통하여 강조하는 것은 무죄 입증에 대한 의지와 순간에 대한 집착이 만나는 지점에서 발생하는 환상들이다. 이 환상들은 과거의 원본적 체험으로써, 감옥이라는 무시간성의 공간에 놓인 화자에서 나타나고, 서로 이어진다. 그리고 서로 연계된 각기의 환상들은 「소인(消印)」의 마지막 부분의 환상에서 합일된다. 즉, 마지막 환상에 닿기 위한 구조적 산물이다.

또 다른 인물들을 살펴보자. 시적 화자를 심문하는 취조관이다. 취조관의 질문은 권력자의 질문이다. 그에게 어떠한 대답을 하든 상관없다. 나의 모든 대답은 "너의 변명은 위선이다. 우리는 늬가 그 여자를 죽였다고 볼 수밖에 없다"에서 보듯 변명이고, 위선일 뿐이다. 이런 취조관의 태도는 그를 무의식적으로 압박한다. 취조관의 질문은 곧 초자아의 질문이자, 근대법의 억압이다. 그들은 근대라는 억압적 질서의 대리자인 셈이다. 그리고 내가 갇혀 있는 감옥이라는 공간은, 근대의 법을 근간으로 하여, 처벌의 성격을 부여한 곳이다. 그 처벌은 곧 외부 공간과의 차단이다. 하지만 「소인(消印)」에서는 이 공간을 시간이 차단된, 무시간의 공간으로 배치하고 있다. 화자가 이와 같은 공간에서 발견하는 것은 "무필요(無必要)"이다. 이는 "존재와 공간의 일치에서 평화로운 호흡"을 찾는 일이다. 즉, 이는 지속에의 욕구를 뜻한다. 그러나 번번이 이를 막는 존재가 있다. 바로 나와 같이 수감되어 있는 강간범이다.

강간범은 함께 수감되어 있던 소년을 취하려다 발각돼 내가 있는 독방으로 옮겨온 인물이다. 그런데 그의 죄목과 남색(男色)이란 행동은 그가 발설하는 말들로 미루어 볼 수 있는 성격과 전혀 어울리지 않는다. 자살을 찬양하고, 심지어 부추기는, 쉴 새 없이 떠드는 강간범의 행동은 사기꾼에 가깝다. 나는 결국 그의 목을 죄고, 살려달라는 애원에 손을 푼다. 그 후에도 그는 "죽음은 삶의 운명이지요. 구경(究竟) 우주도 그 이치의 손아귀에서 벗어날 수 없다는 것을 깨닫고 보면 다른 것은 문제가 되지 않아요."라며 계속하여 나에게 자살을 부추긴다. 그리고 자신이 강간한 체험담을 말하기도 한다. 나는 "돈의 새로운 평가는 강간이라는 말을 세상에서 추방한 지 오래였다"라며, 그의 이런 언사는 "나의 인형"에게는 모독이라고 생각한다. 결국, 나는 어딘지 모르는 곳으로 가고, 감방에는 강간범만 남게 된다. 나는 "하나는 남고 하나는 떠나건만 우리는 '동형(同形)'이었다. 나는 비로소 모든 애정을 죽인 살인자가 되어 강간범에게 미소를 주었다."라고 진술한다.

그런데 「소인(消印)」의 전체 시적 서사 안에서 강간범은 없어도 무방한 존재이며, 전형적으로 가장 속악한 존재이다. 그렇다면 왜 강간범을 등장시켰을까. 그것은 내가 본 마지막 환상 때문이다. "나는 '본질'이었다. 동시에 모든 '인자(因子)'였다. 나는 그들과의 '전체'였다. '세계'였다."라는 결론에 다다른 「소인(消印)」의 마지막 환상에는 서사 속에 등장한 모든 인물이 등장하며 나와 하나를 이루는데, 유독 이 강간범만은 나오지 않는다. 강간범은 '전체'나 '세계'에 속하지 않는 자이고, 그 때문에 환상의 바깥에서 "개처럼 움츠리고" 자고 있을 뿐이다. 전술했듯 나는 근대라는 체계에 대한 지속성을 갖지 못한 채 배회할 뿐이고, 그에 대한 방어기제로 순간뿐인 '나의 인형'을 찾는다. 지속을 상징하는 '녹빛 외투 여자'에게 성적 욕구를 느끼지만, 지속성을 갖는 것은 불가능했다. 나는 그저 돈으로 성(性)을, 순간을 매매할 수 있을 뿐이다. 그것은 근대 자본제적 시스템을 따른 것일 뿐, 어찌 보면 크게 다를 바가 없는 셈. 이런 면에서 보자면, 강간범은, 나의 어두운 페르소나이다. 강간범이 계속하여 자살을 부추기는 것은, 그것이 나의 무죄를 증명할 최후의 수단이기 때문일 테지만, 나는 그의 목을 죄며 그것을 부정한다. 하지만 결국 나는 강간범과 '동형(同形)'이라는 관계, 즉 다를 바가 없다는 깨달음에 다다른다. 이는 자신의 결백 여부와 상관없이 죄의 대가를 받겠다는 것을 의미한다. 일종의 자기희생에 대한 결심이 여기에서 시작하는 것이다. 이 결심을 통해 나는 환상 속에서 모든 것과 합일에 다다르게 된다. 하지만 이것은 환상으로서만 이루어지는 합일이다. 시적 서사와 그것에 연원하는 환상의 교차는 「소인(消印)」뿐만 아니라 「꿈의 이상」, 「불협화음의 꽃 Ⅱ」에서도 마찬가지로 이어진다. 그 때문에 「소인(消印)」 속 환상의 성질과 이후 쓰인 「꿈의 이상」, 「불협화음의 꽃 Ⅱ」 속 환상과의 차이점을 밝힐 때, 김구용의 시적 전회의 원인에 일차적으로 다가설 수 있다. 먼저 「소인(消印)」이 가지고 있는 환상의 성질에 대해 조금 더 소상하게 살펴보자.

1.2. 재구성된 환상

「소인(消印)」은 연쇄적 환상으로 시작된다. 내가 감옥에서 처음 보는 환상은 거미와 나비를 죽이는 소년에 대한 것이다. 먼저 거미를 빗자루로 때려죽이는 장면으로 시작한다. 터져 나간 거미의 몸에서, "전기 코일처럼 세밀히 감겨 있을, 햇빛에 영롱해야 할, 그러한 견사(絹絲)"가 아닌 진물이 나오는 것을 본 나는 "배반당한 공허"를 느낀다. 진물은 곧 현실이다. 이와 동시에 이어지는 환상은 나비를 죽이던 소년의 모습이다. "수많은 동류(同類)가 학살당한 땅바닥에서 비상(飛翔)의 자유를 잃고 기는 빈사(瀕死)를 밟아버리는 소년의 발이 동시에 나의 쾌감이었음을 고백하는 수밖에 없다."라는 고백 속에서 현재 나의 처지에 대한 합리화가 이루어진다. 거미의 환상은, 거미줄이 상상케 하는 감옥의 창살. 즉, 감옥에 갇혀 있다는 현실과 연결된다. 그리고 거미의 죽음은 어린 시절 나비를 죽이던 소년의 기억으로 이어지며 녹빛 외투 여자의 죽음과 연결된다.

주체가 이런 환상을 보는 것은, 그가 처한 원천시점이 감옥에 있기 때문이다. 이는 주체의 내면에 선재되어 있던 시간적 배경의식 속에서 흘러나온 환상으로서 동일성을 바탕으로 한다. 동일성 속에서 드러난 기억은 "동일한 음이 잇달아 일어난다는 사실, 이러한 동일성(Identität)의 연속성(Kontinuität)이 의식의 내적 성격이다. 시간 위치들은 서로 분리되는 작용들에 의해서 서로 간에 구별되는 것이 아니며, 여기에서 지각의 통일성은 중단되는 어떠한 내적 차이도 없는 단절 없는 통일성이다."[14]라는 후설의 지적처럼 통일성을 갖게 된다. 이 동시적 계속(gleichzeitige Sukzession)에 의하여 단절 없는 통일성 속에서 앞으로 발견될 수 있는 순간들의 융합이 일어난다. 「소인(消印)」의 시작과 마지막에 놓인 환상은, 이러한 시간의식 속에서 배치된 셈이다.

하지만 강간범이 들어온 이후 환상들은 '나의 인형'에 대한 것으로 집중되며 다른 대상을 향하게 된다. 이는 강간범이 화자의 어두운 페르소나이기 때문이다. '나의 인형'에 대한 환상은 감옥이라는 현실을 잊으려는, 망각적 성질이 강하다. 실제로는 감옥이라는 현실을 극복할 수 없으나, 성적 판타지로 순간적으로 망각할 수 있기에 이 환상은 계속 이어진다. 하지만 '나의 인형'은 환상 속에서도, 잡히지 않는 이상향처럼 그려지고 있다. 나는 계속하여 욕망하지만, '나의 인형'은 교태를 부릴 뿐, 잡히지 않는다. 결국, 이 환상은, 관념적 조작에 의하여 변양된 체험으로서, 시간성이 증발된 상태로만 나타날 뿐이다. 그저 "상상 속에서의 지각(Wahrnehmung in der Phantasie)"이며 "지각된 객체에 관한 상상"일 뿐이다. 그것은 '지금'이라는 시간에는 아무런 영향을 끼치지 않으며 지각 속에서만 현존하는, 상상되고, 기억되고, 기대된 것일 뿐이다.[15] 나의 인형이라는 여성이 환상 속에서 주체에게 잡히지 않는 대상으로 그려지는 것은 이 때문이다.

때문에 「소인(消印)」에서 주목해야 할 것은 마지막 환상이다. '나의 인형'의 고백이 등장하기 때문이다. 마지막 환상에서는 강간범을 제외한 모든 이들이 등장한다. 녹빛 외투 여자와 나는 누군지 알 수 없는 그녀를 죽인 범인이 춤을 추고 있고, 운전사는 전차를 고치고 있고, 하숙집 소년에 의해 흐트

---

14 에드문트 후설, 이종훈 옮김, 『시간의식』, 한길사, 1998, 171쪽.

15 위의 책, 176쪽.

러진 여자의 고무신들, 나의 인형뿐만 아니라, 취조관을 비롯하여 경관과 의사, 중절모와 간호부, 택시 운전사, 다방 레지 등 사건과 관련된 모든 이들이 나온다.

> 녹빛 외투 여자는 부활하였다. 그녀는 웃음의 가면을 쓴 범인과 손을 서로 맞잡고 춤을 추었다. 나는 "그들은 둘이 아니라"라고 속삭이었다. 운전수는 반수신(半獸神)처럼 고장 난 전차(電車)를 열심히 연구하고 있었다. 바다가 한편으로 보이는 그늘에 여자의 고무신들이 하숙집 소년에 의해서 어떤 것은 꽃잎으로, 신라 곡옥(曲玉)으로, 나비로, 반달로, 거미로 흩어져 있었다. 그러나 소년은 수목 뒤에 숨었는지 보이지 않았다. 흩어진 것들은 '착각'이 아니었다. 한 여인의 나체가 문득 불 속에서 실내로 들어왔다. "나는 당신만을 사랑해요." '나의 인형'은 한 번도 말한 일이 없는 소리를 비로소 하였다. "내가 바로 너다" 하고 대답하자 눈물이 웬일인지 흘러내렸다. 녹빛 외투 여자와 운전수와 '나의 인형'과 살인범이 종렬(縱列)로 직립하여, 보기에는 한 몸 같으나 각각 얼굴을 좌우로 내놓고 '동(同)', '이(異)'를 동시에 구성하였다. 취조관의 지휘를 받고 경관과 의사와 중절모와 간호부와 택시 운전수와 다방 레지들이 겹겹으로 둘러앉아 나에 대한 '찬송'을 연주하고 있었다. '고', '스톱'의 삼색 신호등이 비치자 그들은 나를 축복하는 천사로 화하였다. 나는 '본질'이었다. 동시에 모든 '인자(因子)'였다. 나는 그들과의 '전체'였다. '세계'였다. 그들은 동시에 인간 심령 현상론처럼 꺼져버렸다.

이 환상의 끝은 모든 것의 합일이다. 이 합일의 과정에서 나는 '찬송'을 받는다. 내가 찬송을 받는 것은, 시적 서사 내부적으로는 자기희생을 결심했기 때문이다. 시적 서사 외부에서 보자면, 자신이 저지르지 않은 죄로 인하여 처벌을 받겠다는 결심일 테고, 내적으로 보자면 근대의 법에 굴복하겠다는 것이다. 하지만 화자에게는 죄가 필요했고, 그 때문에 서사에 있어서 잉여였던 강간범의 목을 졸랐던 것이다.

나의 인형의 고백은, 지속성의 획득을 의미한다. 무시간성의 공간인 감옥에서 시간을 획득한 것이다. 하지만 결심이라는 행위는, ""의지의 의도"로서 그것이 이러한 의욕(이러한 충실한 본질) 속에서 "의도"인 양상 그대로 그리고 의도되는 것 모두를 그리고 "이 의도되는 것으로부터 뻗어 나가는" 모든 것을 거느린 양상 그대로의 의지의 의도"[16]이다. 그 때문에 강간범을 제외한, 「소인(消印)」 속 모든 등장인물이 세계를 이루어 나를 찬송하는 마지막 환상은, 결국 나의 선택에 대한 보상이자, 일종의 종교적 자기희생이고, 이를 통한 시간의 회복을 의도한다. 살인사건에 관련된 현실의 인물들뿐만 아니라, 나비를 죽이는 하숙집 소년 등 모든 과거와 현실의 인물들이 떠오른다는 것은 동시적인 지속을 수단 삼아, 파지적 경험을 바탕으로 떠오르는 예지적 순간들의 융합이 '지금' 시점에서 일어나고 있다고 볼 수 있다. 하지만 이것은 결심이라는 의지의 의도를 통하여 초월적으로 재구성된 환상이다. 즉, 지속을 의미하는 것이 아니라는 한계를 갖고 있다.

> 회상 그 자체는 현재적이며, 원본적으로 구성된 회상이다. 그리고 그 이후에는 방금 전에 존재하였던 회상이다. 회상은 그 자체로 근원적 자료들과 과거지향의 연속체 속에서 형성되고, 이것과 일치하여 (회상이 내재적으로 향하는가 초월적으로 향하는가에 따라서) 내재적이거나 초월적인 지속의 대상성을 구성(혹은 적절히 말하자면 재-구성)한다. 이에 반해 과거지향은 (원본적으로도, 재생산적으로도) 결코 어떠한 지속의 대상성을 산출하지 않으며, 오히려 의식 속에서 산출된 것만을 유지하면서 **방금 지나가 버린 것**(soeben vergangen)이라는 특성을 각인한다.[17](강조는 원문)

---

16   에드문트 후설, 최경호 옮김, 『순수 현상학과 현상학적 철학의 이념들』, 문학과지성사, 1997, 358쪽.
17   에드문트 후설, 이종훈 옮김, 『시간의식』, 한길사, 1998, 104~105쪽.

결국 「소인(消印)」의 마지막 환상은 내가 전체가 되고 세계가 되는, 나와 세계가 결국 하나로 이어져 있는 연기(緣起) 속에 있다는 깨달음을 그리고 있다. 모든 현상의 변화들이 연기에 의하여 발생한다는 불교적 연기법의 현현인 것이다. 하지만 이 환상은 회상적 성질로써, 일회적인 회상의 성질에 의해 그 시간성을 상실한 채로 나타난다. 이는 관념적 조작에 의하여 변양된 것으로 단지 유사하게 그 대상을 지각한 것이다. 그리고 그것은 과거의 것에 머물게 된다. 마치 음악을 들을 때 전체 멜로디가 아니라 개별적인 한 음이나 박자만을 지향한다면, 그것을 지각하고 있는 한에서만 지각할 뿐이며, 지각이 끝나는 순간 그것들은 더 이상 "현재의 것(gegenwartig)"이 아니라 "과거의 것(vergangen)"[18]이 되는 것처럼 말이다. 여기에서 「소인(消印)」의 첫 번째 한계가 나타난다.

근대적 법의 테두리 안에서 결국 희생당하는 주인공은, 마치 카뮈나 카프카 등의 소설을 떠올리게 한다. 시 속의 화자는 이미, 자신을 가둔, 근대의 법을 벗어날 수 없음을 알고 있다. 감옥 안도, 감옥의 바깥도 그에게는 마찬가지의 공간일 뿐이다. 그것은 환멸의 공간이다. 익숙한 환멸과 낯선 환멸의 공간. 그리고 이 자기희생은 결국 유불선에 깊이 영향을 받고 있던 김구용 자신의 죽음이 아닐까. "개인이 바로 국가"[19]라 말한 김구용의 일기에서 유추하자면 전쟁에 의해 피폐해진 현실이었지 않을까. 그 때문에 이 마지막 환상은, 의식적으로 구성될 수밖에 없지 않았을까.

하지만 이렇게 확장하기에는 이 상징의 도식들이 유쾌하지만은 않다. 자본제적 근대와 접속된 도시의 풍경들은, 자연스럽게 한국전쟁의 근대적 특

---

18 위의 책, 107쪽.

19 김구용, 『김구용 문학 전집 5:일기』, 솔, 2000, 163쪽.

성을 소거시킨다. 이 근대의 풍경은, 법이라는 형태로 드러난다. 이상(李箱)이 이식된 근대 속에서 진짜 근대를 찾아 헤맸다면, 김구용의 근대는, 근대의 법과 감옥이라는 공간이 의미하듯, 이미 완성된 근대이다. 이상의 「날개」와 김구용의 「소인(消印)」의 화자는 모두 룸펜 지식인의 모습이지만, 이러한 차이는 전자는 매매춘을 하는 여성에게 기대는 삶으로, 후자는 '나의 인형(人形)'이라 칭하는 매매춘 여성과의 매매(買賣)라는 관계를 통하여 위로받는 삶이다. 심지어 감옥 안에서도 나의 인형을 추억하고 상상하며, 그녀를 절대화한다. 하지만 이 환상 속에서도 나는 나의 인형과 합일에 이르지 못한다. 지불할 수단이 현실 속 내게는 없기 때문이다. 결국, 나에게 남은 유일한 지불 수단은 나 자신일 뿐, 즉 나를 희생하는 것뿐이다. 결국, 나는 나의 희생을 지불하며 환상으로서 나의 인형을 얻는 매매(買賣)를 이룬다고 볼 수 있다. 이는 나와 '나의 인형'의 관계가 매매(買賣)라는 수단이 없으면 이루어지지 않음을 의미한다. ""나는 당신만을 사랑해요." '나의 인형'은 한 번도 말한 일이 없는 소리를 비로소 하였다. "내가 바로 너다" 하고 대답하자 눈물이 웬일인지 흘러내렸다."라는 '나의 인형(人形)'의 고백은, 결국 자신이 저지르지 않은 죄에 대한 근대적 처벌 속으로 자신을 투기하겠다는 결심의 산물이다.

결론적으로 「소인(消印)」에서 두 번째 한계로 작동하는 것은 '나의 인형(人形)'이라 언급되며 계속 등장하는 여성이다. 이 여성은 녹빛 외투 여자와 대비되면서, 순간을 상징하기는 하지만, 이는 매매라는 수단에 의해서만 이루어진다는 한계성을 지니고 있다. 또 다른 한계성은 나의 인형이 거주하는 매춘의 공간의 특성에 있다. 박선영[20]이 언급했듯이, 기본적으로 매춘의 공

---

20 박선영, 「김구용 시에 나타난 근대 공간성 연구」, 『아시아문화연구』 제29집, 2013.3, 126~127쪽 참조.

간은 공식적으로는 부재해야 하는 영역에 속한다. 그들이 기거하는 공간은 도시로 표상되는 근대에 있어 공적 공간도 사적 공간도 아닌 드러나지 않아야 하는 주변부의 공간이다. 김구용은 이러한 매춘의 공간적 특성을 더욱 확장하기 위하여 절[寺] 밑 채석장 근처로 상정한다. 이는 나의 인형이 기거하는 매춘의 장소를 바로 주변부로 밀려난 절, 불교의 모습과 호응시키기 위함이다. 도시 곳곳에서 십자가를 내건 기독교와는 달리, 도시의 주변부로 밀려난 불교의 모습. 불교를 접하기 위해서는, 그 때문에 나는 그 주변부로 가야만 한다. 나의 인형을 만날 수 있는 장소는, 도시 공간의 혼종성 속에 존재하는 곳이 아닌, 그 주변부인 셈이다. 애초에 「소인(消印)」의 화자는 근대적 성공과 거리가 먼 인물이다. 녹빛 외투의 여인을 비롯하여 동창회에서 본 것은 근대적 부이다. 여기에서 우리는 "몰락한 귀족이 넘기는 노(老)·장(莊)의 책장/ 우리가 할 일은/ 눈[眼]을 폭파하는 일이다"라는 시구를 주목해야 한다. 몰락한 귀족은 곧 자기 자신을 뜻한다. 김구용의 일기를 살펴보자. 그는 스스로를 "성자가 되고 싶은 악마" 혹은 "성인이 되려는 악마"[21]로 비유했다. 그에게 성인은 곧 동양적 성인이다. 성인이 되고 싶은 욕망(이 단어가 타당하다면)이 근대적 법 앞에서 좌절당하는 것. 김구용은 「소인(消印)」에서 이 좌절을 보여주고자 했다. 하지만 동양을 상징하는 '나의 인형(人形)'이 매춘부라는 것은, 성적 욕망과 동양의 결합을 의미하기 때문에 그 자체로 불안정적이며 배리적이다. 그 때문에 이후 쓰인 「꿈의 이상」, 「불협화음의 꽃 Ⅱ」 등의 텍스트 속에서 매춘부로서의 여성의 모습은 더 이상 나오지 않는다. 이는 「소인(消印)」에서 드러났던 한계성을 극복하겠다는 의지로 볼 수 있다. 김구용이 단순히 전후 폐허가 된 현실을 보여주고자 한 것이 아니라, 그것의 극복, 그리고 극복 기제로서 동양을 이상향으로 제시하고자 했기 때문이다.

---

21 김구용, 앞의 책, 139쪽.

2. 환상의 반복과 극복의 비약

2.1. 환상의 반복과 설정된 미래

김구용이 그리는 이상적 세계의 실체는 불교적 세계와 교응하고 있다. 불교는 기본적으로 현실에서의 해탈을 그 기본으로 한다. 즉, 김구용에게는 자신의 시 세계에 깊이 드리워 있는 불교라는 종교를 어떻게 형상화하고 있느냐, 그리고 그것을 현실과 어떻게 연결하느냐가 중요했다. 물론 김구용은 단형적 형태의 정형시에서 이미 불교적 세계를 구축하고, 보여줬다. 하지만 이것들보다 「소인(消印)」과 비슷한 구조를 지닌 「꿈의 이상」, 「불협화음의 꽃 Ⅱ」 등의 중편 산문시가 중요한 것은, 그것이 시적 서사를 빌리고 있기 때문이다. 이미 종교라는 절대적 이상향이 내면에 자리 잡은 이에게, 서사적 모험은 감내해야 할, 응당 감내할 수밖에 없는 고난일 뿐이다. 고난을 감당하는 것, 그리고 그것을 극복해내고자 하는 의지가, 이 작품들 속에 들어 있고 이는 근대의 극복과 연결된다.

종교는 보편을 향한다. 종교의 구원은, 보편적이어야만 한다. 종교는 전제국가의 성립과 함께하면서 지배체제와 상호보완적인 관계를 이루어왔다. 소수의 성직자에 의해서만 이루어지는 구원의 형태. 하지만 이후 종교의 구원은 대중에게로 번진다. 불교 역시 마찬가지이다. 김구용이 이항 대립적 세계관 속에서 구성한 근대=서양=지옥의 도식을 통해 바라본 전후의 폐허와 자신의 가난을 극복하기 위해서는 이것이 필요했다. 하지만 김구용은 「소인(消印)」에서 이것이 실패했다고 판단한 것처럼 보인다. 이는 이어 살펴볼 「꿈의 이상」에서 다양한 직업군의 여성들을 등장시키고, 백의관세음보살(白衣觀世音菩薩)로 변하는 '흰 옷차림의 여인'을 통하여 보다 노골적으로 불교적 특성을 드러내고 있기 때문이다. 먼저 「꿈의 이상」의 기본적 구조를 살펴보자.

「꿈의 이상」(1958)은 「소인(消印)」보다 더욱 복잡한 구조와 상징적인 환상들로 이루어져 있다. 살인사건이라는, 시적 서사에 있어 중심이 되는 극적인 사건도 존재하지 않으며, 근대의 법이라는, 억압 기제로서의 근대 또한 명확한 형태로 제시되지 않는다. 무시간성의 공간을 지속과 순간을 통하여 극복하고자 시도하지도 않는다. 대신 「꿈의 이상」에서 중심이 되는 근대의 억압 기제는 표층상에 있어서는 가난이고, 시적 화자인 '그'가 꿈꾸는 환상 역시 이를 중심으로 이루어진다. 그것은 그의 원초적 환상이 가난과 관련되어 있기 때문이기도 하다. 하지만 그 내면에 있는 것은 전쟁 체험, 죽음의 공포이다. 그 가난을 야기한 것이 한국의 근대적 비극이기 때문이다. 내용적 측면에서 「소인(消印)」과 비교해보았을 때 「꿈의 이상」은 당대의 사회적인 인과관계를 직접 설정해놓고 있다고 볼 수 있다. 「꿈의 이상」은 이처럼 내용상에서도 「소인(消印)」과 차이를 보이지만, 서술 방식에서도 마찬가지이다. 「소인(消印)」이 1인칭 시점에서 쓰인 반면 「꿈의 이상」은 3인칭 시점이다. 물론 김구용은 「소인(消印)」과 마찬가지로 이 모든 이들의 내면을 응시하며, 화자인 그의 환상이 마치 자신의 것인 듯 기술하고 있다.

「꿈의 이상」에 나오는 인물은 현실과 환상으로 나누어 살펴볼 수 있다. 현실에서는 시적 화자인 그와 여의사, 여선생, 여대생 등 세 명의 여자, 그리고 오진을 한 의사, 실직자 시절에 배고픔을 참지 못해 과일을 훔치려다 걸린 그에게 오렌지를 건네준 흰 옷차림의 여자와 그 옆에 있던 연회 빛 양복 청년 등이다. 이들이 시적 서사의 표면에 등장하고 있다면, 그가 꿈꾸는 환상 속 인물은 현실에 이어서 등장하는 흰 옷차림의 여자와 연회 빛 양복 청년, 그리고 그가 번역하고 있는 과학소설 속의 박사와 딸, 그 딸을 사랑하는 제

자 등이다. 즉, 그가 배고픔에 못 이겨 과일을 훔치려다 걸렸을 때, 그에게 오렌지 하나를 건네준 흰 옷차림의 여자를 중심으로 서사의 표면 사건과 내면의 환상들이 뒤얽혀 있다고 볼 수 있다. 그런데 이 흰 옷차림의 여자에게는 두 가지 욕망이 작동된다.

> 연회 빛 양복 청년과 흰옷으로 단장한 여자가 막간처럼 과실점 안으로 구경하는 눈[眼]들 중에서 등장하였다. 그는 부럽게 쳐다보았다. 여자는 동정하지 않을 수 없다는 듯이 그에게 오렌지 하나를 집어주었다. 그는 사양하지 않고 받았다. 청년은 여자 대신 민첩하게 한 개 값을 치렀다. 그는 사양하지 않고 받았다.…(중략)…그는 흰 옷차림의 여자를 정면으로 보았다. 학은 무한을 금빛 속으로 날며 있었다. 그는 굴욕을 오렌지에서 그러한 정도로 느끼지 않았다. 신은 기독(基督)의 시체를 무슨 목적에서 세웠을까. 아직도 밥 한 그릇을 순교자의 교훈과 동정만으로 줄 사람은 없었다. 그는 공복감과 애욕에서 그 여자로 인하여 마음에 오렌지를 심었던 것이다. 그는 오렌지를 쳐들어 보면서 여자에게 "이건 태양이야"라고 말하였다. "시인이군요." 여자는 야릇한 표정을 지으며 알연(戛然)히 웃었다. 그것뿐이었다. 그러나 그는 망각에 의하여 희게 치장한 여자의 손을 마음으로 잡을 수 있었다. 그것은 악몽 같은 성욕(性慾)의 습격이었다.

배고픔에 못 이겨 오렌지를 훔치다 발각된 그를 대신하여 값을 치른 흰 옷차림의 여자를 향해서 그는 "악몽 같은 성욕(性慾)의 습격"을 느낀다. 굶주림을 채워주었다는 데에서, 그리고 성욕을 불러일으킨다는 데에서 그녀는 결국 성(性)과 기아(飢餓)의 해소를 동시에 상징한다고 볼 수 있다. 결국, 그녀는 성욕과 식욕의 대상인 셈이다. 하지만 흰옷의 여자는 단순히 성(性)과 기아(飢餓)에 머물지 않고, 그것을 초월한 존재로 그려진다. 여기에는 좀 더 근원적인 기억이 존재한다. 그것을 추적하기 위해서 나머지 세 명의 여성과의 만남 후에 이어진 환상들을 따라가야 한다.

「꿈의 이상」에서 제일 먼저 드러나는 것은 근대도시의 풍경이다. 「소인(消印)」에서는 타인의 시선으로 이루어진 소외의 감각과 감옥의 감각을 중심으로 서술되어 있다면, 「꿈의 이상」에서 가장 먼저 보이는 것은 절대적인 빈곤, 기아(飢餓)의 감각이다. 이는 첫 부분에서 김구용이 그리고 있는 근대도시의 풍경에서 알 수 있다. 그가 그리고 있는 도시의 풍경은, 근대에 적응치 못한, 거지들의 거처이다. 기차가 지나가는 다리 밑, 시멘트벽에 즐비한 낙서와 구걸을 해서 얻어온 밥을 먹는 거지 아이들의 모습 들이 그것이다. "우리의 자손 거지들은 어디로 갔을까."라는 말 속에는, 그리고 뒤이어 반복되며 이어지는 "알 수 없다"라는 독백 속에는 「꿈의 이상」이 모더니티의 대척점에 놓인 기아(飢餓)에 대한 문제를 다루고 있음을 넌지시 말하고 있다. 이는 "너, 나 없으면 어떻게 살래", "언젠가는 알게 될 것이다"라는 화자의 아버지가 남긴 유언에서 알 수 있듯 김구용의 개인적인 경험과 겹쳐진다. 그런데 화자는 기아로 가득한 도시를 바라보며 아버지의 유언을 떠올리면서 "알 수 없다."라는 말을 되풀이한다. 그리고 이 독백은 일련의 사유를 거쳐 "알 수 없다는 것이 내 본시의 고향인 것이다."로 끝맺는다. 이 알 수 없음의 정체는 무엇일까. 이 독백에 앞서 화자는 "태곳적부터 이 지도의 사람들은 동시에 계절과 유리와 흙에 대한 애정으로 질기게 살아왔다. 누가 "무엇이" "왜" 하고 묻는다면 그들은 "어찌할 수 없었다"라고 대답할 것이다."라고 말하고 있다. 즉, 그가 바라보고 있는 지금이라는 시간은 과거의 지속일 뿐이다. 근대적 도시가 만들어지고 그 속에서 살아가고 있으나, 가난이라는 과거는 여전히 지금까지 지속되고 있을 뿐이다. 근대의 선형적 시간의식은 과거와 현재, 미래를 단절한 상태로 존재시키며, 규격화되고 통제된 현재만을 남기지만, 가난이라는 비극은 그것을 뛰어넘어 지속되고 있을 뿐이다. 근대의 선형적 시간의식은 사람을 소외시키고, 배제하며 기계화하지만, 그보다 더한 비극은 가난이다. 비참한 기아의 시간은 계속 이어지고 있으며, 그 상태에서 근대의 선형적 시간 속으로 편입되고 있기 때문이다. 「꿈의 이상」의 화자가 늘 환상에 시달리고, 가난에 괴로워하면서도 자신과 세계를 관조하기만 하는 까닭이다.

이후 「꿈의 이상」은 장면이 전환되어, 그가 처음 세 명의 여성을 만나게 되는 자리를 비춘다. 이 자리는 모 잡지사에서 마련한 미혼 여성 좌담으로, 각각 여의사, 여교사, 그리고 여대생으로 구성되었다. 이 좌담 풍경 속에서 각 여성의 성격 차이를 알 수 있다. 시의 화자는 이 좌담 이후, 세 명의 여성을 각기 따로 만나기 시작하는데 각 여성과의 만남 사이사이에 들어가 있는 것이, 흰 옷차림의 여자에 대한 최초의 기억, 앞서 인용한 부분이다. 이는 세 명의 현실 속 여성과 환상 속 흰 옷차림의 여자를 대비키는 효과를 낳음과 동시에 흰 옷차림의 여자를 이상적이고 절대적인 존재로 부각하는 역할을 하고 있다. 현실적인 직업을 가진 대상들과의 대비를 통해서 그것이 더 커지는 셈이다. 이것은 「소인(消印)」에서의 실패를 보완하고자 하는 것으로 보인다. 이상적이고 구원적 존재인 대상의 현실적 감각을 흐릿하게 만들어 놓고, 그와 대비되는 대상들의 현실성을 강조함으로써 얻게 되는 효과를 노린 셈이다. 이를 통해 김구용은 「소인(消印)」을 극복하고 완전한 구원을 향한 꿈의 여정을 그려 나가고 있다. 그리고 그 의지가 어떤 난해의 장막을 구성해 냈는가가 이 작품을 파악하는 열쇠이다.

「소인(消印)」에서 '나의 인형'에 대한 환상이 같은 질감으로 반복되었다면, 「꿈의 이상」의 환상은 변형되면서 뒤틀린다. 환상의 배경은 계속 바뀌고,

과거와 뒤섞이며, 화자가 번역하는 소설의 내용과 중첩되기도 한다. 특히나 흰 옷차림의 여자가 등장하는 환상이 "폭격으로 무너진 건물들 사이", 즉 전쟁으로 모든 것이 파괴된 폐허를 배경으로 한다는 것은 중요하다. 이 환상은 흰 옷차림의 여자가 처음 등장한 환상이다. 두 번째 환상에서도 흰 옷차림의 여자는 전쟁의 폐허와 함께 등장한다. 첫 번째 환상에서는 그가 흰 옷차림의 여자를 쫓다가 실패하고, 두 번째 환상에서는 흰 옷차림의 여자와 함께 있던 청년의 어깨에 메여 있는 기절해 있는 자신을 발견한다. 두 번째 환상 역시 전쟁의 폐허이고, 배가 고파 울고 있는 자식을 외면하는 노파의 모습을 통해 기아의 풍경을 그리고 있다. 여기에서 그는 마리아상을 보는데, 다음날 그는 여의사와 성당을 방문한다. 그는 성당의 마리아상을 보면서 오렌지를 떠올린다. 내재적 풍경을 이루며 내재적인 파지로서 있던 기아의 체험이 현실로 갑작스럽게 떠오르는 것이다. 이 체험들은 화자의 내면에서 근원인상으로 계속 지속하고 있으며, 어떤 계기들로 인하여 이처럼 종종 현실로 솟아오른 것들이다. 이는 "내재적인 파지가 지닌 절대적인 권리를 마찬가지로 내재적인 파지 속에서도 "아직도" 살아 있는 그리고 "방금" 지나가 버린 것이란 특성을 띠고서 의식되는 것─그러나 물론 그렇게 특성 묘사된 것의 내용이 미치는 범위 내에서─의 관점에서 파악하고 있"[22]는 것이다. 그 때문에 기아 체험은 살아 있는 체험이고 지금도 진행되고 있는 체험이다. 그가 흰 옷차림의 여자에 대한 환상을 반복하는 것 또한 이 때문이다. 그리고 이것은 한편으로는 그의 트라우마에서 기인한다. 바로 이 트라우마는 전쟁 체험으로부터 시작한다.

---

22   에드문트 후설, 최경호 옮김, 『순수 현상학과 현상학적 철학의 이념들』, 문학과지성사, 1997, 291쪽.

과거의 녹음은 파도로 출렁이었다. 바다가 굽어 보이는 곳이었다. 어느 시골의 언덕 위에 있는 성당이 초점화하였다. 그것은 석화(石化)한 하늘이었다. 의병들이 왜군(倭軍)을 만났을 때는 그렇지 않았을 것이다. 총구멍에 견주어진 그는 조선(祖先)들보다도 원통하였다. 그의 앞을 가로막은 사람은 동포였다. 그는 높은 창에 있는 잡색 유리의 예수상으로 변신할 수 없는 자신이 안타까울 지경이었다. 십자가가 굽어보는 밑에서 북에서 온 동포는 그에게 따발총을 들이대고 가까이 왔다.

죽음 앞에까지 다다른 그는 낌새를 눈치챈 친구에 의해서 가까스로 목숨을 건진다. 친구가 그에게 총구를 겨누었던 동포를 쏜 것이다. 하지만 그것도 잠시, 포격이 쏟아져서 그를 구해준 친구와 그들이 서 있던 성당은 화염에 휩싸인다. "살아남은 기쁨은 긴 고문이었다."라는 그의 고백은 그가 이 고통으로부터 한 치도 벗어날 수 없었음을 말해준다. 이 전쟁 체험은 「꿈의 이상」에 있어 중요한 역할을 한다. 이 체험으로 말미암아, 화자의 환상이 주관성에 갇힌 것이 아닌 선험적인 환상이 되기 때문이다.

여기에서부터 화자의 환상 속에서 흰 옷차림의 여자는 시간 객체로서 내재적인 파지의 대상이 아닌 의식에 의하여 변양된 양태로 변모한다. 흰 옷차림의 여자를 처음 만났을 당시 화자가 겪었던 기아 체험과 전쟁 체험이 뒤섞이는 것이다. 모든 기억은 기대(Erwartung)의 지향을 품고 있다. 그리고 기대의 지향을 충족하는 것은 현재(Gegenwart)이다. 그리고 이 현재를 통하여 일어날 일을 공허하게 구상하고, 붙잡으려 한다. 이는 예지를 통하여 충족하려는 양상을 보인다. 하지만 이와 같은 회상에서의 충족은 재충족(Wieder-Erfullung)에 불과하다. 회상은 미리 그 방향이 설정된 기대를 품고 있기 때문이다. 물론 회상에도 지평(Horizont)이 존재한다. 하지만 이 지평은 회상된 것들의 미래를 향한 지평이고, 항상 새롭게 회상되는 일어난 일에 의하여 충족될 뿐이다.[23] 「꿈의 이상」에서 비슷한 성격의 환상들이 반복되며 회상되는 까닭이다. 「꿈의 이상」의 시적 서사와 환상 속에 깔린 이 내재적 풍경은, 비극적 체험으로부터 현현한 것들이고, 지속되는 것들이다. 이 비극을 겪은 이들은 결코 그것에서 벗어나지 못할 것을 보여주는 것이다. 그리고 김구용은 「꿈의 이상」을 통해 그것으로부터의 극복 가능성을 타진하고 있다. 그것은 회상을 통하여 방향이 설정된 미래의 상이다. 그리고 이 미래로서 불현듯 솟아오르는 것이 바로 불교적 구원체이다.

그런데 여기에서 또 다른 환상이 침입해 들어온다. 발병으로 인하여 병원에 입원하게 되어 수입이 끊긴 상황에서 굶지 않기 위해 맡은 번역소설이 그것이다. 화자는 이 소설을 번역하면서 그 서사를 바탕으로 하는 새로운 환상을 만든다. 소설의 서사를 중심으로 한 환상은 흰 옷차림의 여자가 등장하는 전(前) 환상과 뒤섞이면서, 더 복잡하고 혼성적인 성격을 띤다. 이 소설은 과학 모험 소설로서 미래의 모습을 그리고 있다. 이 소설을 바탕으로 구축되는 환상 속에서 흰 옷차림의 여자와 함께 있던 연회 빛 양복을 입은 청년이 등장하면서, 과거의 환상과 미래의 환상이 뒤섞이기 시작한다. 현실의 시간 속에서 과거와 미래가 한데 뒤엉키며 난삽한 환상을 만들어내는 것이다. 하지만 이 번역소설은 시적 서사의 구조 속에서 아무런 영향을 끼치지 않는다. 그런데도 김구용이 이 소설을 또 다른 환상적 장치로 설치한 데에는 이유가 있다.

23　에드문트 후설, 이종훈 옮김, 『시간의식』, 한길사, 1998, 125~127쪽.

2.2. 기대와 비약의 환상

환상적 요소를 시에 가져오는 데 있어서, 무엇보다 김구용이 중시하고 있었던 것은 불교적 관점과 이를 통한 극복임을 기억하자. 김구용이 「꿈의 이상」에서 강조하고 있는 것은 비극의 지속적 성격이고, 그것으로부터의 극복을 불교적으로 해소하고자 했다. 그런데 이것은 과거와 현재, 미래를 서로 연유(緣由)시키며 원환론적 시간 속으로 배치해야 가능하다. 모든 "고(苦)와 고의 제거"[24]를 위해서는 고통의 발생과 소멸에 직결된 시간이 그저 연기(緣起)에 의한 것임을 보여주어야 한다. 이를 위하여 김구용이 「꿈의 이상」를 비롯한 중편 산문시들에서 주로 사용한 것은 환상이다. 한자경은 현실을 객관적 '실재'로 전제한 후 그 바깥의 것들을 환상이라 간주하는 것을 개인적 환상이라고 하는데, 불교적 관점에서 보자면 실재나 현실이라고 하는 것은 개인의 것이 아니라 종족 모두가 갖는 보편적이며 선험적인 환상이라고 지적하고 있다. 이것은 종적 환상인데, 결국 하나의 고정적인 세계나 현실은 존재하지 않으며 그것들은 그저 같은 종류의 근(根)을 가진 종만이 가질 수 있는 특정 형태에 불과하다는 것이다.[25] 전쟁 체험으로부터 길어 올린 과거의 기억과 지금의 현실, 그리고 번역을 통해 보는 미래까지의 모든 요소가 한 환상 속에서 작동하는 것은 이 모든 환상이 개인적 차원에 그치는 것이 아니라, 인간이라는 종족이 보는 보편적이며 지속적인 현실이라는 사실을 증명하고자 하는 의지인 셈이다. 하지만 이 현실은 진정한 현실일까?

현실과 꿈은 기본적으로 같은 구조를 지니고 있다. 꿈속의 내가 꿈을 꾸고

---

24   윤호진, 『무아 윤회 문제의 연구』, 민족사, 1992, 88쪽.

25   한자경, 「우리…환상일까?」, 『동서인문학』 제38집, 2005, 78~79쪽 참조.

있는 나를 인식하지 못하며, 그것을 인식하는 순간 꿈에서 깨듯 현실도 마찬가지다. 불교에서 현실을 인식하는 것은 결국 내가 아니다. 이 시는 제목에서부터 이를 강조한다. 즉 '이상적인 꿈'이 아니라 '꿈의 이상'이라는 것, 주어가 꿈이라는 것, 나는 인식하는 주체가 아니기에, 꿈의 주체가 될 수 없는 것. 이는 불교의 인식론을 통하여 보다 면밀히 살필 수 있다.

불교에서는 인간을 여섯 가지 감각기관으로 이루어졌다고 보고 있다. 그것은 안이비설신의(眼耳鼻舌身意)로 육근(六根)이라고 하는데, 이 중 전자 다섯 가지를 전 오식이라 하고 여섯 번째 의식을 제6식 의식, 식(識)이라고 한다. 전 오식은 주관과 객관이 교통할 수 있는 통로일 뿐이고, 식(識)에 의하여 통괄을 받는다. 식(識)은 다시 세 개로 나누어지는데, 제6식 의식, 제7식 말나식, 제8식 아뢰야식이다. 이 중 가장 근원적인 심층 의식은 아뢰야식이다.[26] 결국, 현실을 인식 · 학습하여 아뢰야식 내에 저장하는 것이다. 꿈과 현실에 대한 불교의 이와 같은 구조를 통하여 보면,「꿈의 이상」의 화자가 환상을 통하여 재생하고 있는 과거의 비극들은 이 아뢰야식에서 나온 것이다. 이것들은 무기(無記)의 형태로 있다가 현세의 행동에 의하여 발생한다. 과거와 현재, 미래가 연기법에 의하여 연결되듯, 아뢰야식에 저장되어 있던 과거로부터의 환상 또한 현실의 자장 속에서 생겨난 것인 셈이다.

이를 바탕으로 다시 텍스트로 돌아가면, 화자가 세 명의 여자와 차례로 만나는 현실은 과거와 미래를 잇기 위한 계기이다. 미래란 '지금'의 현실에서 기다리는, 곧 다가올 현실이다. 그런데 화자에게 당면하고 있는 미래는 현실과 똑같을 뿐, 그것을 극복할 기미는 보이지 않는다.「꿈의 이상」의 시적 서사 구조상 없어도 무방한, 잉여로 남는 과학 모험 소설이 자리한 이유가 여

---

26   고목,『新 유식학』, 밀양, 2006, 80~95쪽 참조.

기에 있다. 이 소설은 미래를 그리고 있다. 이 소설이 그리고 있는 미래는 곧 허구이고 환상이다. 그 때문에 현실 속에서 그가 번역하고 있는 과학 모험 소설이 그리는 미래는, 그리고 그 미래의 사건에 영향을 받아 일어나는 화자 의 환상은 그에게 과거와 현재, 미래를 한꺼번에 조망할 수 있는 계기로 작 동한다. 주관적인 체험을 바탕으로 구성된 환상이 아니라, 보편적인 환상이 되기 위해서는 종적 환상으로의 변모가 필요하고, 이를 위해서 과거와 현재, 미래가 한데 엮이는 환상의 구조가 필요하기 때문이다. 그리하여 화자가 마 지막으로 보는 환상은 아래와 같다.

믿지 못할 일이 있었다. 눈동자가 마술이라면 그럴 성도 한 일이었다. 흰 옷차 림의 여자는 천연스레 오렌지를 들고 있었다. 그녀는 그를 정면으로 보고 있었다. 그러나 그녀의 시선은 그를 보고 있지는 않았다. 실은 그녀는 거울을 향하고 그와 는 반대로 돌아서 있었다. 그녀는 그에게서 돌아선 채 문갑에 오렌지를 놓더니 우 후청(雨後晴) 운학병(雲鶴甁)에 연꽃을 꽂았다. 여자는 연꽃과 용이 비친 거울을 들여다보며 온화한 미소를 품었다. 그녀의 얼굴은 거울 속에서 점점 관음(觀音) 으로 변하였다. 그는 그녀의 등 뒤에 서서 정면 거울에 나타난 성(聖) 백의관세음 보살(白衣觀世音菩薩)을 보았다. 도무지 알 수가 없었다. 흰 옷차림의 그녀만이 관음으로 비쳐 있을 뿐이었다. 그녀의 뒤에 서 있는 그는 거울에 나타나지도 않았 다. 그는 "나를 기억하겠습니까" 하고 말을 걸었다. 그녀는 돌아보지도 않고 거울 속에서 여전히 관음의 미소를 하였다. 그는 "당신을 만나려 오랫동안 방황했습니 다" 하고 호소하였다. 그녀는 그의 음성을 못 듣는 모양이었다. 그는 그녀에게로 접근하는데 공간이 그의 앞을 완강히 가로막았다. 둘 사이는 아무것도 없건만, 보 이지 않는 투명질(透明質)이 손바닥에 싸늘하니 느껴졌다. 그는 상대를 볼 수 있 으나 상대는 그가 보이지 않았다. 그러한 유리가 둘 사이를 가로막고 있었다. 그 는 "난 늘 당신을 생각했습니다" 하고 통하지 않는 공간에 기대어 머리를 숙였다. "난 원래부터 이유가 없어요." 그녀의 목소리는 분명하였다.

과거와 현재, 미래를 함께 조망하기 위해서는 그것 사이의 연기적 요소들이 있어야 한다. 그래야만 종적이면서 보편적인 환상을 만들어낼 수 있다. 그 때문에 이 환상 속에 김구용은 "백의관세음보살(白衣觀世音菩薩)"로 변한 흰 옷차림의 여자를 통하여 불교적 세계관을 확연하게 드러낸다. 백의관세음보살은 Ⅲ장에서 언급한 바와 같이 어머니의 표상이다. 늘 정갈한 하얀 옷차림으로 희생과 사랑을 베푼 어머니가 지향적 대상이 되어 선재되어 있다가 시 텍스트의 전면에 나타난 것이다. 하지만 이 흰 옷차림의 여자는 성(性)과 기아(飢餓)를 또한 상징하기 때문에 직접 어머니를 표상하는 것이라고 볼 수는 없다. 도리어 김구용 시의 화자 대부분이 주관적 체험을 바탕으로 그 자신과 밀접하게 이어져 있기에 가능한 비약이라 할 수 있다. 의식적으로 조작된 변양된 체험으로 만들어진 이 비약은 주체에게 가능한 충족들로의 지향을 갖게 한다. 후설은 이러한 지향이 "비관적인, **공허한** 지향이다. 그리고 이 지향의 대상적인 것은 일어난 일들의 객관적 시간 계열이며, 이 시간 계열은 현실적으로 회상된 것의 희미한 주변(dunkle Umgebung)이다."[27](강조는 원문)라고 지적한다. 결국, 이는 어떤 기대에 불과하다. 그리고 "기대는 지각 속에서 그 자신의 충족을 발견한다. 그것이 지각될 것이라는 사실은 기대된 것의 본질"[28]에 속하는 것일 뿐이다.

백의관세음보살이 된 흰 옷차림의 여자는 "난 원래부터 이유가 없어요"라 말한다. 이는 곧 연기설로 이어지기 위한 기대와 바람의 진술이다. 이유가 없기에 흰 옷차림의 여자는 "지난날 전화(戰火)에 타오르면서도 변하지 않던 관음의/ 미소"(「관음찬Ⅱ」)처럼 전쟁과 기아, 그리고 속악한 현실 속에

---

27 에드문트 후설, 이종훈 옮김, 『시간의식』, 한길사, 1998, 129쪽.
28 위의 책, 132쪽.

서도 마찬가지로 미소를 짓고 있다. 이 미소는 죽음과 기아, 피폐함을 야기한 과거의 고통을 극복하는 생명력의 상징으로서의 어머니 표상이고(물론 불완전한 형태이지만), 이것이 바로 '꿈의 이상'이다. 이처럼 김구용은 「꿈의 이상」에서 환상의 연쇄와 비약을 통하여 불교적 세계관을 의식적으로 구성하여 전면에 내세우고 있다.

하지만 「꿈의 이상」 속에서 '꿈의 이상'과 현실은 다르게 작동된다. 즉, 기대 직관과 현실이 다르게 작동한다. 이는 「소인(消印)」과의 비교를 통해 알 수 있다. 「소인(消印)」의 화자는 자신과 세계가 합일되는 마지막 환상을 통하여 제의적 성격의 자기희생에 다다르지만, 「꿈의 이상」의 화자는 마지막 환상을 본 후, 가난한 거지에게 적선을 해주는 자비를 얻는 데 그친다. 그리고 세 여자 중 가장 먼저 자신을 찾아온 이와 오렌지를 먹고 청혼을 하리라 결심한다. 매우 현실적이며 세속적인 결론에 다다른 것이다. 불교적 세계관을 바탕으로 구성된 마지막 환상을 통하여 다다른 결론이 이처럼 상이한 이유는 무엇일까. 이는 흰 옷차림의 여자가 거느리고 있는 상징 계열체가 결국 주체의 기대 속에서 만들어진 것이기 때문이다. 기대는 그것을 지각하고 의식함으로써 충족하기 마련이다. 즉 이미 그 스스로 충족되는 것이기 때문에 다른 새로운 지평을 열어 보이지 못한다. 그 때문에 이는 비관적이고 공허한 지향이다.

전쟁-죽음의 공포로부터의 탈출, 혹은 그 극복은 김구용에게 불교적 세계의 구현으로 완성된다. 이는 식민지 시대 징용을 피하여 동학사에 있던 그의 전기적 사실과 일치한다. 한국 근대의 비극들에서 벗어나 있었다는 죄의식은 그에게 '수인(囚人)' 이미지로 나타난다. 김구용의 수인은 근대도시의 수인이기도 하지만, 동시에 자신의 죄의식으로 인한 수인이다. 「꿈의 이상」에서도 시적 화자는 병원에 입원해 있으면서도 경제적 곤궁함으로 번역 작업을 해야만 했다. 게다가 그는 오진으로 인하여 입원해 있었다. 이 역시 마찬가지로 수인의 모습이다. 수인 생활을 극복하는 것은 바로 전쟁-죽음, 한국의 근대적 비극으로부터의 극복을 의미한다. 「소인(消印)」과 「꿈의 이상」은 모두 그 극복을 그리고 있는데, 전자가 감옥이라는 예외적인 상황 속이라면, 후자는 현실에 더 가깝게 다가서 있다. 전자에서는 나의 인형이라 일컫는 매춘부를 매개하여 이에 다다른다면, 후자에서는 백의관세음보살로 화(化)한 흰 옷차림의 여자를 매개한다. 전자의 매춘부는 현실에 가깝고 후자의 백의관세음보살은 비현실적이고 종교적이고 영적 영역에 가깝다. 이처럼 「소인(消印)」과 「꿈의 이상」은 현실적 요소와 비현실적 요소가 서로 교차하여 배치되어 있는데, 이는 결국 결론부에서도 마찬가지로 이어진다. 「꿈의 이상」의 백의관세음보살 등 김구용의 시 텍스트에서 불쑥 튀어나오는 불교적 이미지들이 시적 서사의 섣부른 결론처럼 보이는 이유 또한 여기에 기인한다. 이에 대해서 김구용은 백의관세음보살의 입을 빌려 이렇게 말하고 있다. "본래부터 이유가 없다." 「꿈의 이상」에서 이 말은 계속 반복되지만, 이것이 실제적 깨달음으로 이어지지는 않는다. 「꿈의 이상」의 마지막에서 화자는 "세 여인 중의 누군가가 나를 찾아올 것이다. 그날은 둘이서 오렌지를 먹기로 하자. 그리고 구혼(求婚)하자"라고 다짐한다. 이 결론 부분은 세속적이고 합리적이다. 애초에 「꿈의 이상」에서 보였던 기대의 지향이 "비관적인, 공허한 지향"[29]이었기 때문이다. 일반적으로 환상은 서사에 있어서 질서-혼돈-질서의 구조를 보이는데[30], 「꿈의 이상」 또한 마찬가지이다. 즉, 결혼이라는 질서

29 위의 책, 129쪽.

30 김태환, 『문학의 질서』, 문학과지성사, 2007, 244쪽.

의 구조로의 편입을 그린다는 데 있어서 '꿈의 이상'이 이상이 아닌 현실 질서로의 편입으로 가라앉게 되는 것이다. 결국, 「꿈의 이상」에서 시도한 비약 또한 혼돈의 한 양상에 불과하게 된 셈이다. 이에 대한 극복을 보여주는 것이 「불협화음의 꽃 Ⅱ」이다.

3. 알레고리와 이욕

3.1. 언어의 극복과 가난

김구용은 현대문학이, 특히 시와 소설이 그 형태를 무시하면서 소설은 시로, 시는 소설로 접근하고 있다고 지적하고 있다. 결국, 이것은 '비시(非詩)의 시'이다. 이는 "현대시의 비극이 필연적으로(표현 없는 사고가 있을 수 없듯) 다른 형태를, 즉 자기 몸에 알맞은 의상을 갖추"[31]고자 하기 때문이다. 이와 같은 현대문학, 특히 현대시에 대한 현실의 응전 양상이 그가 보여주고 있는 중편 산문시들이다. 그리고 이들은 연대기적 각기 다른 변화를 보여주고 있다. 특히나 「불협화음의 꽃 Ⅱ」(1961)에서는 형식적인 실험이 정점에 달한다.

먼저 「불협화음의 꽃 Ⅱ」는 앞서서 살펴본 「소인(消印)」이나 「꿈의 이상」과는 달리 시간의 순서에 의한 서사가 존재하지 않는다. 흩어져 있는 파편적 조각들을 바탕으로 그 서사를 가늠해야 한다. 후자의 작품들이 명징한 현실 서사와 환상이 교차하며 진술된 데 반해, 「불협화음의 꽃 Ⅱ」는 그 제목처럼

---

31   김구용, 「현대 시의 배경」, 『김구용 문학 전집 6:인연』, 솔, 2000, 386쪽.

완전한 불협화음을 이루고자 하기 때문이다. 후자의 작품들이 전쟁 체험과 전후 근대도시라는 고통과 폐허의 현실과 이에 대한 불안과 극복 의지를 바탕으로 한 환상이 적절한 서사 순으로 혼합되어 있다면, 「불협화음의 꽃 Ⅱ」는 모든 것을 단자화 하여 서사의 흐름과 상관없이 배치하고 있는, 말 그대로 불협화음이다. 이는 「불협화음의 꽃 Ⅱ」의 3인칭 화자가 서사의 흐름에 집중하는 것이 아니라 화자 자신의 인식과 감정을 전달하는 데 집중하고 있기 때문이다. 그에 따라 발생한 이 불협화음이 바로 그가 바라보고 있는, 김구용이 인식하고 있는 전후 한국의 상이다.

김구용의 시 세계를 살피는 데 있어 「불협화음의 꽃 Ⅱ」가 무엇보다 중요한 것은, 소위 중편 산문시라고 하는 김구용의 시적 실험의 마지막에 놓인 작품이라는 데 있으며, 전술한바 여기에서 또 다른 실험이 벌어지고 있다는 데 있다. 또한, 작품의 배경이 되는 임시수도 부산은, 김구용이 실제 머물던 곳으로, 다른 작품들에 비하여 본인의 체험이 더 깊숙하게 자리 잡고 있다. 김구용 본인의 체험을 바탕으로 하였기 때문에 「불협화음의 꽃 Ⅱ」는 파편적으로 구성될 수밖에 없었다. 결국, 김구용은 이 파편들이 모여 이루는 하나의 '꽃'을 그리고자 했다. 이것은 결국 서사로는 이 모더니티의 세계를 완벽하게 보여줄 수도 없으며, 그것과 싸울 수 없다는 인정이다. 「소인(消印)」에서는 제의적 자기희생을, 「꿈의 이상」에서는 불교적 구도를 구축하려 했으나, 마지막으로 「불협화음의 꽃 Ⅱ」에서 다다른 곳은 파편적으로 존재하는 온갖 소음과 같은 모더니티의 세계일 뿐. 이는 전후 한국의 현실을 시의 형식으로서 알레고리화 하려는 시도이자, 김구용이 한국전쟁 이후 추구한 중편 산문시 실험의 아름다운 실패를 보여주는 장면이다.

김구용이 겪은 한국의 근대는 일제 강점기를 비롯하여 한국의 전통, 서구화와 한국전쟁 등 역사적 단절과 재구성이 교차한다. 「불협화음의 꽃 Ⅱ」에 이르러 김구용은 이 근대를 보여주는 방식으로 알레고리를 추구하고 있다. 벤야민은 알레고리를 우의적 관계를 초월한 주체와 대상과의 관계 및 주체의 발화방식을 총칭하는 개념으로 확장하고 있다. 그는 『독일 비애극의 원천』에서 바로크 비애극에 나타난 군주들의 몰락과 죽음을 통하여 알레고리가 '숭고한 이념 대신 파괴된 역사 자체의 진리 내용'을 다룬다고 지적한다.[32] 바로크 비애극에서 군주의 죽음과 함께 등장하는 시체와 해골 등 황폐한 자연의 이미지는 곧 역사의 몰락을 의미한다. 시체와 해골 등 죽음의 이미지를 통하여 자연의 몰락과 역사의 몰락을 읽어낸 것이다. 벤야민이 알레고리를 확장하여 해석하는 것은, 알레고리가 상징과는 달리 역사의 존재를 가능하게 만들기 때문이다. 낭만주의 미학에서 상징은 "감각적 대상과 형이상학적 대상의 일치"[33] 상태를 의미한다. 하지만 현상과 본질의 일치는 형이상학적 가정일 뿐이고 비역사적이고 비현실적인 성격을 지니게 된다. 이 낭만주의적 상징의 비역사성에 비하여 알레고리는 "현실과 이상, 현상과 본질의 불일치를 그대로 노출하는 방식으로 양자의 관계를 '몽타주'적으로 제시한다."[34] 특히나 벤야민이 보기에 20세기 초반 유럽의 상황은 바로크 비애극의 상황과 유사하였고, 폐허와 몰락, 죽음이 두 시대를 이어주고 있다고 파악했다. 벤야민이 『아케이드 프로젝트』에서 몽타주적 기법을 통하여 파편성과 우연성에 기대어 유행이 지난 사물들을 보여주는 이유가 여기에 있다. 그리고 현

---

32 최문규, 『파편과 형세』, 서강대학교출판부, 2012, 167쪽.

33 정의진, 「발터 벤야민의 알레고리론의 역사 시학적 함의」, 『비평문학』, 41집 한국비평문학회, 2011.9, 394쪽.

34 위의 논문, 같은 쪽.

상과 본질의 불일치는 기법에서 부자연스러움의 미학, 인위성의 미학으로 나타난다. 벤야민의 보들레르 산문시에서 알레고리적 성격을 분석한 까닭이다. 그리고 이와 같은 알레고리적 성격이 김구용의 「불협화음의 꽃 Ⅱ」에서 나타난다.

시적 서사를 중심으로 하는 시의 서사화 및 산문화는 장르 간의 혼종이라고 할 수 있는데 "복잡하고 다양한 사회 구조변화에 필수적으로 요구되는 토의와 분석의 기능을 산문이 효과적으로 수행하고 있기 때문이다."[35] 이는 거칠게 말하자면 시의 본질적인 서정성을 포기하고, 대신 현실과의 대면을 앞세우고자 하는 것인 셈이다. "복잡다단하게 전개되는 현대의 사회변화를 언어의 긴축과 구조의 긴밀함으로는 수용하기 어렵고 또한 토의와 분석기능이 요구될수록 시의 산문화나 서술화가 필연적으로 초래될 수밖에 없"[36]다는 이야기를 「불협화음의 꽃 Ⅱ」에서 보여준 변화에 적용하자면, 이와 같은 변화는 결국 필연성의 극대화라고 할 수 있다. 인위성의 미학에 기초하고 있는 것이며, 서사를 파편화하여 배치함으로써, 몽타주 기법을 적극 활용한 것이다. 뷔르거는 벤야민의 알레고리에 대하여 네 가지 구성요소로 말하고 있다. 첫째 알레고리를 활용하는 작가는 삶의 연관 관계의 총체성으로부터 하나의 요소를 끄집어낸다. 그리고 그것을 고립시키고 그 기능을 탈취한다. 그리하여 알레고리는 본질상 파편인 셈이며 그에 따라 유기적 상징과 대립한다. 둘째, 알레고리를 활용하는 작가는 고립된 현실의 파편을 조합하여 의미를 산출한다. 이때의 의미는 설정된 의미이다. 각 파편이 본래의 연관 관계로는 생성되지 않는다는 것이다. 셋째, 이것들은 곧 멜랑콜리의 표현이다. 넷

---

35 김영철, 「산문시와 이야기시의 장르적 성격 연구」, 『인문과학논총』 제26집. 1994, 36쪽.
36 위의 논문, 50쪽.

째, 본질상 파편이라고 할 수 있는 알레고리는 몰락의 역사를 나타낸다.[37] 알레고리는 본질상 파편적 성질을 가지고 있다. 이 파편들은 몽타주를 통하여 의미를 생성하며, 역사적 관점을 획득해낸다. 「불협화음의 꽃 Ⅱ」는 기존 김구용의 텍스트에 있어 주요한 기법인 서사적 맥락을 포기하고, 서사의 파편화를 추구함으로써, 그것과 연관된 현실을 알레고리화 한다. 이 파편들은 곧 '불협화음'이라 할 수 있으며, 이를 통하여 생성된 의미는 '꽃'이라고 할 수 있다. 「불협화음의 꽃 Ⅱ」가 한국전쟁 중 임시수도인 부산과 전쟁의 흔적이 고스란히 남겨진 서울을 오가는 것을 염두에 두었을 때, 이런 변화는 김구용이 피폐한 모더니티의 세계와 벌인 마지막 실험이고, 무엇보다 가장 중요하게 탐구되어야 할 텍스트라고 할 수 있다. '불협화음'을 통하여 만들어낸 '꽃'의 의미를 탐색하기 위해서 먼저 「불협화음의 꽃 Ⅱ」에서 두드러지는 기본적 특성을 살펴보자.

「불협화음의 꽃 Ⅱ」의 시적 화자는 '그'는 정확한 직업도, 나이도 불분명한 상태이다. 다만 그가 부산 피란 시절을 체험했으며, 지금은 미혼인 상태로 서울의 한 셋방에 기거하고 있고, 대학에서 강의하고 있다는 정도만 알 수 있다. 전쟁이 끝나고 서울에 머물고 있지만 "나는 다른 사람들보다 많은 일을 합니다. 그런데 수입은 다른 사람들의 절반도 못됩니다."라는 말에서 알 수 있듯 살림살이는 여전히 곤궁하다. 룸펜 지식인의 모습을 한 시적 화자의 모습은 김구용의 여타 다른 작품들과 비슷하다. 하지만 이 작품은 앞서 전술한 바대로 그 구성이나 특성에 집중하기보다는 시적 화자가 집중하고 있는 개별적 문제들을 각각 살피는 것이 좀 더 적확한 접근 방법이다. 그리고 그것들은 김구용의 개인사와 겹쳐지고 있다.

---

37   페터 뷔르거, 최성만 옮김, 『전위예술의 새로운 이해』, 심설당, 1986, 118~120쪽.

「불협화음의 꽃 Ⅱ」에서 먼저 두드러지는 것은 가난이다. 화자는 서울의 한 셋방에 기거하고 있다. 돈이 곧 건강이니 생활력이 강한 여자를 소개받는 게 어떠냐는 형법(刑法) 교수와의 대화나, "조국의 위치는 어디에 있나?" "국제법으론 어떤가?" 등을 논하는 친구들을 보건대, 서울의 한 대학교 법학과에서 강의하는 것으로 추측 가능하다. 전쟁에 참여하고, 부산 피란도 겪고, 휴전이 되어 서울에 정착했지만, 화자의 삶은 여전히 곤궁하다. 하지만 그가 느끼는 가난은, 「소인(消印)」이나 「꿈의 이상」과는 다르게 나타난다. 전작들에서는 절대적인 가난이, 그리하여 지속되는 가난이 중심을 이루었다면, 「불협화음의 꽃 Ⅱ」에서 가난의 강도는 덜하다. 화자 또한 이 가난으로부터 받는 고통의 정도가 현저하게 약화되어 있다. 대신 가난과 빈곤은 현실적 생활이 아닌 화자의 언어로 이동되어 있다.

> 그는 가난과 병약과 고독의 골목을 흘러간다. 하늘과 맞닿는 바다에 이르기 전이라도 물은 어디서나 물이었다. 과오나 비애가 그를 더럽히지는 못하였다. 도둑과 성직(聖職)은 그에게 있어 한 쌍의 눈동자였다. 나의 자성(自性)이 남의 자성이었다. 성인(聖人)의 말씀은 들을 때뿐이었다. 경전을 덮고 나면 그는 벽에 홀로 남은 자기 그림자를 보았다. 그는 공자처럼 실직자가 될 자격이 없었다. 그는 석가처럼 걸인이 될 소질이 없었다. 그는 예수처럼 피살될 용기가 없었다. 그에게는 '언어'가 없었다. 그는 찾기 전에 있었던 것이다.

화자는 전쟁에 참여하면서도 언어에 대한 관념에서 벗어나기 위해 애썼다. 그에게 언어는 "언어는 찾을수록 소모되었다. 도시는 한낱 인조품이었다."에서 볼 수 있듯이 근대 모더니티를 구성하고, 상징하는 이성으로서의 언어이다. 그 때문에 화자는 전쟁 중에도 언어라는 관념에서 벗어나려고 했으며, 이를 통해 "'무아(無我)'에서 정확한 '동화(同化)'의 세계로 들"어갈 수 있었다. 언어를 통하여 나를 버리고, 무아(無我)에 닿는 것은 곧 나의 자성(自性)에 닿는 길이다. 언어를 부정하고, 언어적 · 이성적 세계를 극복하는 것이 그에게는 먼저이다. 그 때문에 그는 애써 모더니티 도시에 적응하려고 하지 않는다. "생활력이 강한 여자를 데려야지요. 범죄란 놈이 어디서 생겨나는 줄 압니까. 가난에서지요. 돈은 건강입니다. 내 그런 데를 하나 소개해드릴까요."라는 형법 교수의 말은, 자본주의가 정착한 모더니티의 도시에서 가난과 돈을 바라보는 시각을 보여주지만, 화자는 관심이 없다. 화자는 이미 ""가난하되 욕망 없는 나를" 활동으로써 찾고 있는 자"이다. 근대 세속 도시의 규칙들은, 그에게 적용되지 않는 것이다.

"어디서나 이기(利己)의 부정(不正)과 타협할 줄 모르는 바보는 없었다. 수입은 바른 지침이었다. 평화를 부르짖는 입들에서 연기가 나왔다. 그리하여, 타버린 땅에 시가(市街)는 재건되었다." 재건된 도시에서 그는, 전쟁의 기억을 떠올리고, 부산 피난 시절에 자신이 본 비극들을 떠올린다. 그리고 "애초부터 호전적인 신을 만들지는 않았"지만, "전쟁은 앞으로도 있을 것"이라고 생각한다. 가난에 대해서, 화자가 가지고 있는 감각이 「소인(消印)」이나 「꿈의 이상」과는 다른 것은 바로 이 때문이다. 전쟁의 기억과 전쟁이 끝난 후에도 지속(持續)되는 고통. "지속은 볼 수 있고 보게끔 하는"것이기에, 「불협화음의 꽃 Ⅱ」의 후반부에서 시적 화자는 전쟁과 피난 시절을 강박적으로 반복하며 기억한다. 그 때문에 「불협화음의 꽃 Ⅱ」 또한 「꿈의 이상」과 마찬가지로 근대 모더니티의 폐허를 극복하기 위하여 불교적 세계관의 구축을 노리고 있었음을 알 수 있다. 하지만 두 텍스트 사이에는 차이가 발생한다. 「꿈의 이상」에서 백의관세음보살(白衣觀世音菩薩)을 등장시키면서 불교적 세계를 관념적 조작을 통하여 노골적으로 드러냈다면 「불협화음의 꽃 Ⅱ」에서는 불교의 용어들을 텍스트 전반에 걸쳐 파편화하여 빈번히 등장시키면서, 이를 내면화하는 양상을 보여주고 있다. 그런데도 화자에게 가난은, 엄연하게 존재하고 있는 전쟁으로부터 지속되어온 고통의 잔재이고, 현실적 고통이다. 그리고 세속은 이 고통을 잊기 위해서는 가난을 극복해야 한다고 말한다. 그 때문에 한편에서는 언어의 속박에서 벗어나 "그에게 있어 "그것은 꽃이라"라는 말과 "나는 꽃이다"라는 뜻의 차(差)는 무한(無限)으로 나타"나는 모습도 보이지만 다른 한편에서는 환상 속을 통하여 가난이 반복된다.

여러 가지 성자(聖子)들은 나무 그늘에서 속삭이었다. 성자들은 산업품 사용을 거절하였다. 그들은 성력(聖力)을 잃는 줄로만 믿고 있었고 욕심을 미워하듯 물력(物力)을 두려워하였다. 그는 "나는 다른 사람들보다 많은 일을 합니다. 그런데 수입은 사람들의 절반도 못됩니다" 하고 말하였다. 웃음소리가 어디선지 일어났다. 그는 '과보(果報)'라는 버림인지 "요령이 없다"라는 훈계인지 만발한 웃음을 듣고 아득하였다. 그것은 거울의 웃음이었다.

화자는 분명 가난을 인정하며 욕망하지 않는 삶, 그로 인한 고통조차도 감내하며 받아들이는 삶을 살고자 한다. 하지만 무엇보다 그를 괴롭히는 것은 물질문명의 발전과는 상반되게 점점 피폐해지는 정신이다. 그것은 외로움의 형태로 나타난다. 「소인(消印)」이나 「꿈의 이상」에서는 고정된 등장인물들이 화자와 대화를 나누면서 시적 서사를 이끌고 있으나 「불협화음의 꽃 Ⅱ」에서는 그런 인물이 없다. 그는 혼자이다. "어디에서 돌아보아도 섬이었다. 구하고 버림을 당한 곳이었다." 하지만 이 아득하기만 한 언어를 버림으로써 자성(自性)에 닿는 길에서 번번이 화자에게 닥치는 것이 있다. 욕망이다.

"언제나 식(食)과 성(性)이 지상을 꾸미었다."란 시구에서 알 수 있듯 「불협화음의 꽃 Ⅱ」의 시적 화자에게 두드러지는 또 다른 것은 성적 욕구이다. 성적 욕구는 김구용의 중편 산문시에서 반복되는 주제인 만큼 그의 시 세계를 살피는 데 있어서 면밀히 살펴봐야 할 가치가 있다. 또한, 가난에 대한 문제가 한국의 근대 모더니티의 불모성에 기인하고 있는 환경적인 것이라면, 욕구의 경우 인간 본성에 기대고 있는 것이기에, 김구용이 왜 이 문제에 천착하고 있는지를 알기 위해선 「꿈의 이상」에 이어서 「불협화음의 꽃 Ⅱ」에서 불교적 관점에서 존재를 어떻게 인식하고 있는지를 살펴봐야 한다.

3.2. 이욕과 타자

불교에 있어서 나와 세계는 식(識)이 만들어낸 현상일 뿐이다. 즉 가상이다. 불교에서는 생명체의 생성이 십이지 연기(十二支緣起)에 따른다고 말하고 있다. 이를 정리하면 다음과 같다.

無明→行→識→名色→六入處→觸→受→愛→取→有→生→老死
전생 | 현생(태내/태밖) | 내생

각 유정은 이전 생이 남긴 업 중에서 보를 갖지 못한 것들을 남기게 되는데, 이 업력은 유정의 삶이 끝나도 사라지지 않고 중유(中有) 존재가 되어, 식(識)의 형태로 머물며 보를 다하고자 욕망하게 된다. 결국, 자신과 가장 유사한 미래의 부모 중 하나에 밀착하여 모태 속으로 들어온다. 모태에 자리한 식으로부터 명색(名色)이 발생하는데, 명은 심리적 기제로 정신을, 색은 물리적 기제로 몸을 말한다. 그리고 이는 좀 더 구체적인 인식기관인 안이비설신의의 육입처(六入處)를 이룬 후 성장하여 태 밖으로 나온다. 탄생한 아이

는 세상과 부딪히게 되는데(觸), 이로 인하여 느낌(受)을 갖게 되고, 다시 느
낌을 통하여 즐거운 것을 좋아하고 괴로운 것을 싫어하는 애(愛)가 생기고,
애로 인하여 집착(取)이 생긴다. 이 애착은 결국 또다시 무수한 업을 짓게 하
고, 이 업력이 다시 태어날 존재(有)를 형성한다. 이 '유'로 인하여 내생으로
다시 생(生)하고, 내생의 삶인 노사(老死)를 겪는다.[38] 결국, 이 애착으로 인
하여 윤회의 사슬을 끊지 못하는 것이다. 그 때문에 김구용은 「소인(消印)」
과 「꿈의 이상」에 이어서 「불협화음의 꽃 II」에서도 성적 욕구를 중시한다.
즉, 애착의 단계, 욕망과 집착의 단계에 집중하는 것이다.

김구용의 텍스트 속에서 가장 중요하게 작동하는 욕망과 집착은 성적 욕
구이다. 그리고 그것을 해소하는 방식에 따라서 김구용의 불교의식 변화가
감지된다. 이 욕구의 대상은 「소인(消印)」에서는 매춘 여성으로, 「꿈의 이
상」에서는 흰 옷차림의 미지의 여성으로 그려지고, 「불협화음의 꽃 II」에서
는 어린 시절 소꿉동무였던, 전쟁 중에 죽은 여성이다. 실존하는 대상에서
미지의 대상, 그리고 만날 수 없는 대상으로 옮겨감으로써 대상에 대한 욕망
과 집착은 점점 강화된다. 근대적 비극으로 인한 죽음과 절대적 빈곤과 기아
의 체험이 현실적 문제에 가닿는다면, 성적 욕구는 이 욕망과 집착, 불교적
애착의 문제, 즉 종교적 구원의 문제이기 때문이다. 김구용이 1950년대부터
시도한 중편 산문시에서 이 문제가 어떻게 변모하고 있느냐를 살피는 것은,
모더니티에 대한 그의 대응방식의 변화, 인식의 변화를 증명하는 것이다.

현생에서 능동적으로 새로운 업을 만드는 조업(造業)은 애착 때문이다.
"사랑으로 인해 집착이 일어나며, 이 사랑과 집착, 애욕이 곧 능동적 업이다.

---

38   한자경, 「불교의 생명론: 욕망과 자유-윤회의 길과 해탈의 길의 갈림길에서」, 『한국여성철학』, 제
      2권, 2002.6, 6~8쪽 참조.

뜻으로든 입으로든 몸으로든 애착으로부터 나온 일체의 행은 자신의 보를 이끌어올 업이 된다. 사랑과 집착의 힘이 곧 다음 생의 신체와 세간을 형성할 업력이 되는 것이다." 결국 "끊임없는 행위의 연속으로서의 우리의 삶, 태어난 후 죽음에 이르기까지 계속적인 늙어가는 과정인 우리의 삶은 결국 사랑과 집착, 애착, 애욕, 욕망의 삶인 것이다."[39]

「불협화음의 꽃 Ⅱ」의 주요한 특성으로 지적한 시적 서사의 파편화가 중요한 이유가 여기에 있다. 김구용은 "시의 심도와 중압은 난해성으로 나타난다. 그것은 난해한 현실을 이해한 까닭이라 할 수밖에 없다."[40]라고 말하고 있다. 난해한 현실에 대한 대응으로서 그가 선택한 것은 '중편 산문시'이고, 이것들은 현실과 과거, 그리고 그것들로부터 연유한 환상들을 시적 서사의 문법 속에서 펼쳐 지금의 현재로 소환하는 기본 구도로 구성된다. 이 기본 구도의 중요한 시적 방법론은 바로 서사인데, 이는 이성적 사고를 바탕으로 하며, 원인과 결과라는 규칙 속에서 김구용의 시 세계를 구성하는 역할을 한다. 이를 불교적 측면에서 보자면 각 유정이 행한 업을 바탕으로 따르는 보를 의미하는 것이다. 그런데 「불협화음의 꽃 Ⅱ」에서 서사를 파편화시킨다는 것은 곧 서사가 지닌 이성적 성격을 극복하겠다는 것을 의미한다. 이것은 시적 형식에서의 이 업보의 관계, 그리고 이 관계를 지속시키는 애착을 포기하겠다는 것이다.

서사의 포기를 통한 극복과 이를 통한 애착의 포기를 통해서 김구용이 추구하는 것은 이욕(離欲, virāga), 즉 애착의 여윔이다. 이욕은 "지혜와 도덕성과 선정의 힘과 함께 수행자의 마음에서 집착이 사라지면서 얻게 되는 상태

---

39 한자경, 위의 논문, 9~10쪽.

40 김구용, 「눈은 자아의 창이다」, 『김구용 문학 전집 6:인연』, 솔, 2000, 432쪽.

이다."[41] 이는 불교에서는 심리학과는 다르게 이 애착이라는 용어에 대하여 부정적으로 인식하고 있음을 보여준다. "서양 심리학에서 애착은 매우 긍정적인 의미를 함축하고 있는 반면, 불교에서는, 전반적으로, 애착을 부정적으로 보며 심적 고통으로부터 자유롭기 위해서는 약화시켜야 할 것으로 간주한다."[42] 불교에의 애착(愛着, rāga, upādāna)은 인식을 왜곡시키는 마음작용을 하고 있다고 보고 있다. 고(苦)와 고의 제거가 부처의 가르침이라는 것은, 고가 모든 존재에 내재하고 있는 속성으로 인식한다는 것이다. 그리고 이 고의 원인은 갈망, 욕망, 집착이다. 결국, 이것들을 사라지게 함으로써 고를 소멸할 수 있다. 결국, 김구용은 원인과 결과로 이어질 수밖에 없는 서사의 포기를 통하여 방법론적으로 이욕을 추구하고 있다. 그렇다면 이와 같은 변화는 성적 욕구에 대한 시적 화자의 변화로 나타날 것이다.

송승환은 「불협화음의 꽃 Ⅱ」에서 성애의 묘사가 시의 처음과 마지막에 배치되어 있으며, 그것에 대한 변화가 감지되고 있다고 지적한다. 첫 장면이 파도의 출렁임을 통하여 관능적이면서 아름다운 성애를 그리고 있다면, 마지막은 자신의 본성에 대한 수치심이 주된 감정을 이룬다는 것. 이러한 변화는, 전후 모더니티의 세속을 겪으며 본 굶주림과 범죄, 매음과 불륜, 피곤 등에 따른 것이라고 설명한다.[43] 하지만 「불협화음의 꽃 Ⅱ」를 조금 더 면밀하게 살펴보면, 이 성애가 실제로 이루어진 것이 아닌, 환상에 불과하다는 것을 알 수 있다. 이 성애는, 정상적 관계 속에서 이루어진 것이 아니다. 김구용

41   문진건, 「애착 이론으로 본 불교의 이욕」, 『불교문예연구』 14집, 2019, 56쪽.

42   위의 논문, 69쪽.

43   송승환, 「김구용의 산문시 연구―부산 피란 체험과 「불협화음의 꽃 Ⅱ」(1961)」, 『한국문예비평연구』 제45집, 2017.6, 114~115쪽.

은 「불협화음의 꽃 Ⅱ」 후반부에서 "그는 성(性)에 있어 자독(自瀆)의 수자(囚者)였다."라고 말하고 있다. 이 모든 것들이 수음 속 환상이라는 것이다. 시적 화자는 이 수음이라는 행위에 대하여 죄의식에 시달리고 있다. 그는 "강간과 싸움과 수갑과 병을 대가로 공급받"는 도시에서 "무언(無言)을 감수"한다. 이성적 언어를 극복하겠다는 것이다. 하지만 이 무언의 상태는 도리어 환상을 활성화한다. 그리고 실제로 행하지 않는다고 하더라도, 화자의 애착은 자연스럽게 성적 욕구로 모인다. 「불협화음의 꽃 Ⅱ」의 화자는 실제 생활에서는 금욕적 일상을 유지하고 있으나, 그의 내면은 들끓는 욕구로부터 자유로울 수 없기에, 계속하여 여기에 집중하고 있다.

그 때문에 「불협화음의 꽃 Ⅱ」에서 더욱 집중하는 것은 이욕의 완성이다. 어찌할 수 없는 욕망에 대한 집착에서 벗어나는 것. 그리고 이욕의 완성은, 환상의 반복을 거쳐서 시의 마지막에 이루어진다. 그리고 그 과정 가운데에서 「소인(消印)」, 「꿈의 이상」에서는 없었던 변화들이 감지된다.

> 서로가 무능 위에 올라서려 서로를 짓밟았다. 때[時]가 언제 그에게 죽음을 분부할지 모른다. 웃음은 쓰러진 자 위에서 웃었다. 하반신으로 성격된 본능만이 움직이었다. 열리지 않는 국회는 대기 속에 동결되어 서 있었다. 창들은 시위 행렬을 굽어보았다. 계단은 검문으로 통하였다. 신문들은 아우성을 친다. 통행 금지된 백주의 길거리는 눈이 내린다. 냉도(冷度)는 싹[芽]을 잉태하였다. 반목이 요구하는 협력은 종잇조각으로 찢겨 나갔다. 결정권을 잡은 기계가 담배를 피고 있었다. 머리가 약방을 찾아 위험 선상을 헤맨다. 그녀는 부서진 벽에 그림자를 눕히고, 초토(焦土)에 서 있었다. 여자는 근심하였다. 태양은 그녀의 것이었다. 지난날, 그는 한창 볶아대는 총소리 속에서도 법당의 정적을 느꼈었다. 그들의 몸은 그들을 반영하였다. 존재는 의미를 잃고 있었다.

인용시의 풍경은 4 · 19혁명을 보여주고 있다. 시적 화자에게 이 풍경은 그 의의가 어떠하든 간에 혼란으로 보인다. 그 때문에 그는 이 풍경을 바라보면서 전쟁을 떠올리고, 의미를 잃은 존재에서 보듯 죽음의 풍경이 지니는 가혹한 고요함을 떠올리고, 성적 욕구를 떠올린다. 이 모든 것이 함께 욕동하며 움직이는 이율배반. 이것은 애착으로부터 연원한다. 그런데 이와 같은 당대적 현실이 그의 중편 산문시에 삽입된 것은 전에 없던 변화이다. 서사의 압박에서 벗어났을 때, 김구용의 눈에 보이기 시작하는 것은 바로 현실사회이고, 그 속의 타자인 것이다. 이는 타자가 더욱 빈번하게 나타나고 주체와 관계를 형성하는, 후기 시에 나타난 변화의 전조이다. 타자성을 감지하기 시작했다는 것은 김구용의 시 세계의 변화를 예감케 한다. 이런 양상은 아랫부분에서도 감지된다.

> 피난 당시 항도(港都)에서 한 부인은 매음(賣淫)으로 한동안 병든 남편과 어린 것을 부양하였다. 그들 부부만이 아는 순금(純金)의 비밀이었다. 일선에서는 송장들을 넘으며 전투가 불로 뒤덮였다. 남편은 방에서 손님이 나올 때를 기다렸다. 불빛은 판자 틈 사이로 꺼진다. 가슴은 그럴 때마다 깜깜하였다. 분노와 비애는 꺼졌다. 아내는 바로 그의 생존이었다. 아무도 자기 목숨을 미워할 수는 없었다. 병든 남편이 일자리를 찾아 거리로 나간 뒤면 아내는 거울 조각 속에서 여윈 얼굴을 쓰다듬었다. 오욕은 서로를 설매(雪梅)로 보았다.

시적 화자에게 식(食)의 세계는, 앞서 언급한 대로 감내하고 극복할 수 있는 것이지만, 성(性)의 세계는 불가한 것이다. 불가한 것이기에, 김구용은 그가 실제로 목격했던 한 풍경을 「불협화음의 꽃 Ⅱ」 마지막 부분에 삽입한다. 이 인용 부분은 김구용의 일기에 나온 것이다. 부산에 도착하기 전날인 1951

년 12월 8일, 대구의 한 지인의 집에서 어린 아들이 있는 여자가 매음을 했다는 이유로 폭행을 당하는 모습을 목격한 것을 변용하여 시화한 것이다.

이 부부는 주체와 아무런 공통분모가 없이 그 외부에 있는, 그 때문에 주체와 다른 패러다임 속에 있는 타자이다. 외부의 존재이기에 주체의 통제와 지배가 미치지 않는 타자를 발견한 것이다. 레비나스는 "타자와 관계를 맺을 때 참 사람됨이 이루어지고, '그저 있음'의 위기에서 벗어날 수 있으며, 타인에 대한 관계성이나 책임감이 '그저 있음'에서 나를 구원하게 된다."[44]라며 미래의 가능성을 열기 위해서는 주체가 홀로서기를 넘어서서 타자와 관계를 맺어야 한다고 주장한다. 타자와의 관계를 통해서, 타자의 얼굴을 만남으로써, 그리고 타자의 요구에 응답함으로써 비로소 미래가 있는 주체가 된다는 것이다. 여기에서 알 수 있듯 레비나스의 이론에서 시간은 타자성과 함께한다. 레비나스에게 시간이란 자아와 타자의 불가능한 종합을 인식하는 것인데, 타자와의 만남을 통하여 시간이 발생하기 때문이다. 결국, 레비나스에게 시간은 홀로 존재하는 주체에게 일어나는 것이 아니라, 상호주관적인 관계 속에서 일어나는 것이며, 이를 통하여 '미래=타자'라는 구도가 만들어진다. 그리고 타자는 주체에게 호소의 얼굴로 나타난다. 이는 타자의 얼굴이 "다른 것으로 환원할 수 없는 방식"으로 동정을 구하는 것이 아니다. 타자의 얼굴은 주체에게 "내가 정의로워질 것을 요구한다."[45]

하지만 「불협화음의 꽃 Ⅱ」에서 불현듯 나타난 이 타자와 김구용은 진정한 만남으로 올라서지는 못한다. 「소인(消印)」이나 「꿈의 이상」에 나온 타자들처럼 주체의 환상과 기억 속에서 의식적으로 조작된 주체화된 타자였기

---

44 엠마누엘 레비나스, 양명수 옮김, 『윤리와 무한』, 다산글방, 2005, 64쪽

45 강영안, 「엠마누엘 레비나스:타자성의 철학」, 『철학과 현실』, 1995. 여름, 158쪽.

때문이다. 기존의 시적 구도가 지닌 관성으로 인하여, 시적 서사의 분열 속에서 갑작스럽게 솟아오른 타자이기 때문에 주체가 관계를 형성하지 못하는 것이다. 이 주체는 절대적인 주체이고, 이 타자들 또한 주체의 절대성 속에서 형성되었기 때문이다.

「불협화음의 꽃 Ⅱ」의 주체 또한 마찬가지이다. 현실을 알레고리화 함으로써, 당대의 사회상이 드러나고, 또한 주체의 바깥에 있는, 낯선 타자가 등장하는 변화를 보이지만 주체의 절대성은 여전하다. 낯선 타자가 나타났으나, 주체는 여전히 자신의 환상 속에 있는 조작된 존재인 사춘기 소녀와의 관계에만 집중할 뿐이다. 하지만 이 사춘기 소녀 역시 「소인(消印)」과 「꿈의 이상」과는 다른 양상을 보인다. 「소인(消印)」에 나오는 매춘녀인 '나의 인형' 이나 「꿈의 이상」에 나오는 종교적 이상향으로서의 흰 옷차림의 여자 등 주체의 욕망과 집착으로 대상화된 여성들은, 서사적 관점에서 실재하거나, 실재하는지는 알 수 없는 미지의 인물이다. 이에 비하여 「불협화음의 꽃 Ⅱ」에 등장하는 젊은 장교 시절 만난 사춘기 소녀는 이미 죽은 존재, 실재하지 않는 존재이다. 이는 윤리적 명령을 내리는 타자에 대한 최소한의 반응인 셈이다. 먼저 「불협화음의 꽃 Ⅱ」 첫 부분을 보자.

　　그녀의 피부는 먼바다 소라 속처럼 고요하였다. 그 나선 계단을 내려가면 무엇이 그녀의 마음에 있는지 아무도 모른다. 아침은 흑요석의 눈에서 때때로 탄생하였다. 그는 그녀에 대해서 황홀하였다. 어색해서 머리를 숙인 것은 아니다. 파도가 출렁이는 동안 그들의 지상은 어떻게 변했던가. 그들의 손에는 녹슨 못이 박혀 있었다. 음성은 생활을 분석하며 사방에서 호소하였다. 그러나 실효는 반향만큼 나타나지 않았다. 그들의 입장은 불탄 자리였다. 각자의 몸부림은 적확한 표정이었다. 모든 상처가 대답이었다. 그들은 '사랑'을 침묵에서 찾는 수밖에 없었다. 하건만 결과는 죽음과 마찬가지였다. 죽음은 어떤 자세에도 결말을 짓는 안식을 주었다. 그들의 허망한 동작은 바다 빛으로 무성하였던 것이다. 노인은 그에게 말한다. "이런 어둠에서 버리라." 그는 그녀에게 대답한다. "그러면 다리[橋]에서 서로 만납시다." 약속 시각은 지나갔다. 담장의 철망은 새벽까지 안개 유리창에 그림자져 수그러진 그녀의 머리를 희망처럼 휘감고 있었다. 가난한 사람에게는 도시는 섬[島]이었다. 황량한 안면(顔面)이 해바라기 이우는 공사장과 맞쳐다본다. 파도 소리가 꺼져가는 내등(內燈)에 일어난다.

「불협화음의 꽃 Ⅱ」의 첫 부분은 꿈속 풍경을 적고 있다. 이후 자연스럽게 화자가 머무는 하숙방과 그 풍경들이 이어진다. 여기에서 읽어야 하는 것은 이 꿈이 암시하는 것이 성적 욕망이 아니라 죽음이라는 것이다. 손에 박힌 녹슨 못, 길바닥에 찍혀 있는 바퀴 자국, 불탄 자리, 침묵 속에서 찾을 수 있는 사랑, 그리고 그 결과로서의 죽음, 불현듯 나타난 노인의 음성 등 비정형적으로 이어진 정황들은 그녀의 죽음을 암시하고 있다. 물론 시적 화자가 그녀의 죽음을 직접 목격하였는지는 정확하게 나타나지 않지만, 젊은 청년 시절 전쟁에 참여한 이후로 그녀를 만나지 못하고 있는 상태인 것은 분명하다.

이 상태에서 데칼코마니로 겹쳐보아야 하는 것은 「불협화음의 꽃 Ⅱ」의 마지막 부분이다. 이 마지막 부분은 앞서 언급한 가족의 생계를 위해 매춘을 했던 부인에 대한 목격담을 변용한 부분에 뒤이어 자연스럽게 이어진다. 김구용이 목격했던 이 부분은, 텍스트 속에서 지향적 대상이 된다. 그리고 이 대상은 「불협화음의 꽃 Ⅱ」가 추구하고자 했던 이욕으로, 즉 집착과 욕망에 대한 반성과 그 포기로 이어진다. 텍스트 내의 원천시점에서 선재하고 있던, '지금'까지 열려 있는 지속되는 경험으로서의 파지를 통하여, 반성에 다다른 것이다. 그런데 현상학적 방법론은 반성의 작용 속에서 움직인다.

자아에 대한 반성은 그 체험에로 향하며, 그것은 이제 자아에 대한 대상이 된다. 체험의 구성 성분에 대한, 그리고 체험 속의 지향적인 것―이것에 대한 의식이 곧 체험이다―에 대한 가능적 자아의 시선의 경우도 마찬가지이다. 반성은 그 자체 또다시 체험이며, 그리고 그러한 체험으로서 새로운 반성의 기체가 되고 있다.[46]

앞서 언급한 바와 같이 「불협화음의 꽃 Ⅱ」는 「소인(消印)」이나 「꿈의 이상」에서 추구하였던 시적 방법론에 대한 반성 및 그 극복 속에서 시작되었으며, 그 내용에서도 관념적인 조작에 의지하는 것이 아닌, 파편화된 서사들의 불협화음을 통한 알레고리로써 풀어나가고 있다. 이 과정에서 김구용이 들고나오는 것은, 종적 환상을 통한 욕망과 집착에 대한 애착의 여윔, 이욕이다. 「불협화음의 꽃 Ⅱ」는 반성의 시선 속에서 구축되었으며, 이 반성을 통하여 "그때그때 살아 있는 체험은 실제로 살아 있는 체험으로서 "지금" 존재하고 있는 체험으로서 제시된다."[47] 이와 같은 체험은 방금 있었던 사건으로, 그 시간성을 간직하면서 지금의 시점에서 의식되면서 그 실제성을 획득하게 된다. 시적 서사의 균열 속에서 떠오른, 이 기억을 통하여 「불협화음의 꽃 Ⅱ」의 주체가 마지막 환상 속으로 안착하게 되는 것이다. 이제 그 마지막 환상을 살펴보자.

"그는 물결을 진정시키고 거울로 삼았다. 저녁노을이 배아(胚芽)의 음악으로 나부끼었다."로부터 시적 화자는 마지막 환상을 보기 시작한다. 텍스트상에서 그녀는 몇 개의 간략한 에피소드나 대화, 즉 화자의 기억으로 구성되어 등장할 뿐이었다. 하지만 이 환상 속에서 시적 화자는 그녀를 직접 만나

---

46 에드문트 후설, 최경호 옮김, 『순수 현상학과 현상학적 철학의 이념들』, 문학과지성사, 1997, 283~284쪽.

47 위의 책, 284쪽.

게 되는데, 그 매개로 있는 것은 전쟁 체험이다.

> 그제야 청년은 자기 자신과 죽음의 철창 너머로 면회하였던 것이다. 불은 켜졌
> 다. 그는 그녀가 전처럼 귀엽게 보이지 않는 데 놀랐다.

환상 속에서 만난 그녀는, 죽음의 철창 너머에 존재하는 자이다. 이미 죽
은 존재이기 때문에 당연히 생생함이란 존재치 않는다. 그녀가 시적 화자에
게 성적 욕구의 대상으로서 존재하였다는 것은, 이미 죽은 그녀에 대한 사랑
을 고귀한 것으로 보이기 위한 것을 예방하기 위한 장치이다. "왜 기계가 발
기(勃起)했던가" 하는 자문은, 그녀에 대한 사랑 또한 단순한 성적 욕구에
불과했다는 것, 애착에 불과했다는 것을 말한다. 그 때문에 그녀가 더 이상
귀엽지 않고, "역시, 대단한 내용은 없었다."라는 진술은 매우 중요한 깨달
음을 의미한다. 그녀에 대한 사랑이 결국에는 애착하기 위한 대상에 불과하
다는, 그녀를 욕구한 것에 불과하다는 깨달음이기 때문이다. 그는 그저 "자
독(自瀆)의 수자(囚者)"일 뿐이고, 이로 인한 자기합리화의 기제로서 그녀
를 동원한 것에 불과하다는 깨달음이다. 이 깨달음을 통하여 그는 애착의 한
고리를 끊을 수 있다. 이욕에 다다르는 것이다. 그리고 이를 통하여 「불협화
음의 꽃 Ⅱ」는 이렇게 끝맺는다. "그는 일어섰다. 그는 산 너머와 결별하였
다.…(중략)…그는 밝히지 않는 자기 자신의 그림자를 따라갔다."

「소인(消印)」이나 「꿈의 이상」이 전쟁과 기아에 무게추가 기울어져 있다
면, 「불협화음의 꽃 Ⅱ」는 물질과 정신, 육체적 욕구에 더 기울어져 있다. 즉,
인간의 본성을 향하여 촉수를 뻗치고 있다. 한국 근대의 특수성은 동양이라
는 보편성에 침식된 형태로 드러난다. 이승훈의 지적대로 김구용은 자의식
을 보여주기 위하여 애써왔다. 「불협화음의 꽃 Ⅱ」가 앞선 「소인(消印)」이나

「꿈의 이상」보다 한발 더 나아간 지점은, 섣부르게 제의적 성질이나 불교적 구원으로서 전쟁과 비인간적 도시와 대결하는 것이 아니라, 그리고 그 대결이 절대적 주체를 상정하는 서구적 방식으로 이루어진 것이 아니라, 바로 있는 그대로의 자의식을 보여주었다는 데 있다. 동시에 방법론적으로 탐구를 통하여 알레고리적으로 불교적 세계를 상징화하고, 이와 더불어 서사를 절제함으로써 이욕에 다다르고자 시도했다는 데에서 앞선 두 텍스트의 한계를 넘어서고 있다.

이상에서 살펴봤듯이 「소인(消印)」, 「꿈의 이상」, 「불협화음의 꽃 Ⅱ」로의 흐름은 김구용 시의 변모 과정을 보여주고 있다. 「소인(消印)」의 경우, 시적 주체는 기본적으로 자기희생의 주체이고, 그 때문에 죄의식이 없는 주체로 설정되어 있다. 이 주체는 근대의 선형적 시간을 내재화하여 지속시킬 수 없는 존재이다. 그 때문에 그에게 생의 지속이라는 것은 크게 의미가 되지 않는다. 지속이 불가능하기에, 근대도시에서의 삶과 감옥에서의 삶은 다르지 않다. 그가 자신의 누명을 굳이 해명하려 들지 않는 태도를 보이는 것 또한 이 때문이다. 동시에 이 주체는 죄가 없으므로 해서 '나의 인형'이라 명명하는 성녀-창녀를 욕망하고, 그것에 대한 죄의식 또한 없다. 이 나의 인형은 과거가 없는 존재, 순간만이 있는 존재이다. 지속이 끊긴 주체에게 남은 것은 순간에 대한 집착일 뿐이다. 하지만 이 순간을 획득하기 위해서는 매매라는 형태를 취해야 한다. 죄의식이 없는 주체가, 자기희생을 통과해야 하는 이유이다. 이를 통하여 성녀-창녀와의 합일을 이루어내고, 주체를 수감토록 한 일련의 사건에 연관된 모든 이와의 합일에 다다른다. 과거의 사건과 수감 중이라는 현실이, 자기희생을 통하여 미래를 보인 것이다. 이것은 고결한 자기희생의 제의로, 김구용이 시론을 통하여 언급하고 있는 자아 탐구로서의 현대시에 다다른다. 하지만 「소인(消印)」은 근대적 세계관의 극복에는 다다르지 못하는데, 이는 '나의 인형'이 한편으로 불교를 상징하는 대상이기 때문이다. 불교사상을 통한 근대의 극복이 매매라는 형식을 거쳐야 한다는 논리적 모순을 안고 있다. 그 때문에 「꿈의 이상」에서는 보다 노골적인 방식으로, 불교적 세계관을 그려내고 있다.

의도가 앞서 있기 때문에 「꿈의 이상」은 「소인(消印)」에 비하여 더 복잡하면서도 상징적이다. 시적 주체는 식(食)과 성(性)이란 욕망의 틀 안에서 더욱 끈적거린다. 「꿈의 이상」의 주체는 과거의 어떤 사건에 얽매여 있다. 그것은 절대적인 가난과 그로 인한 배고픔과 성(性)적 욕구를 태동시킨 첫 기억이다. 이 기억 속에 있는 존재가 흰 옷차림의 여자이다. 이 사건은 「소인(消印)」의 '나의 인형'과는 다르게 그녀를 완벽한 성녀의 이미지로서 구성해야 하기 때문에 타당성 갖춘 서사적 장치 역할을 한다. 시적 주체가 계속하여 흰옷의 여자에 대한 환상에서 벗어나지 못하는 것은 이 때문이다. 그 때문에 흰옷의 여자는 서사적 흐름 속에 자연스레 소멸해간다. 시적 주체 또한 식(食)과 성(性)의 욕망 속에서 질척거리므로, 더 이상 자기희생에 다다르지 않는다. 그가 택하는 것은 현실이다. 「꿈의 이상」에서 발생하는 환상 또한 마찬가지다. 등장인물들 또한 다양해졌으며, 그 인물들을 통하여 각각의 환상들이 발생한다. 또한, 이것들이 서로 상징으로 엮여 있으며, 시적 주체의 근원적인 사건과 연결된다. 하지만 극복의 의지가 앞서 있기에, 과학 모험 소설이라는 잉여적 서사를 통하여 과거와 현재, 미래를 한데 엮으려는 시도가 생겨난다. 이 비약은, 곧 근대적 시간을 극복하고자 하는 김구용의 의지를 말해주는 것이며 동시에 그것의 실패를 증명하는 것이다.

「불협화음의 꽃 Ⅱ」는 전혀 다른 양상을 보인다. 불교적 세계관을 언뜻 눈에 띄지 않을 정도로 원숙하고 자연스러운 알레고리 구조 속에서 만들어내고 있다. 이것을 통하여 애착을 끊어내는 이욕을 추구하고자 한다. 주체는 여전히 절대성을 지니고 있으나, 서사의 구성을 파편화시킴으로써 당대적 현실이 그 균열 사이로 들어오기 시작한다. 그리고 이 현실을 통하여 주체 외부에 놓여 있는 타자들을 발견한다. 이 타자들은 주체화된 타자가 아닌, 외부에 있는 타자, 주체의 패러다임에 속하지 않는 타자이다. 그리고 이 타자에 대한 기억을 통하여 자연스럽게 이욕의 세계에 안착하게 된다. 이 낯선 타자와의 만남은, 타자의 낯선 얼굴은, 주체의 이해와 공감을 넘어서고 있다. 이해할 수 없음에도 불구하고 주체는 이 타자를 '주체'로 받아 들여야 하고 그들의 말을 들어야만 하는 배리적 책임에 빠지게 된다. 김구용이 1960년대 중반 이후로 보인 변화들은 바로 이 타자와의 만남에 기인하고 있다는 것이 본고의 판단이다. 물론 「불협화음의 꽃 Ⅱ」만을 두고 보았을 때, 주체와 타자의 만남이 윤리적 실천에까지는 이르고 있지 못하나, 이후 김구용 시 세계의 변화를 담지하기에 충분하다. 동시에 중편 산문시라 일컫는 일련의 시적 실험들이 얻어낸 성과임은 주지의 사실이다.

이상 김구용의 중편 산문시를 통해 그 변화 과정과 한계를 짚어보았다. 이 논의 가운데, 김구용의 실험적 시도가 지닌 의의를 찾을 수 있다. 김구용은 현대시라는 서구적 발상체를 극단으로 밀어붙이면서도 불교적 세계관을 놓치지 않고 있다. 중편 산문시라 일컬어질 정도의 과격한 형식적 실험에도 불구하고, 김구용의 불교적 세계관은 그 형식에 압도되지 않는다. 도리어, 불교가 그보다 우위에 서 있었고, 이상의 논의들은 그것을 증명하는 과정이라고 할 수 있다. 그리고 이 과정에서 시인의 지각과 의식이 강하게 작동했을 때, 이를 김구용에게 대입하자면 불교적 인식이 강하게 나타났을 때, 발생할 수밖에 없는 한계들을 찾을 수 있었다. 그리고 이 한계들이 김구용이 형식에 압도되지 않고 있다는 것을 방증하고 있다.

동양과 서양을 한데 모아야 한다는 이 이율배반적 상황은 김구용뿐만 아니라 1950년대를 자양분 삼아 활동했던 대개 시인들이 마주하고 있는 현실이었다. 이 현실에 대해서 누군가는 동양을 괄호에 넣은 채 서양의 철학이나 혹은 서양의 정치사상을 밑절미로 삼았고, 누군가는 동양을 완전히 배제하였으며, 누군가는 서양을 배제한 채 형식적 모색이 없는 복고성을 전통이라 여기기도 했다. 하지만 김구용은 이 이율배반을 도리어 극단으로 밀어붙이고 있다. 이 실험의 성공 여부를 떠나서, 1950년대에 있어 김구용의 문학사적 위치를 재설정해야 하는 이유이다.

이 이율배반적 상황을 감내해야 하는 것이 김구용에게는 현실이었으며, 현실의 극복이었다. 이것이 가능했던 것은, 물론 김구용의 삶에서 기인한다. 앞서 언급하였듯 김구용은 성인이 되기 전 대부분의 시기를 절에서 보냈다. 중편 산문시에 매진했던 시기를 기준으로 삼아 셈해도, 그의 생애 절반이 넘는 기간을 절에서 보냈다. 그리고 이십 대 후반이 되어서야 절에서 내려온 김구용이 마주한 것은, 근대적 도시이고, 전쟁이었다. "산속에 있느냐, 세상에 나가느냐가 대단한 문제는 아니었다. 위법망구보다는 세상에 나가서 대기대용(大機大用) 하는 편이 바람직스러웠다."[48] 일기 속의 다짐이 무너지는 순간이었다. 도시에서의 생활 또한, 가난에 집착한 그의 시에서 알 수 있듯, 녹록지 않았다. 그의 삶 자체가 이율배반적 상황 속에서 움직이고 있었다. 그리고 이 이율배반은, 시론에서 더욱 강화되고 있다. 김구용을 시 세계를

---

48 김구용, 『김구용 문학 전집 5:구용 일기』, 솔, 2000, 100쪽.

살피는 데 있어서 그의 시론을 함께 봐야 하는 이유이다. 시론을 통하여, 김구용이 자신이 처한 이율배반적 상황을 극단까지 끌고 갈 수 있었던 내적 추동력을 찾을 수 있기 때문이다. 동시에 이 실험이 지닌 한계 또한 찾을 수 있을 것이다. Ⅴ장에서 김구용의 시론을 통하여 그 내적 추동력과 한계를 살펴보자.

현실과 난해,
동양과 서양

1. 난해의 시학과 시인의 사명

방법론적 구성을 바탕으로 이욕의 세계를 구축했던 「불협화음의 꽃 Ⅱ」를 끝으로 김구용의 중편 산문시의 여정은 끝난다. 그와 동시에 서서히 난해의 장막도 걷힌다. 이후 김구용은 불교와 동양적 세계를 바탕으로 한 선시풍의 정형시로 전회하기 시작한다. 이 급작스러운 종결은 무엇 때문일까. 이를 추적하기 위해선 김구용의 시론을 추적하면서 이를 역으로 밝혀내야 한다. 이를 위해선 먼저 김구용의 시적 특성으로 들 수 있는 '난해함'으로부터 들여다봐야 한다.

시의 난해함에 대한 김구용 자신의 변론은 살펴봤듯, 충분하다. 그것의 핵심은 전술했듯, 김구용 자신의 시가 현실을 바탕으로 하고 있다는 것이다. "내 시를 위한 필독의 서(書)는 현실"[1], "시인이 이 가열(苛烈)한 현실을 똑바로 보는 한"[2] 등에서 보듯, 그는 언제나 자신의 시가 현실의 반영체라고 말한다. 하지만 이는 단순히 사실주의적 관점을 의미하지 않는다. 그는 "목적

---

1   김구용, 「나의 문학수업」, 『김구용 문학 전집 6:인연』, 솔, 2000, 376쪽.
2   김구용, 「현대 시의 배경」, 『김구용 문학 전집 6:인연』, 솔, 2000, 392쪽.

문학은 이야기 줄거리를 위한 소설처럼 사라져가고 있다"[3]라면서 의식 속에서 구조화된 미래는 도래하지 않는다고 말하고 있다. 지금-현실이란 시간을 제대로 인식해야만 열리는 것이 미래이다. 그 때문에 현대문학은 목적 문학과는 다른 방식으로 현실을 반영해야 한다고 주장한다. 즉, 현실을 다른 방식으로 반영해야 한다는 것이다. 그렇다면 먼저 살펴봐야 할 것은, 김구용이 말하고 있는 현실과 이를 바탕으로 한 현실 인식이다. 이 현실은 대체 어떤 모양일까? 그리고 그가 말하는 다른 방식이라는 것이 무엇이었는지를 살펴봐야 한다.

김구용은 시론 및 산문들에서 1950년대 현실에 대하여 다양한 언급을 하고 있다. 김구용에게 현실은 "낙엽과 소녀의 손톱과 실직과 부란(腐爛)하는 시장(市場)과 살인과 간음과 보석으로 명멸하는 상념의 성운(星雲)이 혼잡되어 강렬한 공기를 점철하고 있"[4]는, "광무(狂舞)하는 혼란의 합주"[5]이고, 이는 공자가 태어난 춘추전국시대와 비슷하다고 말하고 있다.[6] 즉, 춘추전국시대와 마찬가지로 1950년대의 현실은 "회뢰(賄賂), 간계(奸計), 시군(弑君), 횡령(橫領), 도주(逃走), 모략(謀略), 살부(殺不), 음황(淫荒), 배신(背信), 전란(戰亂)의 갖은 인간성과 악의 총집성(總集成)인 지옥도(地獄道)"[7]인 것이다. 이는 현실=지옥이라는 등식을 성립하게 한다. 1950년대 현실에 대한 김구용의 진단은 단순해 보이기도 한다. 문제는 이 단순한 진단, 현실=지옥이라는 진단이 그의 시에서 어떻게 형상화되고 있느냐다.

---

3   김구용, 「현대문학과 체험」, 『김구용 문학 전집 6:인연』, 솔, 2000, 396쪽.

4   김구용, 위의 글, 397쪽.

5   김구용, 위의 글, 394쪽.

6   김구용, 「동양의 향기」, 『김구용 문학 전집 6:인연』, 솔, 2000, 456쪽.

7   김구용, 「앙지미고(仰之彌高):유교와 사회」, 『김구용 문학 전집 6:인연』, 솔, 2000, 457쪽.

첫째, 이와 같은 현실 인식은 김구용의 시 텍스트에 들어오면서 '난해함'으로 응집된다. 김구용은 "우리가 사는 이 현실보다 난해한 것은 없다는 정신적 체험을 안다면"[8] 시는 응당 난해해질 수밖에 없다고 주장한다. 여기에서 김구용은 무엇보다 체험을, 그 체험이 지금 이 현실에도 열려 있다는 것을 지각하고 있어야 함을 중시하고 있다. 즉, 난해는 체험의 결과물이며, 현실까지 열려 있는 과거를 통해야만 현실을 바로 바라볼 수 있다는 것이다. 이는 곧 체험의 바탕이 되는 내재적 기억을 소환해야만 한다는 당위성을 획득한다. 둘째, 이 당위성은 자연스럽게 사명감, 소명의식으로 이어진다. 앞서 언급했듯, 이 소명의식은 김구용뿐만 아니라 1950년대에 활동했던 문학인들이 동시대의 문학을 언급할 때 자주 명명하는 것으로 자기만의 방식으로 이를 표현하며 함께 전유하고 있던 감각이다. 진정한 체험을 통하여 현실을 반영해야 한다는 사명감은 현실에 앞서 선재(先在)하고 있는 시간적 배경의식에 의식적으로 작동하게 된다. 김구용이 불교를 통하여 현실로부터의 극복을 그리고자 시도한 까닭이다. 그 단적인 예가 바로 「꿈의 이상」이다.

시인의 사명감은, 불교를 시 텍스트 속으로 소환했을 뿐만 아니라 난해함을 더욱 강화한다. "시의 심도와 중압은 난해성으로 나타난다. 그것은 난해한 현실을 이해한 까닭이라 할 수밖에 없다."[9]에서 알 수 있듯, 난해가 현실인식의 증거가 되기 위해서는 더욱 난해해져야 하는 셈이다. 난해에 관한 난해한 탐구는, 시적 서사를 비트는 것을 넘어 보다 더 방법론적으로 세밀해진다. 그 고투의 과정 중 보여준 긍정적인 결과물이 바로 「불협화음의 꽃 Ⅱ」이다.

---

8   김구용, 「현대문학과 체험」, 『김구용 문학 전집 6:인연』, 솔, 2000, 396쪽.
9   김구용, 「눈은 자아의 창이다」, 『김구용 문학 전집 6:인연』, 솔, 2000, 432쪽.

김구용은 시론에서도 마찬가지로 유독 난해에 대한 정당성을 부여하기 위하여 수차례 이를 강조한다. 그리고 이 난해에 대한 정당성은 일차적으로 역사에서부터 획득할 수 있다. "난해성은 문제가 되지 않는다. 그것은 일시 적인 것에 불과하다. 어느 시대고 간에 성격은 다르지만 그런 것은 늘 있었 다."[10]라는 언급 속에는 자신의 난해함을 곧 문학의 역사적 흐름 속에 자리매 김하려는 의지를 읽을 수 있다. 통시적 관점에서 볼 때 자기 작품의 난해함 은 당연한 문학의 특성이라는 것이다. 이는 그의 난해함이 노리는 것이, "운 수(雲水)와 화조(花鳥)와 산해(山海)로 도피"[11]했던 기존의 시들이기 때문이 기도 하다.

> 20세기에 처하여 있는 우리의 주위 환경은 노래하여도 응하지 않는, 즉 보답 없는 노력을 시인에게 강요하며 그러기에 나는 새롭다는 말을 쓰고 싶지 않다.
> 다못 이 사실을 전후좌우로 배경하고, 어느 시대에서도 볼 수 없었던 괴미(怪 美)한 현대 시가 발생하도록, 현대는 현대 시의 온상을 마련하였다는 것뿐이다.
> 이리하여 비시(非詩)의 시, 말하자면 현대 시의 비극이 필연적으로(표현 없는 사고가 있을 수 없듯) 다른 형태를, 즉 자기 몸에 알맞은 의상을 갖추게 되었다. 이 비극의 초점은 다못 단순치 못하고 모든 것이 복잡하다는 데서 기인하고 있다.[12]

현실은 시인에게 새로운 형식을 요구한다. 그것은 "보답 없는 노력"을 해 야만 하는, 현대시의 비극이고, 그 결과로 현대시는 "괴미(怪美)"한 형태, 즉 "비시(非詩)의 시"로 나타난다. 김구용이 보기에 이는 결국 "모든 것이 복잡

---

10   김구용, 「시에의 관심」, 『김구용 문학 전집 6:인연』, 솔, 2000, 367쪽.

11   김구용, 「현대 시의 배경」, 『김구용 문학 전집 6:인연』, 솔, 2000, 387~388쪽.

12   김구용, 위의 글, 386쪽.

하다는 데서 기인하고 있다." 이처럼 김구용의 현실 인식에 대한 문학적 대응으로 나타나는 것은 대개, 난해함과 복잡함이다. 시론이 집중적으로 쓰인 시기가 1950년대임을 고려할 때[13], 이는 당시 자신의 작품을 둘러싼 논의들에 관한 대응이라 할 수 있다. 이후 김구용은 이러한 대응을 하지 않는다. 현실에 대한 적확한 반영이 비시(非詩)라는 것은 현실이 곧 비현실적이라는 것을 뜻한다. 비현실적일 만큼 복잡한 현실. 이 복잡성은 곧 "갖은 인간성과 악의 총집성(總集成)인 지옥도(地獄道)"[14]의 복잡성이다. 결국, 난해의 밀도는 고통의 밀도인 셈이다.

그런데 이 난해함 속에는 고통에 대한 민감한 감각이 작동할 수밖에 없다. 이는 "고(苦)와 고의 제거"를 가르치고자 한 불교[15]를 시와 시론 속으로 소환시키는 당위적 명제를 지니도록 한다. 난해의 장막을 치고 있을 뿐이라는, "1930년대의 오소독시컬한 쉬르레알리즘의 시를 그대로 본받은 것 같은 작품"을 써왔고, "블루프린트가 내다보일 정도의 직수입적인 작품 형태를 강행"했기에 "순진하고 생경"[16]하다는 김수영의 지적에도 불구하고, 김구용은 현대시의 형태를 비시(非詩)에 이르게 하려는 시적 실험에 매진하는 동시에, 불교와 동양의 정신에 대한 시론을 써나갔다. 김구용의 시와 시론 속에는 극단적인 형식적 아방가르드와 복고적 정신이라는 이율배반적 요소가

---

13 『김구용 문학 전집 6:인연』에 수록된 김구용의 시론은 1975년에 쓰인 「시에의 관심」을 제외하고는 1950년대 중반부터 1960년대 초까지 집중되어 있다. 『현대시』 1998년 6월호에 김강태가 김구용에 관해 쓴 커버스토리의 제목은 '나는 내 시 얘기 안 합니다'일 정도로 김구용은 자신의 시에 대하여 언급하기를 꺼렸다.

14 김구용, 「앙지미고(仰之彌高):유교와 사회」, 『김구용 문학 전집 6:인연』, 솔, 2000, 457쪽.

15 윤호진, 『무아 윤회 문제의 연구』, 민족사, 1992, 88쪽.

16 김수영 「요동하는 포즈들」, 『김수영 전집 2:산문』, 민음사, 2018, 592~593쪽.

동시에 움직이고 있고, 위와 같은 인식 속에서 그 작업이 가능했다. 김수영의 신랄한 비판처럼 김구용 시론의 논리를 단순하고 안이한 것으로 볼 수 있다. 그러나 서양적 형식과 동양적 정신을 극단의 위치에 정립한 후, 이 양자를 함께 포섭하려는 김구용의 시도는, 도리어 시론의 단순성으로부터 그 내적 추동력을 얻고 있다. 그리고 이 단순성은 결국 사명의식의 소산이다. 이 사명의식은 동양과 서양이라는 이분법적 사고 속에서 정초한 것이다. 세계를 이분법적으로 파악하기 때문에, 김구용의 사명의식은 더욱 강화될 수 있었던 셈이다. 그렇다면 김구용이 세계를 어떤 방식으로 바라보고 있었는지를 면밀하게 살펴보자.

2. 동양과 서양의 이분법

시와 시론을 통하여 바라본 김구용 시의 급격한 변화들의 기저에는 무엇보다 동양과 서양이라는 이분법이 토대로 자리하고 있다. 서양은 "분방(奔放)하는 물질문명이 괴물처럼 뿌리를 박고"[17] 있으며, 그 때문에 이 물질문명은 붕괴할 수밖에 없고, 나아가 "지구가 존속하느냐 멸망하느냐의 위기까지 책임지게 되었다"[18]라는 것이다. 서양이 만들어낸 풍경은 "고층빌딩, 헤드라이트의 육박, 포구(砲口), 분열, 전쟁, 지하 주점, 달을 향하고 있는 기계의 첨두(尖頭), 상실, 각종 범죄, 홍등 자연(紅燈紫煙), 전선, 절망, 지도, 속력, 정

---

17   김구용, 「현대 동양 시의 위치」, 『김구용 문학 전집 6:인연』, 솔, 2000, 378쪽.

18   위의 글, 380쪽.

신 병원"[19] 등이고 김구용은 이런 것이 동양을 포위하고 있다고 말하고 있다. 이 풍경의 이면에는 서양의 "광범한 모색, 교치(巧緻)한 계획, 자극적인 정력, 심각한 매혹"[20]으로 찬란한 서양 문화가 놓여 있다. 도식적이고 일반적인 서양에 대한 김구용의 진단은, 자연스럽게 동양=정신문명이라는 결과를 도출해낸다. 그리고 동양은 "그들의 병폐를 치료할 수 있는 유일의 생명수"[21]로서 현대사회의 병폐를 극복할 수 있는 유일한 해결책이 된다. 서양을 언급할 때마다 그 짝패로 언제나 동양이 언급되는 이유이다.

서양에 대한 이와 같은 비판의 근원에는 기독교가 자리하고 있다. 김구용은 서양이 "신을 자아에서 찾으려 않고 그것을 절대적이라 하여 맹목적으로 신앙"[22]한다고 지적한다. 이에 반해 동양의 종교는 자아와 신(神)이 하나인 형태이다. 김구용은 서양과 동양의 종교를 비교하며 서양의 그것이 원시종교의 형태라고 비판한다. 그리고 절대적인 신을 만들어 신앙하다 신을 죽이고 매장했다 진술한다. 이 비어 있는 신의 자리에, 과학을 바탕으로 한 물질문명이 들어서고, 개인이 우상으로서 등장한다. 이와 같은 서양의 종교, 특히 기독교에 대한 그의 불신은 그의 시론과 시 곳곳에서 나타난다. 특히 기독교를 바라보는 김구용의 이와 같은 태도는, 서양의 정신문화는 신으로부터 해방된 역사가 오래되지 못하고, 이에 반해 동양은 인간의 "자아(自我)가 주님"[23]이기에 서양의 물질문명으로 위기에 처한 세계의 대안이 된다는 결론

---

19   김구용, 「동양문화의 근대적 과제」, 『김구용 문학 전집 6:인연』, 솔, 2000, 416쪽.

20   위의 글, 417쪽.

21   김구용, 「현대 동양 시의 위치」, 『김구용 문학 전집 6:인연』, 솔, 2000, 383쪽.

22   위의 글, 379쪽.

23   김구용, 「동양문화의 근대적 과제:서운보화문(瑞雲寶花紋)이 보여주는 전통」, 『김구용 문학 전집 6:인연』, 솔, 2000, 421쪽.

에 다다른다. 그리고 이러한 동양과 서양의 종교적 차이는 두 문화 간의 최고시(最古詩)라 할 수 있는 『시경(詩經)』과 『일리아드』에서 차이가 나타난다면서 문학으로 확장하여 진단한다. 전자의 첫머리가 "수변(水邊)의 새소리를 들려"주는 것에 비해, 후자는 "'그들의 싸움을, 여신이여 노래하라'라며 부르"[24]짖는다는 것이다. 서양의 정신사가 고대로부터 가지고 있던 공격성에 대한 일갈이다. 그것을 바탕으로 해서 지금의 지옥이 만들어진 것이다.

동양과 서양의 종교와 고전문학에 대한 비교는 양 문명이 근본적으로 차이를 지닐 수밖에 없음을 대전제로 하고 있다. 그리고 이 차이점을 이분법적인 대립으로써 김구용은 파악하고 있으며, 동시에 동양을 서양에 비하여 우위에 두고 있다는 것을 알 수 있다. 이와 같은 태도는 앞서 언급했듯, 김구용이 현실을 지옥으로 판단하고 있기 때문이다.

현실은 지옥이며, 난해하고, 그렇기에 시는 난해해질 수밖에 없다. 이 난해함과 지옥은 서양의 물질문명으로부터 기인하는 것이다. 그렇다면 그가 추구한 난해한 시의 형식적 실험은 곧 서양의 현현이 된다. 여기에서 서양이라는 시적 육체를 바탕으로 동양이라는 정신을 추구하는 이율배반적 상황이 발생하게 되는 것이다. 이것이 야기한 모순적 결과는, 동양의 시인의 운명일 테지만, 김구용에게 변화를 야기한다. 이를 살펴보기 위해서는 일차적으로 시의 형식 및 문학에 대한 김구용의 사유를 보다 면밀하게 짚어봐야 한다.

종교 개혁 이후도 신의 권세와 미력하나마 반동(反動)의 기세가 황무지로 기복(起伏)하다가 계몽 사조와 낭만주의를 지나 보들레르의 내부에서 전개된 영육(靈肉)의 처절한 투쟁도(鬪爭圖)에 이르러 현대사의 조종(祖宗)이 되었고 사실주

---

24 위의 글, 415쪽.

의의의 점토를 과학 발전의 주형(鑄型)에 주입하여 그들의 혁명을 야기케 한 그 열도(熱度)로 구워냈을 때엔 완전히 개인주의라는 새로운 우상이 성립되었지만 그들의 근대 시사(詩史)를 볼 때 그들이 동양정신의 공통점으로부터 어떠한 영향을 받고 어떠한 결과에 이르렀는가를 분석할 수도 있을 것이다[25]

　종교 개혁 이후의 기독교를 중심으로 하는 서양의 정신사적 흐름을 일괄하는 글이다. 명맥을 유지하던 기독교가 보들레르 이후 현실에서의 영향력을 완전히 상실하고, 과학을 바탕으로 한 물질문명의 발달 속에서 개인이 출현했다고 요약하고 있다. 신의 죽음과 개인의 탄생 과정에서, 개인이 우상화되면서 신의 자리를 차지하게 되었다는 것이다. 동시에 이 과정에서 막연하게나마 동양의 영향을 예측하고 있다. 이 막연한 예측은, 김구용의 의식 속에서 동양이 차지하고 있는 영토를 보여주고 있다.

　'동양'이란 키워드는 김구용의 시 텍스트와 시론을 살피는 데 있어 '난해'와 함께 가장 면밀히 들여다봐야 한다. 먼저 인용문에서 김구용이 기술하고 있는 현대문학의 통시적 관점이 다다른 결론은, 문학이 결국 동양을 향하여 나아가고 있다는 것이다. "어떻든 서양인은 점차로 변모하는 과정에 있다. 그들은 물질로써 우리 동양을 정복하고 있으나 그들의 내부와 모순은 동양정신을 갈구하지 않을 수 없게 되었다."[26]에서 보듯, 서양의 현대문학의 흐름은 점차로 동양정신의 배양으로 향하지 않을 수 없다는 것이 그의 시각이다.

　이는 곧 현대를 살아가는 동양 시인의 사명감이나 임무로 그 논의를 펼쳐 나가는 양상을 보인다. 이와 같은 사유과정은 시의 내용에서는 그 내적 목적

25　김구용, 「현대 동양 시의 위치」, 『김구용 문학 전집 6:인연』, 솔, 2000, 381~382쪽.
26　위의 글, 383쪽.

성에 따라 동양정신(불교)의 추구를 향하게 하고, 시의 형식에서는 근대의 물적 토대를 드러내며 그 괴미한 현실을 증명하고자 하는 비시적 실험을 추구하게 한다. 이 과정에서 시의 형식이 현대시의 과격한 미적 아방가르드를 지향한다면, 시의 내용은 복고적인 동양성을 지향하는 이율배반적 관계를 형성해내는 것이다. 천상병이 이에 대하여 "동양적 불교적 이념"을 "전형적인 서구적 발상체"로 표현한다고 지적하면서 이것은 "동양 시인의 어쩔 수 없는 운명"을 극복하려는 시도라고 평가하는바[27], 이 이율배반적 관계를 지탱하고 확장하는 것이, 즉 양극단에 놓인 형식과 내용의 지향점을 접목하는 것이 김구용에게는 시인으로서 사명감이자 그 실천이었다.

하지만 시인의 사명감은 추상적인 목적의식이라고 볼 여지가 다분하다. 김구용에게 이것은 대개 자아의 탐구로 귀결되면서, 일차적으로 난해의 형식을 획득한다. 그런데 앞서 김구용의 중편 산문시를 통하여 살펴보았듯이, 이 사명감이라는 정당성을 바탕으로 한 복고적 정신주의와 극단적 형식실험이 진행되면서 그 무게추는 점차 전자로 기울어진다. 결국, 이 흐름 속에서 새로운 시적 형식에 대한 모색이 필요로 되기 마련이고, 이미 시의 형식적 실험에 있어서 비시(非詩)의 시에 다다랐던 김구용에게 남겨진 것은 없었다. 그 때문에 난해의 장막으로 설명되던 중편 산문시의 세계로부터 김구용을 자연스럽게 벗어나게 만든다. 동시에 Ⅵ장에서 살펴볼 후기 시에 이르게 되면서는 직관의 언어를 통한 선적 세계의 형성으로 나타난다. 이성적 언어의 한계를 인정하고, 이성적 언어를 부정한 후, 다시 언어로 돌아와 이를 매개로 진리에 접근하는 언어도단의 방식을 추구하게 되는 것이다. 언어를 바탕으로 한 극단적인 형식실험의 끝에서 김구용은 언어도단의 선적 언어를

---

27 천상병, 「현대 동양 시인의 운명-방법과 본질의 이율배반성」, 『현대시』, 정음사, 1958. 46쪽.

추구하게 되는 셈이다. 그리고 천상병이 언급한 이 "이율배반의 마술" 중 김구용에게 남겨진 것은 복고적 정신주의로서 "동양적 불교적 이념"이고, 이것에 대한 천착을 보여준 것이 장시 「구곡」, 「송백팔」, 「구거」의 세계이다. 하지만 이미 정신과 육체의 극단 속에 머물러 있던 김구용에게 "동양적 불교적 이념" 또한 극단의 형태로 나타나게 된다. 김윤식이 "진언(眞言)의 세계"를 지향하다 보면, 시의 영역을 벗어날 수도 있다고 지적하는 것도, 김현이 "항상 언어를 뛰어넘으려고 하고 있"[28]다고 말하는 것도 이 때문이다. 이에 대해서는 Ⅵ장에서 다루고, "동양의 본질을 구명(究明)하고 싶다는 의지"[29]가 어떤 방식으로 표출되고 있는가를 살펴보자.

전술했다시피, 김구용은 현대문학이, 특히 시와 소설이 그 형태를 무시하면서 소설은 시로, 시는 소설로 접근하고 있다고 지적하고 있다. 결국, 이것은 '비시(非詩)의 시'이고, "현대 시의 비극이 필연적으로(표현 없는 사고가 있을 수 없듯) 다른 형태를, 즉 자기 몸에 알맞은 의상을 갖추"고자 하는 것이다. 김구용은 이로 인하여 현대문학의 혁신을 초래할 것이라 예상하고 있다. 이는 자신이 발붙이고 있는 현실을 시의 형식에 있어서 충실하게 반영하려는 지적 자세에 대한 강조이다. 즉, 김구용의 시론을 통해서 알 수 있는 중요한 지점은 그가 감성보다는 이성을 중시한다는 사실이다. 이는 김구용이 초현실주의에 대한 반감[30]을 보이며, 무의식적 진술보다는 시의 제작성 및

---

28 김현, 「현대 시와 존재의 깊이-김구용 3곡에 대하여」, 『김구용 문학 전집 2:구곡』, 솔, 2000, 325쪽.

29 천상병, 「방법과 본질의 상극-동양 시인의 운명」, 『세계일보』, 1958. 4. 6.

30 김구용은 제1차 세계대전 이후, 예술가들은 "모든 재래의 이론을 무시하면서부터 스스로 새로운 진선미(眞善美)의 창조주가 되고자 하였다."라고 지적하며 이들이 '광란적 선언'을 하였다고 한다. 하지만 이러한 시도는 김구용이 보기에 성공적이지 못하였다. 그것은 단순하게 기계문명과의 타협을 통해 시도할 수 있었던 표면상의 방법이었기 때문이다. 그렇기에 김구용은 "이러한 과학

기술적 측면에 기반을 둔 시작법에 기울어져 있다는 사실이 방증한다. "시문학에 있어 허영적 가식과 창조적 미는 철저히 구별되어야"[31] 하기 때문에 김구용에게 시는 절대적으로 시인 지성의 소산이어야 하며, 그 때문에 자연스럽게 난해하게 구성되는 것이다. 김구용이 너무나 자주 자신의 시 텍스트가 현실에 대한 객관적 인식의 결과물이라고 힘주어 말하는 이유가 여기에 있다. 하지만 시론은 한편으로는 욕망의 벡터를 드러낸다. 시론은 시적 언어에 대한 분석임과 동시에 선택과 배제를 함께 내장하면서 시를 담론으로서 대상화한다. 김구용이 지나칠 정도로 강조하는 것, 현실과 그 극복 기제로서의 동양은 전형적인 서구적 발상체를 극단적 실험으로 밀어붙이면서도 동양적 불교 이념을 통하여 이를 제어하고자 했던 내적 추동력이 된다. 하지만 이것은 동시에 새로운 억압으로 등장하며 다른 양상을 갖게 한다.

김구용이 바라보는 현실 인식의 기본적 축은 동양과 서양을 중심으로 이분법적으로 나뉘어 있다. 김구용의 현실 인식은 이 이분법적 축을 바탕으로 동양의 관점에서 바라본 서양, 동양의 관점에서 바라본 동양 자신으로 구성되어 있으며, 전자로 인한 폐해를 후자를 통하여 극복 가능하다고 설파하고 있다. 그런데 이 이항 대립 자체가 서양의 동일성의 수립하는 데 도움이 되었듯, 반대의 경우도 가능하다. 즉, 이와 같은 이항 대립적 시각은 옥시덴탈리즘(Occidentalism)적 성격을 내재하고 있다. 이와 같은 요소는 동양의 시인에 대한 김구용의 언급에서 발견된다.

적 기술 예술은 백화난만(百花爛漫)한 천재를 우후죽순처럼 배출시켰으나 단 하나의 위대한 시인을 만들지 못하였다."(김구용, 「현대 시의 배경」, 『김구용 문학 전집 6:인연』, 솔, 2000, 390쪽.)라고 말한다. 게다가 등단 전부터 "다다와 쉬르레알리즘을 경박자(輕薄子)들이라고 멸시하였"(김구용, 「나의 문학수업」, 『김구용 문학 전집 6:인연』, 솔, 2000, 373쪽.)다고 기록하고 있다.

31   김구용, 「현대 시의 배경」, 『김구용 문학 전집 6:인연』, 솔, 2000, 385쪽.

김구용은 동양의 정신은 "모든 것의 상징, 즉 만인이 만 가지로, 자기를 발견할 수 있는 가능"[32]에 있다면서, 동양의 시인들은 "끝까지 판단할 줄 알아야 하며 투시할 줄 알아야 하며 순수한 정신의 원자(原子)를 추출 폭파하여 인간의 무애 자성(無碍自性)을 대오(大惡)해야 할 임무"[33]가 있다고 말하고 있다. 동양의 시인에게만 부과된 이와 같은 임무는 "동양 시인의 어쩔 수 없는 운명"이라는 천상병의 언급에서도 발견되는바, 동시대를 통과해 나가던 시인들이 공유하고 있던 감각이다. 결국, 근대성 획득을 위하여 내세운 계몽(Enlightenment)[34]과 김구용이 지닌 계몽성이 같은 구조를 지니고 있다는 사실을 발견할 수 있다. 서구적 근대를 목적으로 한 계몽과 동양의 정신을 목적으로 둔 계몽이 같은 구조를 지니고 있다.

이는 옥시덴탈리즘과 오리엔탈리즘 또한 마찬가지이다. 옥시덴탈리즘은 오리엔탈리즘과 적대적 관계처럼 보일지 모르지만, 이 둘은 동(同)의 구조를 갖고 작동한다. 동양이 어떻게 보이기를 바라는지를 강요함과 동시에 이

32 김구용, 「현대 동양 시의 위치」, 『김구용 문학 전집 6:인연』, 솔, 2000, 376쪽.

33 위의 글, 378쪽.

34 일반적으로 계몽은 '앎', 곧 '지식'을 보급하는 일을 말한다. 칸트는 "계몽이란 우리가 마땅히 스스로 책임져야 할 미성년상태에서 벗어나는 것"(임마누엘 칸트, 이한구 역, 「계몽이란 무엇인가에 대한 답변」, 『칸트의 역사철학』, 서광사, 2009, 13쪽.)이라고 말하고 있으며, 쉬지린은 "계몽은 근대성의 위대한 어머니"이고 "혼란스럽고 범위가 넓으며, 포용으로 가득 차 있고, 내재적으로도 긴장되어 있다"(쉬지린, 송인재 역, 『왜 다시 계몽이 필요한가』, 글항아리, 2013, 461쪽.)라고 말했다. 계몽에 대한 개념을 다른 방식으로 설명한 것은 아도르노이다. 아도르노는 계몽은 예로부터 "공포를 몰아내고 인간을 주인으로 세운다"라는 목표를 추구하며, 세계의 '탈마법화'를 통하여 '신화'를 해체하고 '지식'에 의해 상상력을 붕괴시키려 한다고 설명한다. (Th. W. 아도르노 · M. 호르크하이머, 김유동 역, 『계몽의 변증법』, 문학과지성사, 2001, 21쪽 참조) 그러나 "이 계몽 개념 자체가 오늘날 도처에서 일어나고 있는 저 퇴보의 싹을 함유하고 있다."(Th. W. 아도르노 · M. 호르크하이머, 김유동 역, 『계몽의 변증법』, 문학과지성사, 2001, 15쪽.)라고 지적한다.

를 통하여 동일성을 수립해 나가는 것. 동양을 바라보는 김구용의 시각 또한 여기에서 벗어나지를 않는다. 게다가 이미 서양은 근대적 도시로 변모하고 있는 한국의 도시에서도 산재해 있었다. 그가 시 텍스트 속에서 증명하고자 한 것들이 도리어 동양 안의 서양을 증거하고 있는 것이다. 이미 모더니티의 현현인 동양 속 한국의 도시가 서양의 근대를 모방하기 위한 욕망 속에 허우적거릴 때, 김구용은 서양의 근대를 이성으로 위장한 타락한 개인주의 문명으로 바라본다. 이것들이 착종된 상태로 시 텍스트 속에 자리하고 있는 셈이다. 문제는 동양과 서양뿐만 아니라 이항 대립적 사고의 종착점은 개인주의라는 데 있다. 중편 산문시에서 공통으로 드러나는 절대적인 주체가 바로 그 단적인 예이다.

Ⅳ장에서 살펴보았듯, 중편 산문시 「소인(消印)」, 「꿈의 이상」, 「불협화음의 꽃 Ⅱ」의 주체는, 기본적으로 같은 성격의 인물들이다. 근대화된 도시에 살고 있지만, 그 도시로부터 배제되고 소외된 전형적인 가난한 지식인의 모습이다. 동시에 이 주체는 이미 그 자체로 비천한 주체로 설정되어 있다. 당연히 주체의 비천함은 근대성에 기인하고, 비천함으로부터의 극복은 근대성의 극복이다. 이 극복을 실현하기 위해서 주체는 "끝까지 판단할 줄 알아야 하며 투시할 줄 알아야 하며 순수한 정신의 원자(原子)를 추출 폭파하여 인간의 무애 자성(無碍自性)을 대오(大悟)해야"[35] 한다. 즉, 이 주체는 김구용이 주장하는 동양의 시인인 셈이다. 이때 이 비천한 주체는 그 자체로 절대적 우위를 갖게 된다. 시 텍스트의 전체 서사를 관장하며, 환상을 관념적으로 조작하고, 주체화한 타자를 그 환상 속에 배치한다. 그리고 동양의 시인으로서 근대의 극복은 당연히 동양정신을 통한 것이어야 하기에, 시 텍스트

---

35 김구용, 앞의 글, 378쪽.

속 타자는 절대적 주체가 구성해 놓은 패러다임 속에서 움직일 수밖에 없다. 이 시기의 시 텍스트가 지닌 이와 같은 구조는 결국 옥시덴탈리즘으로 빠지게 되는 한계성을 보인다. 결국, 중편 산문시를 통한 김구용의 시적 시도는 서양이라는 타자를 통해서 동양이라는 자기 정체성을 확인하는 작업, 서양이라는 집단적 타자를 만듦으로써 동양이라는 집단적 정체성을 만드는 과정에 고스란히 놓인 셈이다. 그리고 이를 뒷받침하기 위한 김구용의 시론은 도식적이고 상투적인 이분법 속에 작동하고 있었고, 이것 또한 서구 근대의 이분법과 동형(同形)이었다. 서양이라는 물질과 동양이라는 정신은 곧, "아, 동양은 동양이고, 서양은 서양이어서 이 둘은 영원히 만나지 못하리라(Oh, East is East, and West is West, and never the twain shall meet)"라는 키플링의 시구를 떠오르게 한다. 김구용이 시와 시론에서 보인 동양과 서양의 이분법적 시각은, 제국주의와 식민주의를 정당화하기 위해 사용된 이 동양과 서양의 대립을 노래한 시구의 확장처럼 보이도록 만드는 것이다.

그런데도, 김구용이 서양과 동양이라는 이분법을 형식과 정신의 극단으로까지 밀어붙일 수 있었던 것 또한 이 때문이다. 동양의 정신을 통하여 서양의 발상체인 형식을 균열시킬 수 있었던 것은, 김구용의 정신이 서양의 물질문명을 토대로 한 근대와 쉽게 타협하지 않았기 때문이다. 이 비타협성은, 곧 사명의식의 견지로서 가능한 것이고, 사명의식을 실천하는 것은 스스로에게 부과하는 윤리적 부하를 타자보다 높게 설정했기 때문에 가능한 것이다. 이 윤리적 부하가 내적 추동력이 되어서, 중편 산문시의 세계를 견지할 수 있었던 셈. 김구용에게 동양과 서양이라는 이분법적 세계관은 한계임과 동시에 근대적 폭력을 극복하고자 하는 저항을 동시에 내재하고 있다.

시론에서 보여준 이와 같은 한계는, 김구용에게 원본적 체험으로서 깊숙하게 내재해 있는 불교적 세계관을 시 텍스트 속에 구현하는 데 있어서 그 운신의 폭을 점차 좁혀 나가는 역할을 한다. 결국, 이것은 서구 모더니티의 물적 토대로부터의 해방이라는 환상을 생산하고, 시 텍스트에 있어 그 환상의 종착점은 「불협화음의 꽃 Ⅱ」에서 보여준 알레고리적 세계이다. 「불협화음의 꽃 Ⅱ」를 통하여 식(食)과 성(性)의 세계로부터 애착을 끊고자 하는 이 욕의 시도에서 만날 수밖에 없는 자성(自性)은 결국 동양이다. 환상은 끝났고, 현실은 이미 서양의 물적 토대로 가득하였고, 김구용은 난해한 현실에 대한 모든 욕망과 집착에서 벗어났다. 이제 김구용에게 남은 것은 동양뿐이다. 그 때문에 김구용이 중편 산문시에서 견지하던 형식적 실험은 선시풍의 작업으로 돌아서게 된다. 그리고 정신의 영역에 있어서 획득한 자성(自性)의 발견은 곧 무아(無我)이다. 그 때문에 기존 텍스트 속에 발견할 수 있던 주체의 절대성은 점차 사라지게 되고, 이는 자연스럽게 타자와의 만남을 이루게 된다. 김구용의 후기 시에서 나타나기 시작한 변화의 원인이 바로 여기에 있다.

타자 인식과 선적
세계로의 귀환

1. 타자 인식과 주체의 발견

중편 산문시 및 이를 위한 일련의 산문시 작업이 끝난 후, 김구용은 정련된 형태로 이루어진 장시의 세계로 간다. 장시 「구곡」, 「송백팔」, 「구거」가 그 결과물이다. 이 장시는 3부작으로 기획되었고, 이 3부작을 총괄하는 제목은 '아리랑'이다.[1] 그리고 이 장시 속에는 시의 형태적 실험에 골몰하던 시기와는 다른 지점들이 포착된다.

먼저 시의 형식이 정형화되면서, 점차 선시풍으로 변화하였다. 기존의 형식적 실험의 밀도가 물러나자, 주체가 가지고 있던 절대성이 약화되었다. 주체의 힘이 약화되면서, 주체는 자신의 바깥을 향하여 시선을 돌리게 되고, 이에 따라서 시 텍스트 속에 등장하는 타자에 대한 주체의 반응 양상도 변화하기 시작한다. 이 타자가, 주체화된 타자가 아닌 주체 바깥의 존재이기

---

1   이에 대하여 김구용은 김종철과의 대담에서 이렇게 말하고 있다. "「구곡」과 「송백팔」 그리고 「구거」는 내겐 3부작입니다. 이것을 합치면 제목이 「아리랑」입니다. 「구곡」, 「송백팔」, 「구거」는 사실 30년 계획을 잡고 십 년마다 집중적으로 1부씩 써온 것입니다. 「구거」가 언제 끝날지 모르겠지만 좀 더 시일이 걸려야겠지요. 「구곡」 중에서 1곡은 현대문학에 발표했는데 그때 제목이 「아리랑」입니다."(김구용, 김종철, 「나의 문학 나의 시작법」, 『현대문학』, 1983. 2, 131쪽.)

때문이다. 이는 기존의 시에서는 거의 찾을 수 없는 양상으로, 중편 산문시를 비롯한 일련의 실험적 작품들 속의 타자는, 기억이나 환상, 사유 등을 통한 주체화된 타자였다. 그 때문에 주체가 가닿고자 하는 불교적 이상향으로 수렴되는 존재였다. 타자에 대한 주체의 반응 또한 대상에 대한 종교화가 그 선결 작업으로 놓여 있었다. 이 타자는 결국 주체화된 타자이다. 그 때문에 타자와의 만남이 그려진다고 하더라도, 주체가 보이는 반응은 만남의 순간과 관계 맺음의 양상에 집중되어 있지 않고, 그 타자를 상상하는 주체가 처한 현실적 감각에 집중되어 있다. 이 타자가 주체의 내면으로부터 나온 또 다른 주체에 불과하기 때문이다. 결국, 김구용의 시 세계에 있어서 타자는 주체화된 타자와 주체의 바깥에 존재하는 타자로 나뉘고, 이 타자에 대한 주체의 인식 또한 이에 따라 변화한다. 그런데 장시 「구곡」, 「송백팔」, 「구거」 등에 나타나고 있는 타자는 주체의 바깥에 있는 타자로서, 중편 산문시에 나타나고 있는 주체화된 타자와는 전혀 다른, 주체가 파악할 수 없는 미지의 존재이다. 레비나스는 주체화된 타자를 진정한 타자로서 인정하지 않는다. 김구용의 후기 시라고 할 수 있는 장시 「구곡」, 「송백팔」, 「구거」 등에 나타난 타자와 그것과의 관계를 파악하기 위해서는 먼저 레비나스가 말하는 타자의 모습에 대해 살펴봐야 한다.

레비나스에게 타자는 미래를 열어주는 존재이다. 이때 타자는 외부에 존재하는 독립적인 존재이다. 주체는 자신의 외부에 있는 이 타자와의 만남과 관계를 통해서만 진정한 미래를 맞이할 수 있다. 주체는 타자의 얼굴을 봄으로써 지평을 확보한다. "본다는 것은 그러니까 언제나 지평에서 본다는 것이다."² 이때 타자의 중요한 특성은 외재성이다. 이 외재성이 없는 타자는 진정한 타자가 아니다. 외재성이 없는 타자는 주체와 동화되어 있는 타자이고, 이는 타자가 아니다. 그 때문에 레비나스는 "존재는 외재성이다. 그 존재의 실행 자체는 외재성으로 성립한다."³라면서, 외재성 없이는 존재라는 것이 불가능함을 주장하고 있다. 타자가 주체의 외부에 존재하기 때문에, 타자와 주체는 똑같은 패러다임에 속하지 않으며, 그 어떤 공통분모도 없다. 주체 또한 그 외부에 존재해야만 하기에 타자는 주체에게 영향을 미치는 것이다. 바깥에 존재하는 타자는 주체의 통제와 지배가 미치지 않는다. 그 때문에 주체와 이해와 공감이 되지 않는 자이며, 이름 붙일 수도 없고, 분류할 수도 없는, 주체의 지적 사정거리의 한계로서 주체의 눈앞에 압도적인 구체성을 동반한다. 타자가 절대성을 갖기 위해서는 외재성뿐만 아니라 또 다른 특성이 존재한다.

> 타인으로서의 타인은 단지 나와 다른 자아가 아니다. 그는 내가 아닌 사람이다. 그가 그인 것은 성격이나 외모나 그의 심리상태 때문이 아니라 오직 그의 다름(他者性) 때문이다. 그는 예컨대 약한 사람, 가난한 사람, 과부와 고아이다.

레비나스가 말하는 타자는 과부나 고아처럼 약하고 가난한 사람, 즉 비천하고 무력한 타자이다. 이 비천함이 곧 주체에게 윤리성을 불러일으킨다. 타자와 주체는 등격의 존재가 아니기에, 주체와 타자 사이에는 비등격성, 비대칭성이 존재한다. 이것은 타자를 대하는 주체의 태도를 이중적으로 만든다.

---

2   에마뉘엘 레비나스, 김도형 · 문성원 · 손영창 옮김, 『전체성과 무한』, 그린비, 2018, 281쪽.

3   위의 책, 435쪽.

즉, 주체는 타자를 올려다보는 동시에, 내려다본다. 타자는 비천한 자, 고아 나 과부인 동시에 '신'이라고 말한 레비나스의 의도가 여기에 있다.

김구용의 후기 시에 나타나는 타자들은 이와 같은 특성들을 내재하고 있다. 김구용의 시 텍스트 속 타자들은, 주체와 마찬가지로 근대적 도시로부터 소외된 이들이다. 하지만, 기존의 텍스트 속에서 이 타자들은 주체의 비천함 과 절대성에 압도된 타자들이었다. 현실에 대한 이해 및 수용으로서 나타난 난해성의 밀도는 곧, 주체의 절대성의 밀도와 상동하는 것이었으며, 이와 같 은 주체의 절대성을 통하여 현실에 대한 극복 기제로서 타자를 치밀하게 구 성하고 배치하였다. 그 때문에 이 타자들은, 그 비천함에도 불구하고 주체에 의하여 생성된 한계가 보였다. 이 타자들은 비등격성, 비대칭성이 없기 때문 에 그 비천함에도 불구하고 주체에게 윤리성을 불러일으키지 못했다. 하지 만 앞서 언급했듯 '아리랑' 3부작에서는 주체의 절대성이 무너진다. 이로 인 하여 타자들은 주체화로부터 자유로워진다. 동시에 주체와 타자의 관계 또 한 다른 양상으로 형성되기 시작한다. 먼저 타자는 그 전의 시들과 비슷하게 비천한 형태의 타자로 등장한다.

한여름의 한낮이었다.
삽시에 시민들은 달아나버렸다.
광장에는 어린아이 셋이 버려져 있었다.

두 아이는 쓰러져 있는데
한 아이는 울고 있었다.
흑사병이 발생한 아이들이란다.
불볕에서 내가 울고 있었다.

아니, 아이를 버린

내가 달아나다가

시민들과 함께 돌아와서

내가 나를 찾아 헤매었다.

　　　　　　　　　　　　　　　－「1거」 부분

　인용시에 등장하는 버려진 세 명의 아이는 고아이고, 흑사병을 앓고 있는 아이들이다. 그 때문에 사람들은 모두 달아나버렸고 광장에는 이 아이들만 남겨져 있다. 물론 기존의 시에서도 김구용은 종종 그가 목격한 비참한 현실 속의 사람들을 언급한다. 대표적인 예가 앞서 언급한 「불협화음의 꽃 Ⅱ」에 나온 여성이다. 그녀는 병이 든 남편과 자식을 먹여 살리기 위하여 매춘에 뛰어든 여성이었다. 김구용이 이 부부의 이야기를 쓰면서, "그들 부부만이 아는 순금(純金)의 비밀이었다."라고 말할 뿐이었다. 즉, 시의 주체는 이 타자들을 기록만 할 뿐이지 그들과의 만남을 통해서 그 어떤 행동의 변화도 일으키지 않았다. 이때 주체는 이 타자들보다 높은 위치에서 그들을 바라본다. 이는 텍스트 속의 주체에게 주어진 자아의 탐구가 먼저였기 때문이다. 결국, 시의 형식적 실험에 골몰하던 시기 김구용의 시는 자아 탐구를 중심에 둔 주체성의 시였던 셈이고, 그 타자 역시 주체화된 타자였던 셈이다. 그런데 이 실험이 끝난 후 쓰인 작품들에서는 변화가 감지된다.

　위 인용시의 아이들은 주체가 자신의 외부에서 목격한 타자이다. 주체는 자기의 외부에 있는 비천한 아이들을 만난다. 기존 텍스트라면 이와 같은 타자들에 대한 반응은 주체의 환상으로 나타나지만, 후기 시에 이르러 변화된 모습을 보이기 시작한다. 주체는 이 타자와의 만남을 통하여 이렇게 말한다. "불볕에서 내가 울고 있었다./ 아니, 아이를 버린/ 내가 달아나다가/ 시민들과 함께 돌아와서/ 내가 나를 찾아 헤매었다." 이는 이 비천한 타자와의 만남을 의미한다. 그전의 시에서는 보이지 않던 타자의 자리가 생겨난 것이다. 그리고 이 자리는 동정심에 의해 발생한 것이 아니다. 레비나스가 이야기하는 타자는 비천하고 무력한 존재라는 특성이 있는데, 이는 단순히 동정심을 불러일으키는 존재가 아니다. 이 타자들은, 비천함을 통하여 도덕적인 힘을 부른다. 이 도덕적 힘은 주체에게 윤리적 명령을 내린다. "타인은 나와 마주하며 나를 의문시하고 무한이라는 그의 본질로 내게 **의무를 지운다.**"[4](강조는 원문) 그 때문에 레비나스의 타자는 비천하고 낮으면서도 동시에 높고 초월적인 존재이다.

> 제삼자는 우연한 만남에 현전하며, 타인은 그의 비참함 가운데서 제삼자에게 이미 봉사하고 있다. 그는 나와 **결합**한다. 그러나 그는 봉사하기 위해 나를 그와 결합시키며, 스승으로서 내게 명령한다. (강조는 원문)[5]

타자와의 진정한 만남은 먼저 타자를 받아들이게 한다. 그리고 주체가 소유하고 있는 것을 제공하게 한다. 받아들이는 것과 제공하는 것. 타자와의 진정한 만남은 이 이중의 윤리적 사명을 동반한다. 그 때문에 타자는 출현한다는 사실 자체를 통하여 주체를 윤리적인 실천 안으로 끌어들인다.

인용시의 주체가 다시 돌아와 절대적으로 낯선 아이들을 마주하는 순간 열리는 것은 바로 나 자신이다. "얼굴로서의 타자와 마주하고 있는 나의 처지를 한꺼번에 보여"[6]주는 것이다. 그 때문에 흑사병에 걸린 고아들을 보며

---

4   위의 책, 306쪽.

5   위의 책, 317쪽.

6   위의 책, 318쪽.

불볕에서 울던 내가 광장으로 돌아왔을 때, 만나는 것은 "내가 나를 찾아 헤매었다."에서 보듯 나라는 주체이다. 가족의 생계를 위하여 매춘을 하는 부인과 그것을 용인하는 남편에 대하여 "그들 부부만이 아는 순금(純金)의 비밀이었다."라고 말하는 주체와 "내가 나를 찾아 헤매었다."라고 말하는 주체의 간극은, 진정한 타자와의 만남 속에 발생하는 것이다. 그리고 나를 찾아 헤맴으로써 주체는 또 다른 '주체'를 만나게 된다. 주체의 바깥에 존재하는 것들은 주체의 사고에도, 주체의 소유에도, 그리고 주체 자체에도 환원될 수 없다. 바깥에 존재하는 타자의 말은 주체의 이해와 공감을 넘어서 있지만, 그 말을 '주체'로서 받아들이고 들어야 한다. 그리고 이 배리적 책임을 통해서 비로소 주체가 성립한다. 이와 같은 변화의 지점이 더 잘 드러나는 것은, 매춘 여성을 묘사하는 방식에서도 찾을 수 있다. 김구용의 시 텍스트 속에는 매춘 여성이 자주 등장하는데, 이 '아리랑' 3부작에서는 그전과는 다르게 그들을 대하고 있다. 미군을 상대하던 '이화자(李花子)'라는 매춘 여성의 자살을 그리고 있는 아래의 작품에서는 그전 작품과는 달리 그녀를 향한 추모가 섬세하게 그려지고 있다.

> 버림받은 이화자(李花子)는
> 어느 날 극약을 먹고
> 매음(賣淫) 조합의 여신이 되었다.
> …(중략)…
> 그녀는 벗지 않을 옷을 입어
> 그녀는 불을 재[灰]에 켜들어
> 그녀는 사슬에서 벗어나
> 녹슨 육체를 벗어나
> 누구에게나 은혜로운 시간이 되었다.

…(중략)…

모를 일이다, 모를 일이다.

망각에 구원되어 누워 있었다.

-「1곡」 부분

이 시의 주체는 그녀를 장사지내는 풍경을 따라 세심하게 그리고 있다. 나는 "만약 그녀가 '존'이라는 미군에게 버림받지 않았다면, 혹 그 미군을 만나지 않았다면 죽지 않았을까"라고 말하며 "모를 일이다"라고 되뇐다. 이 말속에 담겨 있는 주체의 감정은, 그 전 김구용의 텍스트에서 매춘 여성을 다룰 때 드러나던 감정과는 달리, 그녀를 향한 안타까움이 직접 담겨 있다. 그리고 그녀를 향한 자신의 종교적 염원을 담아서 "망각에 구원되어 누워 있었다"라고 말하고 있다. 매춘 여성들과 이를 뒤따르는 미군들의 행렬을 바라보며 주체는 "죽음은 국적이 없기에/ 지구는 돈다."라고 말한다. 세계는 계속 움직이고, 장지로 가는 길은 멀기만 하다. 하지만 "어디서나 길은 멀지요."라고 말하며 이 행렬은 계속 이어질 뿐이다. 이와 같은 풍경을 발견하고, 거기에 호응하며, 따라서 그리는 모습은 자아에만 집중하던 중편 산문시를 쓰던 시기와는 전혀 다른 모습이다. 이는 타자의 발견이고, 이 타자의 발견은 결국 나의 발견으로, 나와 타자가 함께하는 풍경의 발견으로 이어진다. 그리고 이를 통하여 미래가 열린다.

하찮은 목소리가

원(圓)을 그어대면서

그녀의 세계를

보여달라고 청한다.

내 실수로 생긴

그녀 턱의 상처가
우리의 절[寺]이었다.

하고 싶은 일만 하니
아픔이 왜 없겠는가.

한 점(點)이
삼동(三冬)의 열매[實]로서
걸어 들어왔을 때

나의 세계는 탄생하였다.

- 「송 78」 저문

"하찮은 목소리가" 그어대는 "원(圓)"은 3연의 "한 점(點)"이 된다. 그것
이 열매가 되어 들어왔을 때, 세계가 탄생한다. 이 목소리에 응답하였을 때
세계가 탄생하는 것이다. 이 목소리가 원하는 것은 "그녀의 세계"이다. 그녀
가 누구인지 텍스트 상에서는 알 수 없으나, 그녀는 주체로 인하여 상처 입
은 자이고, 그 상처를 수용하고 받아들이는 자이고, 용서하는 자이다. 그 때
문에 하찮은 타자의 목소리는 "그녀의 세계"를 보여 달라고 하는 것이고,
"그녀 턱의 상처가/ 우리의 절[寺]"인 것이다. 그리고 이 목소리를 수용해야
지만, 나의 세계 또한 탄생한다. 이 비천한 타자를 맞이하였을 때, 이 타자를
수용하고 환대하였을 때 나의 세계는 열리고 구원과 가능성을 체험하게 된
다. 그것들이 만드는 무한을 체험하게 된다. 이것은 바로 자아 자체이다. "자
아는 현재 이 순간에 〈바로 여기에 내가 존재한다〉고 말할 수 있다. 지금 이

순간은 레비나스에 따르면 자아 자체이다."[7] 주체가 다른 누군가와 하나임을 인지하는 모습은 김구용 스스로 '아리랑'이라 부르는 장시들에서 유독 자주 나타나고 있으며, 변주되고 있다. 예를 들면 "그는 모든/ 사람의 너였다./ 너는 모든/ 사람의 나였다. (「8거」), "내가/ 내게서 벗어나면/ 모든 이의/ 것이 되리라(「송 18」)", 나는 어디에 묻혀도/ 다음을 기르는 공간,/ 씨앗입니다. 불입니다./ 대자대비하다고 생각하지 않으십니까./ 보살은 언제나/ 언제나 나는 대자대비합니다. (「3곡」), "자네에게 필요한 것은/ 버리고서 모든 것과/ 동질이 되는 일이다."(「6곡」), "그러면 탑과 나무는 다르지 않다./ 계절과 그는 다르지 않다./ 출발과 도착은 다르지 않다./ 흐름은 어디서나/ 강이듯이/ 너와 나는 다르지 않다"(「6곡」) 등등 다양하게 나타나고 있다.

그런데 여기에서 김구용이 확인하는 것은, 주체와 타자가 다르지 않다는 사실은 곧 인간에게만 열려 있는 가능성이 아니라 자연의 법칙이라는 것, 그것이 곧 불(佛)의 가르침이라는 것이다. 그리고 이 깨달음은, 불(佛)의 깨달음이기에 그것을 깨치는 순간 완성되는 것이 아니라, 다시 회의하고 부정하는 단계를 거친다는 특성을 보인다. 깨달음과 회의의 반복은 곧 불교적 깨달음을 돈오점수(頓惡漸修)[8]의 방식으로 보여주고 있다.

레비나스는 "타인은 내 주도권에 앞서는 그의 의미 작용에 의해 신과 닮는다. 이 의미 작용은 **의미 부여**(Sinngebung)라는 내 주도권에 앞서는 것이

---

7   강영안, 「레비나스의 철학」, 엠마누엘 레비나스, 강영안 옮김, 『시간과 타자』, 문예출판사, 1996, 128쪽.

8   돈오점수는 '문득 깨달음을 얻고서 차례로 닦아 나가는 것'이다. 여기에서 깨달음은 '모르던 사실을 궁리 끝에 알게 되는 것'이다. 여기에서 '돈오'는 점진적인 수행과정이 없는 깨달음을 뜻한다. 그 때문에 필요한 것이 점수이다. 즉, 돈오는 "마치 햇빛이 만물을 단번에 비추는 것과 같고, 점수란 거울 속의 먼지를 닦아 차츰 사물이 밝아지는 것과 같다."(임승택, 「돈오점수와 초기불교의 수행」, 『인도철학』 31집, 2011, 88~89쪽.)

다."⁹(강조는 원문)라고 말하고 있다. 레비나스에게 타자는 신과 닮은 타자, 무한의 영역을, 신의 영역을 열어 보여주는 타자이다. 물론 이것은 타자의 얼굴이 주체에게 불러일으키는 양가적 감정에 대한 표현이다. 레비나스는 홀로코스트라는 역사적 비참 속에서 정의를 갈구하는 이방인, 고아, 과부 등 타자의 얼굴을 통하여 아슬아슬한 '윤리'의 가능성을 타진한다. 이 얼굴은 주체의 무고함이 거짓임을 밝히고, 주체가 곧 찬탈자이고 살인자이기도 하다는 것을 밝히기 때문이다. 그 때문에 타자는 주체를 유혹하면서도 동시에 떨도록 만든다. 동경과 혐오, 연민과 두려움, 욕망과 살의를 모두 가지고 있는 것이기에, 타자에 대한 주체의 반응은 양가적일 수밖에 없다. 주체는 타자를 우러러보기도 하고, 내려다보기도 하며, 두려워하기도 하고 경멸하기도 한다. 그래서 타자는 '신'이고 동시에 비천한 자인 것이다. 이러한 타자의 양가성은 주체에게 지금 여기에서 태도를 결정하고 행동하라는 명령을 요구한다. 이 요구에 대하여 주체가 취해야 할 정통적인 답은 사랑이다. 주체를 사랑할 수 있는 자로 만드는 것. 레비나스는 이 타자의 양가성을 통하여 윤리의 가능성을 획득하고자 한다.

이에 비하여 김구용은 레비나스가 타진하고 있는 윤리의 자리에 다른 것을 넣는다. 바로 불교이다. 김구용의 주체 또한 타자와의 만남을 통하여 자신의 신에 다가간다. 하지만 김구용에게 신은, 달리 말하여 레비나스가 말하는 윤리는 원본적인 체험을 바탕으로 내재적 풍경을 이루고 있는 불(佛)이다. 그 때문에 이것은 돈오점수라는 불교적 진리 추구 방식에 따라 형상화된다. 타자가 열어 보여준 미래는 다시 닫히고, 주체는 다시 회의하고 절망하고, 다시 타자를 만나서 미래를 확인하는 반복이 계속되는 것이다. 김구용이

---

9 에마뉘엘 레비나스, 김도형 · 문성원 · 손영창 옮김, 『전체성과 무한』, 그린비, 2018, 440쪽.

보여주고자 하는 것은 바로 이 깨달음과 회의의 지난한 반복일 것이다. 그것이 곧 진아를 찾는 과정이기 때문이다.

'아리랑'이라는 제목으로 묶이는 「구곡」, 「송백팔」, 「구거」 등은 기존 김구용의 작품들과는 다른 모습들이 발견된다. 타자의 발견이라 할 수 있는 이 변화는, 형식적 실험이 물러남으로써 가능한 것이다. 김구용이 추구한 이 형식적 실험이 고도로 주체화된 실험이고, 이 실험의 근원에는 동양과 서양이라는 이분법이 자리하고 있음을 앞 장에서 논하였다. 이제 주체의 외부에 있는 타자가 나타나고, 이 만남을 통하여 주체는 새로운 무한에 닿는다. 그것은 다시 돈오점수의 방식으로 회의되며 다시 돌아가는 순환을 그리고 있다. 이 깨달음과 회의의 순환은, 그 자체로 불(佛)의 현현이다. 이 순환적 성질을 통한 불(佛)의 세계는 다시금 김구용의 초기 시에서 발견된 파지적 요소들을 소환한다. 먼저 교(敎)에 얽매이지 않는 불(佛)에 대한 의식이 직관의 언어를 통한 선적 세계의 형성으로 나타난다.

2. 선적 세계와 직관의 언어

주체의 외부에 있는 타자의 발견, 그리고 타자의 호소에 대한 응답과 이를 바탕으로 이루어진 세계의 탄생 등 후기 시에서 나타난 시 세계의 변화에도 불구하고, 김구용은 다시 불(佛)의 세계로 귀환하게 된다. 레비나스에게 가장 근원적인 것은 존재의 피안에서 생기(生起)하는 윤리-흔적이라고 할 수 있고, 김구용에게 가장 근원적인 것은 존재의 피안에서 생기하는 무아(無我)라고 할 수 있다. 레비나스의 사유가 윤리의 흔적을 감지하는 윤리학이라면, 김구용의 사유는 모든 주체는 결국 연기일 뿐이라는 것을 보여주는 불

(佛) 자체이다. 그 때문에 김구용의 시는, 이것을 사유하는 과정을 보여주는 데 그 목적이 닿아 있다. 이 과정을 보여주는 데 있어서, 김구용의 '아리랑' 3 부작은 중편 산문시의 시기와는 전혀 다른 방법적 모색을 보인다. 의도적인 비시(非詩)적 경향이 사라지면서, 그 자리에 타자가 자리하게 된다. 그리고 이 타자를 통하여 주체를 발견하면서, 김구용의 텍스트는 레비나스가 언급 하는 타자를 현현을 목도한다. 이를 통하여 기존 텍스트에 보이지 않던 타자 를 향한 주체의 생생한 만남이 텍스트 속에 그려진다. 중편 산문시에서 나타 난 타자들이 주체를 중심으로 구성된 주체화된 타자라면, 이 아리랑 3부작의 타자들은, 있는 그대로의 타자로서 주체의 외부에 있는 타자이다. 하지만 결 국 김구용에게 근원은 주체와 타자 또한 연기 속에 연결되어 있다는 불교의 사상이다. 그 때문에 레비나스의 윤리-흔적 대신 자리하는 것인 선적 세계 관이다. 타자가 보여주는 미래를 대신하여 김구용이 보고자 하는 것은, 불교 의 세계이고, 이에 가장 합당한 것은 직관을 통한 선(禪)적인 언어이다. 하지 만 이 선적 세계는, V장에서 논의한 바와 같이 극단적 형태로서 나타난다.

김윤식은 『김구용 문학 전집』에 대한 서평[10]에서 이 시기의 작품들에 대하 여 "진언(眞言)의 세계"를 지향하다 보면, 시의 영역을 벗어날 수도 있다고 지적한다. 그 때문에 「구곡」과 「송백팔」에서 그 시도를 멈추어야 한다고 말 하고 있다. 불교라는 사상을 시화(詩化)하는 데 있어 그 임계치에 다다랐다 는 것. 그것은 김구용의 언어가 시의 언어성을 넘어서고 있다는 것이다. 이 는 시가 언어를 도구로 사용하는 데 비해 선은 곧 언어를 넘어서는 지점을 향하기 때문이다. 이와 같은 지적은 김현에게서도 발견된다. 김현은 김구용

---

10   김윤식, 「뇌염」에 이른 길-김구용 문학 전집을 앞에 놓고」, 『시와 시학』, 2000년 가을, 18~25

의 「3곡」에 대하여 평하며 "「3곡」은 성공한 작품이다. 우선은 그렇게 말해야 할 것이다."라고 운을 뗀다. 하지만 "언어의 내부에서 언어의 벽을 뚫고 나오려는 강한 행위를 본다.""라고 지적한다. 김현은 「3곡」이 직관적 인식의 환상을 바탕으로 언어를 구사하고 있다고 지적하면서 "「3곡」에서는 행위가 항상 언어를 뛰어넘으려고 하고 있"[12]다고 말한다.

왜 김구용은 언어를 뛰어넘으려고 했는가. 이것은 선이 추구하는 진리의 존재법칙이기 때문이다. 언어의 한계를 인정하고, 언어를 부정한 후에, 다시금 언어로 돌아와 이를 매개로 진리에 접근하는 모순, 즉 반상합도(反常合道)가 선의 특성이기 때문이다. 이때 언어가 부정되므로, 선에서 추구하는 것은 기의의 세계가 된다. 하지만 이것은 언어에 대한 단순한 부정을 말하는 것이 아니다. 이는 진리가 언어를 뛰어넘어 존재한다는 것에 대한 강조적 표현이라고 보는 것이 옳다. 결국, 불교에서 말하는 언어의 부정이란 기의와 기표 간의 일 대 일 대응이라는 지시적 언어 활동에 대한 부정이기 때문이다. 불교가 언어를 완전하게 부정한다면, 그 많은 선시나 게송, 선문답적 방편들이 있을 수 없다. 고도의 상징성을 바탕으로 구성된 선시나 게송, 선문답들은 곧, 언어의 상징성과 언어의 부정이 서로 교호함으로써 기표로부터 자유로워진 기의의 세계와의 만남을 통하여 직관의 길을 제시하는 것이라고 볼 수 있다. 직관을 통하여 깨달음을 얻는 선불교의 태도가 형상화되는 것이다. 그 때문에 김구용은 아래와 같이 쓰기도 한다.

11　김현, 「현대 시와 존재의 깊이-김구용 3곡에 대하여」, 『김구용 문학 전집 2:구곡』, 솔, 2000, 299쪽.
12　위의 글, 325쪽.

막연한 구체성과
분석한 종합은
직관의 형성으로
결자해지(結者解之)한다.

-「3거」부분

중편 산문시를 쓰던 시기 김구용이 모색한 시적 실험이 주체와 의식의 소산이었다면, 그것에 대한 저항으로서 나타나기 시작한 것이 바로 이 직관의 언어이다. 직관을 통하여 세계와 자아를 탐구하고자 하는 의식은 비약과 이질적 이미지의 충돌로 이어진다. 시적 서사를 바탕으로 쓰인 중편 산문시들이 서사가 가지고 있는 사건의 원인과 결과라는 논리적 축을 토대로 구성되었다면, 그것보다 직관을 중시하는 '아리랑' 3부작에서는 더 이상 논리가 필요치 않기 때문이다. 이는 "막연한 구체성"이나, "분석한 종합" 등의 언어를 넘어서는 깨달음과 감동을 추구하고 있다는 것을 보여준다.

물론 직관의 언어는, 그 자체로 시의 언어와 가깝다고 볼 수 있다. 헤겔은 "이러한 직관 방식은 오직 시 예술(Dichtkunst)에 의해서만 표현될 수 있다. 왜냐하면, 조형예술이나 회화는 그것이 빚어낸 현존재 속에 담긴 실체 앞에서는 오직 일시적으로 머무는 특정한 개체를 우리 눈앞에 정지된 상태로 드러낼 수밖에 없기 때문"[13]이라고 지적한다. 그 때문에 이와 같은 시적 태도는 시가 가지고 있는 내재적 특성을 강화할 수 있는 조건이라고 볼 수 있다. 하지만 이 '아리랑' 3부작이라는 텍스트를 통하여 김구용이 강조하는 것은, 시가 아니라 선적 세계이다.

---

13   헤겔, 두행숙 옮김, 『헤겔 미학 Ⅱ』, 나남, 1996, 114쪽.

불교는 두 가지 방식으로 깨달음에 닿을 수 있다고 보고 있다. 하나는 언어를 도구로 삼아 경전을 분석하는 것이고, 다른 하나는 언어를 배제하고 직관을 통해 깨닫는 언어 외적 깨달음이다.[14] 전자가 교종으로 발전했다면, 후자는 선종으로 발전했다. 선종의 영향 아래 있던 김구용에게 직관은 깨달음으로 가기 위한 길이었고, 여기에서 언어가 갖는 논리는 불필요했다. 그는 "말씀이란 일단 말하고 보면 물질이다. 한도 있는 물질이 무한 생각을 만족시킬 수는 없는 노릇이다."[15]라면서 언어의 한계에 대해서 말한다. 그 때문에 선적 세계가 전면에 나오던 이 시기 그가 쓴 시는 언어의 논리를 벗어나게 되고, 이에 따라 이질적인 이미지들의 충돌이 더욱 도드라지게 된다. 예를 들어 "설매(雪梅)에서 꽃피는 달", "불에서 열매를 맺은 문자"(「송 18」), "빙점의 불"(「송 29」), "편안한 고통과/ 괴로운/ 기쁨이 합쳐 흐른다"(「송 30」), "말하기 싫을 때/ 빛[光] 소리가 들린다", "돌[石]은 귀찮아서/ 물이 흐른다"(「송 66」) 등 이질적 개체들이 결합을 맺는다. 이는 김구용이 상정하고 있는 상징성 아래, 그것들이 동일한 존재 기반이 있기 때문에 가능하다. 이질적 개체들의 충돌함으로써 발생하는 새로운 의미는 곧 김구용이 닿고자 하는 깨달음에 대한 이미지일 것이다. 그것은 "현상 세계와 잠재 세계를 포괄하는 차원"[16]이다. 즉, 직관을 통하여 사물이 가지고 있는 고유성이 드러나는 것이다.

선적 세계를 바탕으로 한 직관의 언어로 잠재된 고유성을 찾는 것은 사물뿐만 아니라 타자에게도 이어진다. 앞에서 보았듯 주체는 자신의 외부에 있는 비천한 타자들과 만난다. 그리고 이 만남을 통하여 주체를 발견한다. 김

14　김성철, 『중론, 논리로부터의 해탈, 논리에 의한 해탈』, 불교시대사, 2006, 31~37쪽.

15　김구용, 『김구용 문학 전집 5:구용 일기』, 솔, 2000, 766쪽.

16　박선영, 「김구용 시 연구」, 성신여대 박사, 2005, 61쪽.

구용에게 있어 이와 같은 발견은 곧 모든 대상을 하나로 통합하고자 하는 시도로 이어진다. 이는 연기의 원리에 따라 주체와 타자를 분리하여 파악하지 않는 '불이(不二)'의 태도가 있기 때문이다. 중편 산문시들이 자아의 내부에서 자아를 찾고자 하는 시도였다면, 이제 김구용은 자아의 외부를 찾아서 하나로 통합하려는 '자타불이(自他不二)'에 다다른다. 그것을 시로써 실천하는 것이다.

> 어수선한 생활에서
> 무엇을 단정하는가.
> 나는 그
> 그는 나,
> 햇빛마다 생긴
> 생명을
> 서로는 싸우는가.
> 강조하는 옷을 벗어 건다.
> 사로잡히지 않아야
> 문은 열릴 텐데,
>
>   - 「1곡」 부분

> 나는 어디에 묻혀도
> 다음을 기르는 공간,
> 씨앗입니다. 불입니다.
> 대자대비하다고 생각지 않으십니까.
> 보살은 언제나
> 언제나 나는 대자대비합니다.
>
>   - 「3곡」 부분

나는 그이고, 그는 곧 나이다. 나는 공간이고 씨앗이고 불이다. 주체의 외부에 있는 모든 것이 곧 나를 발견하는 길이 되는 것이다. 이는 직관을 통하여 불이를 형상화하고자 하는 시도이다. 그 때문에 주체가 발견하는 모든 것은 외부에 존재하는 것들이다. 여기에는 더 이상 '나의 인형'(「소인(消印)」)이나, 백의관세음보살(白衣觀世音菩薩)로 변하는 흰 옷차림의 여자(「꿈의 이상」), 전쟁 중에 죽은 소꿉동무였던 연인(「불협화음의 꽃 Ⅱ」) 등 주체로부터 형성된 타자가 존재하지 않는다. 그리고 이 불이의 태도는 시를 뛰어넘어 세계를 바라보는 축이 된다. 그것은 세계를 바라보는 시선의 깊이를 확보해준다.

> 고어(古語)에는 시성(詩聖)이란 말도 있듯이 동양에서는 시를 말씀[言]의 절[寺]로서 표현한 것도, 우연한 일이 아닙니다. 석가모니불께서는 한량없는 부처님을 설(說)하셨습니다. 한량없는 게송(偈頌)이란 무엇일까요. 사람의 한량없는 잘못과 괴로움을 염려할 필요는 없습니다. 인간을 버리고 부처님이 될 수는 없습니다. 사고(四苦)가 연화좌(蓮花座)이기에 대자대비는 방광(放光)하며 늘 육종진동(六種震動)합니다. 그렇다면 시와 과학도 별개의 것은 아닐 것입니다. 불교와 창조 예술도 불이법문(不二法門)이라면 망발일까요.[17]

인용문은 1976년 2월 3일 자 일기에 기록된 것으로, 한 젊은 스님(자명 스님)과의 주고받은 서신의 한 부분이다. 서신의 내용은 시와 불교에 대한 것으로서, 김구용은 동양에서는 시가 말씀의 집이라 일컫는다고 한다. 이는 동양에서는 불교의 세계와 시의 세계가 서로 상통하고 있다는 믿음을 보여준다. 그 때문에 불교에서 "한량없는 부처님", "한량없는 게송"을 추구하였으

---

17 김구용, 『김구용 문학 전집 5 : 구용 일기』, 솔, 2000, 733쪽.

므로, 시 또한 이 '한량없음'을 추구해야 한다고 생각한다. 이는 과학 또한 마찬가지라고 생각한다. 과학은 이 한량없는 물질세계의 비밀을 발견해 나가는 것이기 때문이다. 여기에서 과학을 통한 물질문명=서양=지옥이라는 기존의 등식에 균열이 발생한다. 하지만 김구용에게 있어 시는 곧 불교이다. 동양적 불교 이념을 전형적인 서구적 발상체로 표현해야 하는 이율배반이라는 동양 시인의 운명을 감내하고자 했던 김구용이, 서구적 발상체를 포기하였을 때, 그에게 남겨진 유일한 것이 불교이기 때문이다. 그리고 이것에 대한 고민은 시론에서도 나타난다.

> 불교 선종(禪宗)의 어록(語錄)과 서구 현대 시론 등에서 혹시 근사점(近似點)을 찾아낼 수 있을까. 그러려면 양쪽의 특색을 짐작해야 할 것이다. 둘 사이의 배합이란 가능할까. 이런 계산을 한다면 헛된 수고에 불과할 것 같다. 이런 계산 방법부터 서구적이기 때문이다. 불경의 선정(禪定)이 아닌 중국의 선(禪)과 상징이나 의식을 주로 다룬 서구의 시론은 매우 다르다. 다르다는 것을 솔직히 인정하는 것이 보다 동양적인 사고방식일 것이다.…(중략)…이 둘을 유의하려면 두 이질(異質)에서 제 나름대로 출발하거나 발견해야 할 것 같다. 동화하거나 동화시키거나 간에 반드시 또 다른 양상으로 나타나야만 할 줄로 안다. 옛 선시(禪詩)로도 현대 시론으로도 머물 수 없을 때 모색은 시작하는 것이다[18]

선적 방법론과 현대시의 이론에 대하여 모색한 부분이다. 선적 방법론과 현대시의 방법론은 서로 다르다. 이 양자를 배합하려는 것 또한 서구적인 방식에 불과하다. 이 다름을 인정하는 것, 그것이 동양적인 방식이며, 김구용은 그 방식을 따를 수밖에 없었다. 이 이질적인 것들은 각자의 영역에서 출발하

---

18 김구용, 「시에의 관심」, 『김구용 문학 전집 6:인연』, 솔, 2000, 368~369쪽.

여 그 유사성을 찾아가야 하기 때문이다. 그리고 김구용이 처해 있던 시적 상황은 바로 여기에 있다. "옛 선시(禪詩)로도 현대 시론으로도 머물 수 없"는 상황. 이질성을 극복하는 것. 김구용은 여기에는 당연히 방황과 차질이 생기기 마련이지만 나름의 가치가 있다고 생각한다. 하지만 서구의 시론이 곧 물질이라면, 선적 방법론은 정신이다. 이 이분법은 결국 그것이 가진 계몽적 성질에 의하여 당위성을 가지게 되고, 후자의 자장이 커지게 된다. 그 때문에 김구용이 아리랑이라 이름 붙인 「구곡」, 「송백팔」, 「구거」는 그 자체로 불교이다. 그 자체로 불(佛)인 시라는 작업 앞에 김구용은 "물질인 언어가 과연 정신 우주를 만들 수 있을까."[19]라고 반문한다. 하지만 김구용은 언어를 버리지 못한다. 그에게 불교는 곧 삶이고, 곧 시이기 때문이다. 이것은 아리랑의 3부작의 마지막 부분에 나타난다. 여기에 김구용이 가닿고자 한 이상향이, 이상향을 향한 소망이 놓여 있다.

> 대자와 대비를 믿고
> 대자대비가 비로소
> 이루어지기 시작했다.
>
> 「9거」 부분

3. 일순의 안팎에서 솟는 파지의 체험

「구곡」, 「송백팔」, 「구거」는 그 자체로 불(佛)인 세계를 그리고 있다. 그렇기 때문에 이 텍스트들은 타자를 주체의 외부에 배치하고, 주체와 타자가 절

---

19 김구용, 『김구용 문학 전집 5: 구용 일기』, 솔, 2000, 766쪽.

대 다르지 않음을 말하고 있다. 이 불이법문(不二法門)의 세계는 그 자체로 선의 세계이기에 직관의 언어로 구성되어, 언어를 뛰어넘어 존재하고자 한다. 이와 같은 시도는 시와 불(佛), 양자 모두 성공하던가, 실패할 것이다. 그것에 대한 결론은 물론, 김구용 본인만이 내릴 수 있을 것이다. 그런데 이 텍스트들 사이에 존재하는 가장 근본적인 근원인상이 있다. 그리고 이것은 중편 산문시의 시기와는 다른 양상으로 시간화 되어 나타난다.

후설은 끊임없이 흘러가는 현재에서 본원적으로 흐르고 있는 살아 있는 현재를 발견하는 것이 가능한 것은 근원인상이 파지가 되었을 때, 그것이 고유한 시간성을 지닌 채 지속되기 때문이라고 말하고 있다.[20] 하지만 이것은 회상(재기억)과는 다르다. 회상은 곧 그것을 현재 속에 정립시키는 역할을 수행한다. 이 현재에서의 정립 과정에서 작용하는 것은 현재에 서 있는 주체의 의식이다. 이를 통해서 근원적 인상으로 남겨진 내재적 기억을 현실적 지금으로서의 위치설정이 가능한 것이다. 회상은 현재의 흐름에 맞춰 과거라는 시간 위치를 부여받고, 이를 통하여 회상되는 근원적 인상이 속해 있던 고유적 시간 영역은 현재의 흐름 속에 고정되어 버리는 것. 즉, 현재라는 시간에 속박되는 것이다.

김구용은 초기 시뿐만 아니라 중편 산문시를 통하여 시 형식의 실험을 개진하던 시기에도 어머니 표상을 곳곳에 드러내고 있다. 특히 그것이 가장 잘 나타난 것은 「꿈의 이상」이다. 백의관세음보살(白衣觀世音菩薩)이 된 흰 옷차림의 여자 모습이 바로 그것이다. 이때 어머니의 표상은, 주체에 의하여 포섭되어 재기억된 것이다. 주체가 체험하는 현실의 시간 속으로 어머니에 대한 근원인상이 고정된 것이다. 그런데 「구곡」, 「송백팔」, 「구거」 등 후기의

---

20   에드문트 후설, 이종훈 옮김, 『시간의식』, 한길사, 1998, 87쪽.

작품에서는 다르다. 먼저 어머니라는 내재적 기억을 이 '아리랑' 3부작의 시작과 끝에 배치하며 수미쌍관 구조를 이루고 있다.

> 조선 자기(子器)를 눈[眼]으로 쓰다듬으면
> 어머님의 검버섯 핀 손이었네.
> 추억은 선반에
> 여러 가지 달덩이로 놓인다.
>
> 「1곡」 부분

> 신문을 읽기가 무섭지만,
> 시인들이 어머님을 주제로 썼던 많은 시,
> 그 시를 읽은 한 독자가 합장(合掌)했다.
>
> 간절히 알고 싶을 만큼
> 생각은 미지(未知)를 가능으로 바꾸었다.
> 시가 필요하기 때문에
> 시인들은 시를 쓰는가 보다.
>
> 대자와 대비를 믿고
> 대자대비가 비로소
> 이루어지기 시작했다.
>
> 「9거」 부분

인용시는 아리랑 3부작의 첫 작품인 「1곡」의 시작 부분과 마지막 작품인 「9거」의 맺음 부분이다. 이 처음과 끝에 어머니가 존재하고 있다. 「1곡」에서는 조선의 자기, 즉 백자를 바라보고 있다. 백자의 하얀 빛은 김구용에게 곧 백의관세음보살(白衣觀世音菩薩)이었던 어머니를 연상시킨다. 그리고 백자의 표면에 얼룩진 세월의 더께가 검버섯이 핀 어머니의 손으로 이어진다. 이는 "어머님의 백자(白磁)는/ 우리들의 시간, 그 이전부터/ 피가 순환하였다."(「7곡」)를 통해서 알 수 있다. 주체의 내면에서 지속하고 있던 어머니의 표상이 백자를 통하여 현실의 시간 속으로 떠오르는 것이다. 어머니의 표상이 가지고 있는 기억들은 그것이 가지고 있는 고유한 시간성을 품고서 현실 속으로 떠오른다. 그 순간 "추억은 선반에/ 여러 가지 달덩이로 놓인다." 라고 말할 수 있다. 선재(先在)하고 있는 시간적 배경의식의 총체로서의 어머니를 통하여 추억이 달덩이가 되는 것이다. 그리고 불교에서 최고의 가치를 상징하는 달이 놓인다는 것은, 김구용의 불교관이 결국 어머니로부터 연원하고 있음을 의미한다. 이는 "때가 오면/ 한 열 달쯤 앓을 생각일세./ 어머님의 신음으로/ 찾은 나를 보답하고/ 떠나서는 만나야지."(「1곡」)에서 알 수 있듯, 내가 어머니로부터 출생하였기 때문이다. 즉, 어머니는 존재의 근원이고, 이 근원적 시간성을 통하여 달이라는 상징성을 획득한다.

이에 반해 「9거」의 어머니는, 조금 다른 모습으로 나타난다. 어머니에 대한 시를 읽은 한 독자의 글을 신문에서 읽은 것이다. 다음 연에서는 논리적 구조를 과감하게 생략하면서 시를 쓰는 이유에 관하여 묻는다. 그 답을 얻기 위해서는 간절함이 필요하다. 그것은 "미지(未知)를 가능"으로 바꾸는 생각에 의해 얻을 수 있고, 그것을 풀고자 하는 마음의 열망에 달려 있다는 것. 그 열망에 따라 김구용이 얻은 결론은 시가 필요하기 때문에 시를 쓴다는 사실. 이는 시가 삶의 영역에 속하기 때문에 쓴다는 의미이다. 시가 왜 필요한가, 시를 쓰는 이유는 무엇인가, 이것은 전 연에서 언급된 신문에서 읽은 어머니와 관련된 독자의 글 때문이다. 김구용에게 어머니는 그 자체로 관음이다. 진아(眞我)를 찾는 여정 끝에 보는 미소이다. 시가 필요한 것은, 시 자체가 바로 진아를 찾는 여정이기 때문이다. "대자와 대비를 믿고/ 대자대비가 비로소/ 이루어지기 시작했다."라는 마지막 연의 비약은 바로 여기에서 연원한다. 진아에 다다르는 이와 같은 여정은 비약과 생략을 통하여 이루어진다. 파지된 시간성은, 그 자체의 시간성을 내재한 채로 돌연히 현실의 시간 속으로 떠오른다. 파지된 시간성은 시간의 흐름에 따라서 현실에 놓인다. 동시에, 파지의 경험으로 인하여 미래가 열린다. 예지의 체험이 그것이다. 이와 같은 양상은 "내가 하품을 했더니/ 주위는 한꺼번에 사라졌다."(「4곡」), "세계는 한 몸이었으니/ 침묵은 물결친다/ 혼자서는 못 사느니/ 소음도 종소리였다/ 교통의 공간인/ 정적은 말씀을 한다"(「송 13」), "빈 곳으로 뻗는 소리는/ 모르는 데서 일어서는 지식이다."(「송 55」), "생각은 생각을 없앨 수가 없었다./ 그러히 쉬노라면/ 풀잎은 저절로 세계였다."(「송 66」), "주인은 말 없이 묻는데/ 방안은 소리 없이 대답한다."(「송 46」) 등 다양한 방식으로 변주되며 나타난다. 이것은 결국 김구용의 시 세계가 내적 체험을 바탕으로 이루어져 있다는 것을 방증한다. 이것들을 통하여 주체가 경험하는 것은 내적 경험의 시간이 현실의 시간에 현현하고, 이를 통하여 미래의 시간이 열리는 지속이다. 지속은 주체의 의도와 그에 따른 시적 구성을 통하여 드러나는 것이 아니라, 그저 흐르는 것일 뿐이다. 만물은 스스로 생겨나려 하지 않는다. 어쩔 수 없이 생겨나고 소멸하는 것이다. 그것을 체험하는 시간이 바로 대자대비가 이루어지는 시간이다. 이것은 아래의 시처럼 보다 명확하게 그려지기도 한다.

수억만 년 전의
어느 위성에서
공룡이 단 한 번
나를 동정했다.

나는 로비에서 그
감격을 돌아본다.

몇억만 년 뒤의
다른 위성에서
이름도 모를 과학물(科學物)은
단 한 번
나를 동정한다.

나를 엎드려 그
감격을 바라본다.
일순(一瞬)의 안팎에서
다시 나는 동정을
바랄 필요가 있는가.

나는 승강기를 타자
내 손에 잡힌
위성을 끌어안으면서
나를 돌아본다.

문은 저절로 열렸다.

- 「송 68」 전문

"수억만 년 전"의 공룡이 나를 동정한 과거의 사건과 "몇억만 년 뒤" 알수 없는 "과학물"이 나를 동정한 사건이 현재의 시간 속으로 수렴된다. 이것은 과거와 현재, 미래가 결국 연기 속에서 순환하며 지속하고 있다는 깨달음의 순간으로 이어진다. 그 때문에 그것은 주체에게 감격으로 다가온다. 그리고 이 감격이라는 감정은 현재에서, 그 "일순(一瞬)의 안팎"에서 지속하며 순환하는 원환론적 시간을 꿰뚫어 보고 있음을 말하고 있다. 김구용의 주체에게 중요한 것은, 그 내적 경험으로 솟아오른 사건이 의식의 내부에서 현현시키는 동정이라는 감정이 아니다. 과거와 현재, 미래가 반복하며 영원회귀하고 있다는 깨달음 자체가 중요한 것이다. "다시 나는 동정을/ 바랄 필요가있는가."라고 반문하는 이유이다. "일순(一瞬)의 안팎"에 모아놓은 과거와 현재, 미래는 생성하고 소멸하는 모든 것이 결국 한 몸이라는 불이(不二)의 세계관을 형성한다. 그 때문에 "그럼 지금은 언제인가/ 지난날도 앞날도/ 그에게는 동시(同時)"(「3곡」)인 것이고, "탑과 나무는 다르지 않다./ 계절과 그는 다르지 않다./ 출발과 도착은 다르지 않다./ 흐름은 어디서나/ 강이듯이/ 너와 나는 다르지 않다."(「6곡」)라고 말하는 것이고, "시간은 "고통과 기쁨이"/ 다르지 않다"라고 설명"한다고 하며, "어제의 현재와/ 내일의 현재가/ 이렇듯 명확한 잎사귀 하나를 키워놓고"(「7곡」) 있다 설파하는 것이다.

　이와 같은 방법론을 통하여 김구용은 시간의 불가역성을 뛰어넘는 불교적 시간관을 완전하게 시로 형상화해낸다. 「구곡」, 「송백팔」, 「구거」에 이르러 김구용은, 불교의 깨달음이 논리적으로 구성되지 않는, "일순(一瞬)의 안팎"에서 떠오르는 직관의 영역에 속한 것이며, 이는 돈오점수를 통하여 반복적으로 닦아 나가야 한다는 것을 시화(詩化)해낸다. 승강기의 문이 저절로 열리듯, 주체를 포함한 모든 것은 연기를 통하여 생성 소멸하면서 아무런 이유

없이 존재할 뿐이고, 이것을 깨우침으로 "대자와 대비를 믿고/ 대자대비가 비로소/ 이루어지기 시작"하는 것이다.

　이상 시간에 관한 후설과 레비나스의 논의, 불교적 시간관 및 세계관 등을 바탕으로 김구용의 시 세계를 조명해 보았다. 김구용의 시는, 그의 초기 시에서 발견되는 어머니 표상과 불교적 세계관을 바탕으로 시작되었으며, 이는 그의 후기 시까지 이어져 수미쌍관 구조를 이루고 있다. 초기 시들이 단순한 찬불가 형식으로 불교적 세계관을 내적 갈등 없이 표피적으로 그려내고 있다면 후기 시에서는 주체 외부와의 갈등과 그것과 화해와 치유의 깨달음, 그리고 이 과정의 반복 속에서 진아에 다다르고 있다. 초기 시가 산사 속에서의 위법망구(爲法忘軀)라면 후기 시는 세속 속에서의 대기대용(大機大用)인 셈이다. 이 과정에서 김구용은 주체 외부에 존재하는 당대적 현실과 그 현실 속에서 고통받고 있는 비천한 타자를 발견하고 만나게 된다. 이 발견과 만남을 통해서, 김구용은 미래적 지평을 감지한다. 그리고 이 지평은, 원본적 체험으로 '지금'까지 열려 있던 어머니를 통한 파지체험 속에서 다시 한번 열리게 된다. 이 미래적 지평 체험을 통해서 "일순(一瞬)의 안팎"에 과거와 현재, 미래가 모이게 되고, 이것이 결국 한 몸이라는 불이(不二)의 세계관을 완성한다.

결론

지금까지 본고는 시간의식과 타자성을 통하여 김구용의 시와 시론을 연구했다. 김구용이 갑작스럽게 극단적인 시의 형식적 실험에 매진한 까닭과 그 것을 포기한 까닭을 살펴보았으며, 이 과정에서 시와 시론 사이의 관계를 탐색하고, 그가 추구하던 동양적 사유의 특성과 한계를 살펴보았다. 이를 위하여 본고는 시간의식에 있어서 주체의 경험을 중심에 놓고 파악하는 현상학적 시간을 방법론으로 삼았다. 특히 파지(과거지향)와 회상이라는 후설의 논의를 바탕에 두었다. 파지와 회상의 차이점은, 지속과 의식에 있다. 파지는 '지금'까지 열려 있는 과거의 어떤 경험을 말하는데, 여기에서 열려 있다는 것은 그 경험이 가지고 있는 시간성이 지금에까지 지속되고 있음을 말한다. 이에 비하여 회상은 망각되어 있던 기억을 일회적으로 복원하는 행위이다. 파지가 내재적 풍경으로서 지금의 현실에 영향을 미치고 있는 것이라면, 회상은 의식적으로 불러일으킨 일회성의 기억이라는 것이다. 지속을 가지고 있기에 파지는 곧 미래의 배경의식인 예지(미래지향)가 가능해진다. 이와 같은 후설의 시간의식은 '지속'되는 체험이 그 바탕에 있다. 특히나 김구용의 시와 시론은 주관적 체험을 근간으로 하고 있기 때문에 후설의 시간의식을 통한 탐구는 김구용의 시적 사유의 한계와 그 극복, 변화 과정 및 그 원인을 탐지할 수 있도록 해주었다.

그런데, 후설을 비롯한 이와 같은 현상학적 탐구는 타자가 배제된 주체 중심의 방법론이고, 여기에서 말하는 미래는 그저 현재에 지나지 않을 뿐이다. 그 때문에 레비나스는 진정한 미래란 주체의 마음이나 의식을 넘어선 곳에서 찾아야 한다고 주장한다. 바로 타자이다. 타자를 통하여 주체는 미래를 만나게 되고, 레비나스에게 이 미래는 "인간들 사이의 관계"와 "역사"이기 때문이다. 김구용은 시와 시론에서 동양을 통한 현실 극복과 미래적 지향을 열어 보이고자 했다. 레비나스의 시간론을 통하여 미래에 대한 김구용의 사유 양상을 살펴봄으로써, 그 한계와 의의를 밝히고자 했다.

Ⅱ장에서는 근대적 시간과 동양적 시간을 통하여 시간의식의 변화 과정을 보았다. 자연의 리듬과 순환에 따른 고대의 순환론적 시간의식은, 기독교를 통하여 종말론적 세계관으로 변화한다. 하지만 이 양자 간에는 영원성이라는 교집합이 존재하고 있다. 그리고 근대에 들어 변화된 시간의식에서 이 영원성은 붕괴한다. 또한, 시간의 관찰과 측정이 정확해지면서, 전통을 부정하고, 시간 자체가 상품화된다. 그리고 영원성의 자리에는 역사적 시간의 맥락과 질서가 자리하고 시간은 기능적으로만 남게 된다. 근대의 이와 같은 선형적 시간의식은 발전과 진화라는 기치 속에 작동하는바, 근대인의 삶은 규격화되고 통제된다. 이는 안정성의 결여와 정체성의 위기를 야기한다. 이런 양상은 1950년대 시인들에게도 마찬가지로 작동한다. 근대의 선형적 시간의식의 경험을 통하여 자아의 탐구가 중요한 과제로 대두되는 것이다. 이는 김구용 또한 마찬가지였다. 하지만 김구용의 시간의식을 탐구하기 위해서는 그 자신에게 지향적 체험인 불교의 시간의식을 먼저 밝혀야 한다.

불교의 시간은 흔히들 찰나, 겁으로 표현하는 무한대의 시간이다. 이는 윤회전생을 통한 끝없는 반복이다. 하지만 보다 정확하게 말하자면 불교에서는 시간이 존재하지 않는다. 그것은 연기를 통한 인연가합의 산물일 뿐이다. 불교의 시간은 현상의 변화에 의해서 나타날 뿐이다. 모든 현상의 변화들이 연기에 의하여 발생하기 때문에 연속적이면서도, 다른 것들을 원인으로 발생하기 때문에 영원하지 않고 무상한 것이다. 이와 같은 불교의 원환론적 시간관을 깨달은 이는 '무아(無我)'를 알게 된다. 유년기부터 시작된 산사 생활을 통하여 이미 원숙한 불교적 세계관을 가지고 있던 김구용에게 이와 같은 불교의 시간 체험은 시와 시론 전반에 걸쳐서 열려 있는 채로 지속되는 과거의 한 경험으로 자리하면서 지향적 대상이 된다. 김구용이 시론에서 동양을 서구적 근대의 극복 기제로 삼고 있는 까닭이다.

하지만 이 동양과 전통에 대한 김구용의 의식은 독자적인 것은 아니다. 1950년대부터 동양은 산발적으로 다루어지기 시작했고, 『현대문학』은 동양론을 문학장 안으로 끌어들였다. 『현대문학』이 내세운 것은 '현대성'이다. 그런데 이 현대성은 고전의 계승과 그것의 현대적 지향을 통한 것이다. 전통과 현대가 서로 영향을 주고받으며 같은 공간에 놓인 셈. 이와 같은 지향성 속에서 『현대문학』이 제정한 제1회 신인문학상 시 부문에 김구용이 선정되었다는 것은 전통과 동양에 대한 김구용의 정신과 그것을 현대적으로 지향하는 시 형식적 시도가 긍정적으로 인식되었다는 것을 의미한다. 동양정신을 바탕으로 하되, 그것의 관성에 이끌려 관조적인 도가적 양상으로 빠지지 않는다는 것, 이채로울 정도로 새로운 시의 형식적 시도에 매진한다는 서정주의 심사평이 이를 뒷받침한다. 이와 같은 당대의 평가는 동양의 정신과 서양의 육체라는 이율배반적 상황을 견지하고 추구하는 것이 동양 시인의 운명이라는 천상병의 평가에서도 드러난다. 김구용 또한 자신의 근간이 동양의 고전에 있으며, 이것들이 난해를 만든다고 말하는바, 특히 불교적 영향, 그 중 선불교적 영향이 크게 작용하고 있다. 이 선불교의 영향 속에서 김구용은 교(敎)가 아닌 불(佛)을 추구하고자 했으며, 생활과 사유의 근간인 불을 통해서 세속에서의 삶에 대한 욕구를 드러내고 있다. 또한, 이를 통하여, 그의 삶 또한 서구적 근대의 세속 도시에서의 생활과 그 속에서의 불(佛)의 추구라는 이율배반 속에 놓이게 된다. 김구용이 가지고 있던 이와 같은 특성들은 그의 시 세계 전반에 걸쳐 작동하고 있다.

Ⅲ장에서는 김구용이 초기 시와 그가 남긴 일기를 바탕으로 그가 가지고 있던 불교적 시간관을 규명하고, 그것으로 인하여 형성된 지향적 체험을 밝히고 있다. 후설이 지적한 것처럼 모든 지향적 체험은 대상적 의미를 갖게 되는바, 김구용의 초기 시에 나타난 지향적 체험들은 의식적으로 변양된 체험으로서 시 세계 전반에 걸쳐 발견된다. 그중 하나가 어머니 표상이다. 일기 속에 나타난 어머니와의 체험을 바탕으로 구성된 시 텍스트를 통하여, 어머니 표상은 생명의 운동성으로 변양된다. 후설은 이 변양을 통하여 파지가 확산한다고 지적하고 있는데, 이 변양의 양상은 회상을 통하여 강화된다. 바로 어머니 표상이 백의관세음보살(白衣觀世音菩薩)로 연결되면서 종교적 구원체로 등장하게 되는 것이다. 이는 초기 시에서부터 드러나 있던 김구용의 불교적 세계관에 기인한다. 이것들은 부산 피란 시절 전 산사에 머물던 시기에 쓴 작품으로서 현실과의 아무런 대립이 없는 전통적이며 서정적인 찬불가이다. 그 때문에 이 시기 김구용의 시 텍스트 속의 시간은 영원과 무시간성을 가지고 있다. 즉, 현재는 불임의 시간이고, 그것을 극복하는 것은 영원이라는 것. 여기에서 예각성을 통하여 김구용이 가지고 있는 불교의 원환론(圓環論)적 시간관을 발견할 수 있다. 하지만 초기 시에서 보인 이런 양

상은 도시 체험을 통해 변화하기 시작한다. 이는 중편 산문시를 예견하는 작업들로서, 물질과 정신이라는 이항 대립적 사고관이 텍스트 전면에 나타나고 있다. 또한, 시의 형식에서도 산문시로의 전회가 이루어진다. 김구용은 이 초기의 실험작들에서 도시라는 공간을 시간화 함으로써 파편화하고 있으며, 도시로부터 배제되고 소외당한 주체를 만들어낸다.

Ⅳ장에서는 김구용의 중편 산문시를 본격적으로 분석하였다. 먼저 초기 시에 나타난 지향적 체험으로서의 어머니 표상과 불교적 세계관이 변양된 양상으로 나타난다. 이는 후설이 지적한바, 이 변양의 과정에서 그것이 의미를 획득하기 때문이다. 즉, 김구용의 중편 산문시에서 변양되는 지향적 체험들은 그것들에 부여된 동기에 의하여 관념적인 조작된 것들로서 일회성의 기억인 회상(재기억)의 형태로 솟아난 것이다. 첫 번째로 완성한 「소인(消印)」은 도시의 공간을 타자의 시선에 의하여 갇힌 공간, 감옥과도 같은 공간으로 그리고 있다. 이는 서사적인 현재 감옥에 갇혀 있는 화자의 현실과 조응한다. 「소인(消印)」의 화자는, "녹빛 외투 여자"를 살해했다는 누명을 쓰고서 감옥에 갇혀 있다. 화자의 무죄를 입증할 유일한 이는 "나의 인형"이라 불리는 매춘 여성이다. 전차에서 생면부지의 "녹빛 외투 여자"를 만난 이후, 화자가 찾아가 머물던 곳이 "나의 인형"의 집이기 때문이다. 이 두 여성은 각각 지속과 순간이라는 상징성을 거느리고 있는데, 전자는 이미 죽은 존재이고, 후자는 화자의 무죄를 증명할 유일한 증인으로서 구원적인 존재로 다시 자리매김한다. 이 양상은 「소인(消印)」에서 화자가 계속 보는 환상들 속에서 더욱 강화된다. 특히나 화자가 보는 마지막 환상이 중요하다. 여기에서 "나의 인형"은 기존의 환상과는 달리 내게 사랑을 고백하고, 화자는 "내가 바로 너다"라고 화답한다. 매매를 통하여 이루어지는 화자와의 관계 속에

서 이와 같은 합일이 이루어지는 것은, 화자가 자기 자신을 매매의 수단으로 내놓았기 때문이다. 이를 위해서 화자는 죄를 저질러야 하기에, 같은 감방에 있던 강간범에게 폭력을 행사한 것이다. 이 마지막 환상 속에는 텍스트에 나왔던 모든 인물이 등장하여 나를 축복한다. 이는 모든 현상의 변화들이 연기에 의하여 발생한다는 불교적 연기법의 현현이다. 하지만 이 환상은 관념적 조작에 의하여 변양된 것으로 단지 유사하게 그 대상을 지각한 일회성의 회상이다. 이것이 「소인(消印)」의 첫 번째 한계이다. 두 번째 한계는 "나의 인형"이라는 매춘 여성에 있다. 「소인(消印)」에서 김구용은 그녀를 절 밑 채석장 근처에 살고 있다고 말하고 있다. 또한, 도시에서 매춘의 공간은 공식적으로 부재하여야 한다. 그 때문에 "나의 인형"은 도시의 주변부로 밀려난 불교의 모습을 상징한다. 이는 성적 욕망과 동양의 결합이라는 배리적 상황을 낳는다.

때문에 「꿈의 이상」에서는 불교적 성격을 전면적으로 나타내고 있다. 먼저 「꿈의 이상」은 「소인(消印)」과는 달리 살인사건이라는 극적인 사건이 존재하지 않는다. 「소인(消印)」이 1인칭으로 쓰인 것에 비해 「꿈의 이상」은 3인칭으로 쓰여 있다. 극적인 사건이 없는 대신 「꿈의 이상」에서 집중하고 있는 것은 가난이다. 그리고 이 가난은, 전쟁 체험으로부터 비롯된 것으로 그려지고 있다. 「꿈의 이상」은 현실 속의 인물과 환상 속의 인물로 나누어진다. 이중 가장 중요한 인물은 흰 옷차림의 여자이다. 그녀는 배고픔에 못 이겨 오렌지를 훔치다 발각된 그를 대신하여 값을 치른다. 이때 화자에게 그녀를 향한 성욕이 솟는다. 그 때문에 그녀는 성(性)과 기아(飢餓)의 해소를 상징하고 있다. 여기에서 중요한 특징이 흰 옷차림의 여자가 등장하는 환상의 배경이 매번 바뀐다는 것이다. 처음 만났던 장면의 회상부터 시작하여, 전쟁이 벌어지는 폐허, 그리고 화자가 번역하고 있는 과학 모험 소설이 그리고 있는 미래 등이 그것이다. 그런데 과학 모험 소설에 관련된 이 환상은, 텍스트가 구성하고 있는 서사의 역할 속에서 잉여로 남아 있는 것이다. 도리어 난삽한 환상으로 보이기까지 한다. 그렇다면 이 환상을 넣은 이유가 분명 있을 것이다. 이는 앞서 언급한 대로 「꿈의 이상」이 불교적 성격을 전면에 내세우고 있기 때문이다. 특히나 「꿈의 이상」에서 집중하고 있는 성과 기아의 문제는, 김구용이라는 개인뿐만 아니라, 모든 이에게 부과된 것이다. 그 때문에 「꿈의 이상」에서 그려지는 환상은 개인의 환상이 아닌, 종적 환상, 종족 모두가 갖는 보편적이며 선험적인 환상이어야 했고, 이때 필요한 것이, 과학 모험 소설이 그리고 있는 미래라는 시간이었다. 주관적인 체험을 바탕으로 구성된 환상이 아니라, 보편적인 환상이 되기 위해서는 종적 환상으로의 변모가 필요하고, 이를 위해서 과거와 현재, 미래가 한데 엮이는 환상의 구조가 필요하기 때문이다. 이것이 가지고 있는 것은 후설에 의하면 기대의 지향이다. 그리고 이 기대의 지향을 충족하는 것은 현재이다. 「꿈의 이상」에서는 현재 속에서 현현하는 환상이 필요했다. 하지만 이 충족은 회상 속에서 미리 방향이 설정된, 재충족에 불과하다. 그런데도 「꿈의 이상」에서는 이 기대의 지향을 충족해야만 했고, 이 때문에 마지막 환상에서 흰 옷차림의 여자는 백의관세음보살(白衣觀世音菩薩)이 되는 비약이 이루어진다. 하지만 이 비약이 향하는 지향은 후설에 의하면 비관적이고 공허한 지향일 뿐이다. 「꿈의 이상」이 화자가 결혼을 결심하게 되는, 세속적인 결론에 다다른 까닭이다.

「불협화음의 꽃 Ⅱ」는 「소인(消印)」이나 「꿈의 이상」과는 달리 파편적인 서사의 모음으로 구성되어 있다는 특성이 있다. 각 서사 조각들이 논리적 연계 없이 파편적으로 흩어져 있는데, 이것은 곧 파편적으로 존재하는 온

갖 소음과 같은 모더니티의 세계에 대한 알레고리이다. 「불협화음의 꽃 Ⅱ」
의 화자는 대학에서 시간강사를 하며 근근이 생계를 유지하는 인물이다. 앞
선 작품 속 화자와 동일하게 가난에 시달리지만, 그것으로 인한 고통의 정도
는 덜하다. 대신 화자는 언어의 부정에 매달리고 있다. 언어를 부정하고, 언
어적·이성적 세계를 극복함으로써 나의 자성(自性)에 닿기 때문이다. 물
론 가난은, 엄연하게 존재하고 있는, 전쟁으로부터 지속되어온 고통의 잔재
이고, 현실적 고통이다. 하지만 화자는 가난을 인정하며 욕망하지 않는 삶,
그로 인한 고통조차도 감내하며 받아들이는 삶을 살고자 한다. 무엇보다 그
를 괴롭히는 것은 물질문명의 발전과는 반대 방향으로 피폐해지는 정신이
기 때문이다. 그런데도 화자를 괴롭히는 것은 성적 욕구이다. 앞선 두 텍스
트에서와 마찬가지로 김구용이 성적 욕구에 집착하는 것은 불교의 십이지
연기(十二支緣起) 때문이다. 십이지 연기에서 인간이 윤회의 사슬에 속박되
는 것은 애(愛)의 단계에서 생긴 집착 때문이다. 세상과 부딪히면서 발생하
는 이 욕구의 집착을 끊는 것, 이 애착을 끊는 것이 김구용에게 주어진 첫 번
째 과제인 셈이다. 그리고 「불협화음의 꽃 Ⅱ」에서는 서사의 포기를 통하여
업보와 이 업보를 지속시키는 애착을 형식적으로 끊어내고자 하는 것이다.
불교에서 이 욕구와 집착을 끊는 것을 이욕(離欲, virāga)이라고 한다. 결국,
「불협화음의 꽃 Ⅱ」는 이욕을 추구하는 텍스트이다. 이와 같은 양상은 텍스
트의 내용에서도 이어진다. 「불협화음의 꽃 Ⅱ」의 화자는, 사춘기 시절 만난
여자를 그리워한다. 하지만 그녀는 전쟁 중에 이미 죽은 존재이다. 그 때문
에 나는 그저 "자독(自瀆)의 수자(囚者)"일 뿐이다. 텍스트의 마지막 환상에
서 그녀를 만나지만, "역시, 대단한 내용은 없었다."라는 결론에 다다름으로
써, 이욕을 완성한다. 「불협화음의 꽃 Ⅱ」의 중요한 또 다른 특성이 있다. 시

적 서사를 포기함으로써, 그 자리에 당대의 현실과 타자가 나타나는 것이다. 이 타자는 김구용의 일기에 기록되었던, 가족의 생계를 위해 매춘을 하는 여성으로서, 레비나스가 언급한 주체의 외부에 있는 비천한 타자이다. 김구용의 텍스트에서 이와 같은 타자는 「불협화음의 꽃 Ⅱ」에서 처음 나타난다. 물론 레비나스가 언급한 주체와 타자와의 진정한 만남에는 이르지 못하지만, 김구용이 중편 산문시 이후로, 불교적 세계관을 바탕으로 한 선시로 선회한 하나의 단서가 된다.

이처럼 중편 산문시에 등장한 타자들은 주체화된 타자이고, 주체의 환상 속 타자이다. 이들은 주체의 바깥에서 존재하며 새로운 미래를 열어 보일 수 없는, 진정한 타자가 아니다. 이는 주체 스스로가 비천한 주체이기 때문이기도 하다. 이런 양상은 시론에서도 마찬가지이다. 그 때문에 Ⅴ장에서는 김구용의 시론을 중점적으로 살피고 있다. 특히나 이 시론 대부분이 중편 산문시를 쓰던 시기에 집필되었기 때문에, 중편 산문시로의 선회와 철회, 그것이 담지하고 있는 사유의 구조를 파악하는 데 짚고 넘어가야 할 부분이다. 김구용의 시론은 먼저 난해에 상당 부분을 할애하고 있다. 특히나 난해함은 곧 현실을 똑바로 바라보기 때문에 나타날 수밖에 없다고 주장한다. 그런데 김구용이 인식하고 있는 현실은 지옥이었다. 시인은 이 지옥인 현실을 바라보아야 하고, 기록해야 하는 당위적 책무를 지고 있다. 그런데 김구용은 시론을 통하여 지옥인 현실이 곧 서양 물질문명의 소산이라고 주장하고 있다. 김구용에게 기독교 또한 자아가 아닌 신을 절대적 존재로 삼고 맹목적으로 추앙하는 원시종교일 뿐이다. 그리고 이 서양을 극복하기 위한 기제로 삼는 것이 동양이다. 동양과 서양이라는 이항 대립적 사고관 속에 갇혀 있는 셈이다. 서양은 물질문명이고, 이제 그 끝에 다다르고 있으며, 동양은 모든 것의 상징이고 모든 사람이 자기만의 방법으로 자신을 발견할 수 있도록 한다. 그 때문에 동양의 시인들은 인간의 무애 자성(無碍自性)을 대오(大悟)해야 할 임무를 가지고 있다고 힘주어 말하고 있다. 이와 같은 동양의 시인에게 부과된 책무의식 속에서 동양은 옥시덴탈리즘적 성격을 가지게 된다. 옥시덴탈리즘은 결국 오리엔탈리즘과 적대적 관계처럼 보일지 모르지만, 이 둘은 동(同)의 구조를 갖고 작동한다. 문제는 동양과 서양뿐만 아니라 이항 대립적 사고의 종착점은 개인주의라는 데 있다. 중편 산문시에서 공통으로 드러나는 절대적인 주체가 바로 시론에서 나타난 이와 같은 요소에 근거하는 것이다.

동양의 시인에게 부여된 사명의식이란 곧 계몽 의식이다. 이는 동양 스스로가 서구에 인지되고 싶어 하는 동양의 상일 뿐이어서, 오리엔탈리즘이 아닌 옥시덴탈리즘으로 나타난다. 그 때문에 동양과 서양이라는 도식화된 이분법에 의하여 나타날 수밖에 없다. 이렇게 볼 때, 김구용의 시와 시론 사이에서 느껴지는 간극은, 실은 없는 것과 마찬가지이다. 이분법에 갇힌 시론이 강화될수록, 비시(非詩)의 형태가 강화된 것일 뿐이다. 결국, 중편 산문시라 이름 붙인 김구용의 실험들은 동양이라는 절대적 주체의 현현인 것이다. 그 때문에 김구용 스스로 '아리랑' 3부작이라 이름 붙인 「구곡」, 「송백팔」, 「구거」의 집필 시기에 이르러, 그의 시론이 점차 드물어지기 시작했다는 것은 중요한 변화를 가져온다.

Ⅵ장에서는 김구용의 후기 시인 장시 「구곡」, 「송백팔」, 「구거」를 통하여, 그 변화의 지점들을 살핀다. 먼저 이 시기부터 시론이 느슨해지면서 주체화의 현현이었던 비시(非詩)적 형태가 풀어지고, 주체의 외부에 있는 타자가 등장한다. 이 타자들은 고아나 매춘 여성 등 비천한 모습으로 나타나고, 주체는 이들과 만남을 통하여 이들을 '주체'로 받아들인다. 레비나스에게 타자

는 미래를 열어주는 존재이다. 그 때문에 타자와의 진정한 만남을 통하여 주체는 미래를 획득하게 된다. 하지만 레비나스가 타자와의 만남을 통하여 생성하고자 했던 미래는 김구용에게 '불(佛)'로 전환된다. 그 때문에 「구곡」, 「송백팔」, 「구거」에서는 불(佛)에 대한 의식이 직관의 언어를 통한 선적 세계의 형성으로 나타난다. 동양적 불교 이념을 전형적인 서구적 발상체로 표현해야 하는 이율배반이라는 동양 시인의 운명을 감내하고자 했던 김구용이, 서구적 발상체를 포기하였을 때, 그에게 남겨진 유일한 것이 불교이기 때문이다. 그 때문에 김구용에게 시는 곧 불(佛)이고, 삶 또한 불(佛)인 것이다. 이를 통해야만 "대자대비가 비로소/ 이루어지기 시작"하기 때문이다. 이 과정에서 김구용은 그 자신에게 있어서 존재의 근원인 지향적 대상을 다시 배치한다. 바로 어머니이다. 「구곡」, 「송백팔」, 「구거」는 '아리랑'이라는 제목으로 묶이는바, 이 각 작품은 같은 세계를 공유하고 있다. 그런데 이 3부작의 시작과 마지막에 놓여 있는 이가 어머니이다. 그리고 이 어머니는 중편 산문시에서와는 달리 고유한 시간성을 지닌 채 지속되고 있다. 파지된 시간성은 시간의 흐름에 따라서 현실에 놓인다. 동시에, 파지의 경험으로 인하여 미래가 열린다. 이를 통하여, 후기 시에 이르러 김구용은 시간의 불가역성을 뛰어넘는 불교적 시간관을 완전하게 시로 형상화해낸다.

참고문헌

1. 기본자료

김구용, 『김구용 문학 전집 1 : 시』, 솔, 2000.

김구용, 『김구용 문학 전집 2 : 구곡』, 솔, 2000.

김구용, 『김구용 문학 전집 3 : 송백팔』, 솔, 2000.

김구용, 『김구용 문학 전집 4 : 구거』, 솔, 2000.

김구용, 『김구용 문학 전집 5 : 일기』, 솔, 2000.

김구용, 『김구용 문학 전집 6 : 인연』, 솔, 2000.

2. 논문 및 평론

강영안, 「엠마누엘 레비나스-타자성의 철학」, 『철학과현실』, 1995. 여름.

고명수, 「존재의 질곡과 영원에로의 꿈」, 『동국어문학』 제13집, 2001.

고석규, 「지평선의 전달」, 『여백의 존재성』, 지평, 1990.

고은, 「폐허와 진실」, 『1950년대』, 청하, 1989.

구상, 「초토의 시」, 『구상문학선』, 성바오로출판사,

김구용, 「나의 문학, 나의 시작법」, 『현대문학』 1983.2.

김도경, 「전쟁문학, 전쟁과 문학의 메울 수 없는 틈새-『전선문학』에서 순수문학의 위상변화와
　　　　그 의미」, 『한국문예비평연구』 48호, 2015.

김수영 「요동하는 포즈들」, 『김수영 전집 2 : 산문』, 민음사, 2018.

김수영, 「'難解'의 장막-1964년의 시」, 『김수영 전집 2 : 산문』, 민음사, 2018.

김연숙, 「레비나스의 시간론」, 『한국동서철학연구』 46집, 2007. 12.

김영철, 「산문시와 이야기시의 장르적 성격 연구」, 『인문과학논총』 제26집. 1994.

김예림, 「냉전기 아시아 상상과 반공 정체성의 위상학」, 성공회대 동아시아연구소 편, 『냉전아
　　　　시아의 문화풍경』 1, 현실문화연구, 2008.

김윤성, 「한국의 현대시」, 『현대문학』, 1955. 2.

김윤식, 「「뇌염」에 이른 길-김구용 문학 전집을 앞에 놓고」, 『시와 시학』, 2000년 가을.

김인환, 「이상 시의 문학사적 위상」, 『형식의 심연』, 문학과지성사, 2018.

김인환, 「한국 시의 과잉과 결여」, 『형식의 심연』, 문학과지성사, 2018.

김주현, 「『사상계』 동양 담론 분석」, 한국문학연구학회, 『현대문학의 연구』, 46집, 2012.

김현, 「현대 시와 존재의 깊이-김구용 3곡에 대하여」, 『김구용 문학 전집 2 : 구곡』, 솔, 2000.

남명진, 「동서 철학에 있어서의 시간의 문제」, 『동서철학연구』 제48집, 한국동서철학회, 2008.

문진건, 「애착 이론으로 본 불교의 이욕」, 『불교문예연구』 14집, 2019.

문혜원, 「김춘수의 「처용단장」에 나타나는 시간의식에 대한 연구」, 『비교한국학』 Vol. 23, 2015.

박선영, 「김구용 시에 나타난 근대 공간성 연구」, 『아시아문화연구』 제29집, 2013.3,

박헌호, 「1990년대 비평의 성격과 민족문학론으로의 도정」, 『식민지 근대성과 소설의 양식』, 소명출판, 2004.

방인, 「佛敎의 時間論」, 『哲學』 제49집, 한국철학회, 1996. 12.

서정주, 「김구용의 시험과 그 독자성」, 『현대문학』 1956. 4.

송승환, 「김구용의 산문시 연구-부산 피란 체험과 「불협화음의 꽃 Ⅱ」(1961)」, 『한국문예비평연구』 제45집, 2017.6.

송승환, 「김수용 산문시 연구 1-「소인(消印)」(1957)을 중심으로」, 『어문론집』 제52권, 2012. 12.

오형근, 「불교의 시간론」, 『불교학보』 제29호, 동국대학교불교문화연구원, 1992.

유종호, 「불모의 도식-상반기의 시단」, 『문학예술』, 문학예술사, 1957. 7.

이거룡, 「윤회의 주체를 둘러싼 논쟁」, 『논쟁으로 보는 불교 철학』, 예문서원, 1998.

이건제, 「공의 명상과 산문시의 정신-김구용의 초기 산문시 연구」, 송하춘·이남호 편, 『1950년대의 시인들』, 나남, 1994.

이기영, 「불교적 시간관」, 『원효사상연구』 2, 한국불교원, 2001.

이어령, 「戰後詩에 대한 노오트 二장」, 『한국전후문제시집』, 신구문화사, 1963.

이어령, 「화전민지역」, 『저항의 문학』 증보판, 예문사, 1965.

이은영, 「불교의 시간과 영원」, 경희대학교 박사 논문, 2015.

이형기, 「한등기」, 『신천지』, 서울신문사, 1950. 3.

임승택, 「돈오점수와 초기불교의 수행」, 『인도철학』 31집, 2011.

정용석, 「플로티노스와 아우구스티누스의 시간론」, 『대학과선교』 제30집, 2016.

정재각, 「동양의 역사적 현실」, 『사상계』, 1957.8

조연현, 『조연현 전집 1-내가 살아온 한국문단』, 대성출판사, 1977.

천상병, 「나는 거부하고 반항할 것이다」, 『문예』, 1953, 1.

천상병, 「방법과 본질의 상극-동양 시인의 운명」, 『세계일보』, 1958. 4. 6.

천상병, 「현대 동양 시인의 운명-방법과 본질의 이율배반성」, 『현대시』, 정음사, 1958.

천상병, 「현대시의 리리시즘 문제-12월의 시평」, 『조선일보』, 1957. 12. 17.

최인숙, 「현상학과 유식학에서의 자기의식의 의미」, 『현상학과 현대철학』, 32집, 2007.2.

한자경, 「불교의 생명론-욕망과 자유-윤회의 길과 해탈의 길의 갈림길에서」, 『한국여성철학』, 제2권, 2002.6.

한자경, 「우리…환상일까?」, 『동서인문학』 제38집, 2005.

한자경, 「후설 현상학의 선험적 주관성과 불교 유식 철학의 아뢰아識의 비교」, 『현상학과 현대철학』 9집, 1996.9.

3. 단행본

고목, 『新 유식학』, 밀양, 2006.

김성철, 『중론, 논리로부터의 해탈, 논리에 의한 해탈』, 불교시대사, 2006

김연숙, 『타자 윤리학』, 인간사랑, 2001.

김영민, 『현상학과 시간』, 까치, 1994.

김윤식, 『한국 근대문예 비평사 연구』, 일지사, 1990.

김익균, 『서정주의 신라정신 또는 릴케 현상』, 소명출판, 2019.

김종훈, 『한국 근대 서정시의 기원과 형성』, 서정시학, 2010.

김태환, 『문학의 질서』, 문학과지성사, 2007.

나병철, 『근대성과 근대문학』, 문예출판사, 1995.

남진우, 『미적 근대성과 순간의 시학』, 소명출판, 2001.

민명자, 『김구용의 사상과 시의 지평』, 청운, 2010.

신상희, 『시간과 존재의 빛』, 한길사, 2000.

윤호진, 『무아 윤회 문제의 연구』, 민족사, 1992.

이어령, 『저항의 문학』 증보판, 예문사, 1965.

정종현, 『동양론과 식민지 조선문학-제국적 주체를 향한 열망과 분열』, 창비, 2011.

4. 국외논저

E. 슈타이거, 이유영 · 오현일 옮김, 『시학의 근본개념』, 삼중당, 1976.

G.J. 휘트로, 이종인 옮김, 『시간의 문화사』 영림카디널, 1998.

M. 칼리니스쿠, 이영욱 외 옮김, 『모더니티의 다섯 얼굴』, 시각과언어, 1993.

Th. W. 아도르노 · M. 호르크하이머, 김유동 역, 『계몽의 변증법』, 문학과지성사, 2001.

소광휘, 『시간의 철학적 성찰』, 문예출판사, 2001.

쉬지린, 송인재 역, 『왜 다시 계몽이 필요한가』, 글항아리, 2013

아우구스티누스, 김평옥 옮김, 『고백록』, 범우사, 2008.

에드문트 후설, 이종훈 옮김, 『시간의식』, 한길사, 1998.

에드문트 후설, 최경호 옮김, 『순수 현상학과 현상학적 철학의 이념들』, 문학과지성사, 1997.

에마뉘엘 레비나스, 김도형 · 문성원 · 손영창 옮김, 『전체성과 무한』, 그린비, 2018.

엠마누엘 레비나스, 강영안 옮김, 『시간과 타자』, 문예출판사, 1996

엠마누엘 레비나스, 서동욱 옮김, 『존재에서 존재자로』, 민음사, 2003.

엠마누엘 레비나스, 양명수 옮김, 『윤리와 무한』, 다산글방, 2005.

옥타비오 파스, 김은중 옮김, 「시와 근대성」, 『흙의 자식들 외』, 솔, 1999,

이사벨 리히터, 송진영 옮김, 『일기를 통해 본 전통과 근대, 식민지와 국가』, 정병욱 · 이타가
키 류타 편, 소명출판, 2013.

임마누엘 칸트, 이한국 역, 「계몽이란 무엇인가에 대한 답변」, 『칸트의 역사철학』, 서광사,
2009

폴 리쾨르, 김한식 · 이경래 옮김, 『시간과 이야기 1』, 문학과지성사, 1999.

폴 리쾨르, 김한식 옮김, 『시간과 이야기 3』, 문학과지성사, 2011.

플라톤, 박종현 · 김영균 옮김, 『티마이오스』, 서광사, 2000.

플라톤, 천병희 옮김, 「티마이오스」, 『플라톤의 다섯 대화편』, 숲, 2016.

필립 윌라이트, 김태옥 옮김, 『은유와 실재』, 문학과지성사, 1982.

한스 메이어호프, 이종철 옮김, 『문학과 시간의 만남』, 자유사상사, 1994.

헤겔, 두행숙 옮김, 『헤겔 미학 II』, 나남, 1996.

김구용의 시간과 그의 타자들

초판인쇄 2022년 11월 04일
초판발행 2022년 11월 04일

지은이 김명인
펴낸이 채종준
펴낸곳 한국학술정보(주)
주 소 경기도 파주시 회동길 230(문발동)
전 화 031-908-3181(대표)
팩 스 031-908-3189
홈페이지 http://ebook.kstudy.com
E-mail 출판사업부 publish@kstudy.com
등 록 제일산-115호(2000. 6. 19)

ISBN 979-11-6801-833-4 93810